續古文辭類篹卷

四部備要

集部

中華書局據原刻本校刊

桐鄉　陸費逵總勘
杭縣　高時顯
　　　吳汝霖輯校
杭縣　丁輔之監造

奏議類

史記婁敬說高祖都關中　劉敬傳

婁敬說曰陛下都洛陽豈欲與周室比隆哉上曰然婁敬曰陛下取天下與周室異周之先自后稷堯封之邰積德累善十有餘世公劉避桀居豳大王以狄伐故去豳杖馬箠居岐國人爭隨之及文王爲西伯斷虞芮之訟始受命呂望伯夷自海濱來歸之武王伐紂不期而會孟津之上八百諸侯皆曰紂可伐矣遂滅殷成王卽位周公之屬傅相焉迺營成周洛邑以此爲天下之中也諸侯四方納貢職道里均矣有德則易以王無德則易以亡凡居此者欲令周務以德致人不欲依阻險令後世驕奢以虐民也及周之盛時天下和洽四夷鄉風慕義懷德附離而並事天

子不屯一卒不戰一士八夷大國之民莫不賓服效其貢職及周之衰也分而爲兩天下莫朝周不能制也非其德薄也而形勢弱也今陛下起豐沛收卒三千人以之徑往而卷蜀漢定三秦與項羽戰滎陽爭成皋之口大戰七十小戰四十使天下之民肝腦塗地父子暴骨中野不可勝數哭泣之聲未絕傷痍者未起而欲比隆於成康之時臣竊以爲不侔也且夫秦地被山帶河四塞以爲固卒然有急百萬之衆可具也因秦之故資甚美膏腴之地此所謂天府者也陛下入關而都之山東雖亂秦之故地可全而有也夫與人鬬不搤其亢拊其背未能全其勝也今陛下入關而都案秦之故地此亦搤天下之亢而拊其背也

史記伍被諫淮南王　淮南王傳

臣聞聰者聽於無聲明者見於未形故聖人萬舉萬全昔文王一動而功顯于千世列爲三代此所謂因天心以動作者也故海內不期而隨此千歲之可見者夫百年之秦近世之吳楚亦足以喻國家之存亡矣臣不敢避子胥之誅願大王毋爲吳王之聽昔秦絕聖人之道殺術士燔詩書弃禮義尚詐力任刑罰轉負海之粟致之西河當是之時男子疾耕不足於糟糠女子紡績不足於蓋形遣蒙恬築長城東西數千里暴兵露師常數十萬死者不可勝數僵尸千里流血頃畝百姓力竭欲爲亂者十家而五又使徐福入海求神異物還爲僞辭曰臣見海中大神言曰汝西皇之使邪臣答曰然汝何求曰願請延年益壽藥神曰汝秦王之禮薄得觀而不得取即從臣東南至蓬萊山見芝成宮闕有使者銅色而龍形光上照天

於是臣再拜問曰宜何資以獻海神曰以令名男子若振女與百工之事即得之矣秦皇帝大說遣振男女三千人資之五穀種種百工而行徐福得平原廣澤止王不來於是百姓悲痛相思欲爲亂者十家而六又使尉佗踰五嶺攻百越尉佗知中國勞極止王不來使人上書求女無夫家者三萬人以爲士卒衣補秦皇帝可其萬五千人於是百姓離心瓦解欲爲亂者十家而七客謂高皇帝曰時可矣高皇帝曰待之聖人當起東南閒不一年陳勝吳廣發矣高皇始於豐沛一倡天下不期而響應者不可勝數也此所謂蹈瑕候閒因秦之亡而動者也百姓願之若旱之望雨故起於行陳之中而立爲天子功高三王德傳無窮今大王見高皇帝得天下之易也獨不觀近世之吳楚乎夫吳王賜號爲劉氏祭酒復不朝王四郡

之衆地方數千里內鑄消銅以爲錢東煑海水以爲鹽上取江陵木以爲船一船之載當中國數十兩車國富民衆行珠玉金帛賂諸侯宗室大臣獨竇氏不與計定謀成舉兵而西破於大梁敗於狐父奔走而東至於丹徒越人禽之身死絕祀爲天下笑夫以吳越之衆不能成功者何誠逆天道而不知時也方今大王之兵衆不能十分吳楚之一天下安寧有萬倍於秦之時願大王從臣之計大王不從臣之計今見大王事必不成而語先泄也臣聞微子過故國而悲於是作麥秀之歌是痛紂之不用王子比干也故孟子曰紂貴爲天子死曾不若匹夫是紂先自絕於天下久矣非死之日而天下去之今臣亦竊悲大王弃千乘之君必且賜絕命之書爲羣臣先死於東宮也

漢書南粵王上文帝書　南粵傳

蠻夷大長老夫臣佗昧死再拜上書皇帝陛下老夫故粤吏也高皇帝幸賜臣佗璽以爲南粤王使爲外臣時內貢職孝惠皇帝卽位義不忍絕所以賜老夫者厚甚高后自臨用事近細士信讒臣別異蠻夷出令曰毋予蠻夷外粤金鐵田器馬牛羊卽予予牡毋與牝老夫處辟馬牛羊齒已長自以祭祀不脩有死罪使內史藩中尉高御史平凡三輩上書謝過皆不反又風聞老夫父母墳墓已壞削兄弟宗族已誅論吏相與議曰今內不得振於漢外亡以自高異故更號爲帝自帝其國非敢有害於天下也高皇后聞之大怒削去南粤之籍使使不通老夫竊疑長沙王讒臣故敢發兵以伐其邊且南方卑溼蠻夷中西有西甌其衆半羸南面稱王東有閩粤其衆數千人亦稱王西北有長沙其半蠻夷亦稱王老夫故敢妄竊帝

號。聊以自娛。老夫身定百邑之地。東西南北數千萬里。帶甲百萬有餘。然北面而臣事漢何也。不敢背先人之故。老夫處粤四十九年。于今抱孫焉。然夙興夜寐。寢不安席。食不甘味。目不視靡曼之色。耳不聽鐘鼓之音者。以不得事漢也。今陛下幸哀憐。復故號。通使漢如故。老夫死骨不腐。改號不敢爲帝矣。謹北面因使者。獻白璧一雙。翠鳥千。犀角十。紫貝五百。桂蠹一器。生翠四十雙。孔雀二雙。昧死再拜。以聞皇帝陛下。觀此書。與史記所載。詳略懸殊。則知太史公刪削他人之文。以就己範圍者。不知凡幾。所謂整齊百家也。

漢書王恢韓安國議伐匈奴　韓安國傳

雁門馬邑豪聶壹因大行王恢言。匈奴初和親。親信邊。可誘以利致之。伏兵襲擊。必破之道也。上迺召問公卿曰。朕飾子女以配單于。幣帛文錦。賂之甚厚。單

于待命加嫚侵盜無已邊竟數驚朕甚閔之今欲舉
兵攻之何如大行恢對曰陛下雖未言臣固願效之
臣聞全代之時北有彊胡之敵內連中國之兵然尚
得養老長幼種樹㠯時倉廩常實匈奴不輕侵也今
㠯陛下之威海內爲一天下同任又遣子弟乘邊守
塞轉粟輓輸㠯爲之備然匈奴侵盜不已者無它以
不恐之故耳臣竊以爲擊之便御史大夫安國曰不
然臣聞高皇帝嘗圍於平城匈奴至者投鞌高如城
者數所平城之飢七日不食天下歌之及解圍反位
而無忿怒之心夫聖人㠯天下爲度者也不㠯己私
怒傷天下之功故迺遣劉敬奉金千斤㠯結和親至
今爲五世利孝文皇帝又嘗壹擁天下之精兵聚之
廣武常谿然終無尺寸之功而天下黔首無不憂者
孝文寤於兵之不可宿故復合和親之約此二聖之

迹足以爲效矣臣竊以爲勿擊便恢曰不然臣聞五帝不相襲禮三王不相復樂非故相反也各因世宜也且高帝身披堅執銳蒙霧露沐霜雪行幾十年所以不報平城之怨者非力不能所以休天下之心也今邊竟數驚士卒傷死中國槥車相望此仁人之所隱也臣故曰擊之便安國曰不然臣聞利不十者不易業功不百者不變常是以古之人君謀事必就祖發政占古語重作事也且自三代之盛夷狄不與正朔服色非威不能制彊弗能服也以爲遠方絕地不牧之民不足煩中國也且匈奴輕疾悍亟之兵也至如猋風去如收電畜牧爲業弧弓射獵逐獸隨草居處無常難得而制今使邊郡久廢耕織以支胡之常事其埶不相權也臣故曰勿擊便恢曰不然臣聞鳳鳥乘於風聖人因於時昔秦繆公都雍地方三百里

知時宜之變。攻取西戎，辟地千里，并國十四，隴西北
地是也。及後蒙恬爲秦侵胡，辟數千里，㠯河爲竟，累
石爲城，樹榆爲塞，匈奴不敢飲馬於河，置𤏲燧然後
敢牧馬。夫匈奴獨可㠯威服，不可㠯仁畜也。今㠯中
國之盛，萬倍之資，遣百分之一㠯攻匈奴，譬猶㠯彊
弩射且潰之癰也，必不留行矣。若是，則北發月氏可
得而臣也。臣故曰擊之便。安國曰：不然。臣聞用兵者
㠯飽待饑，正治㠯待其亂，定舍㠯待其勞。故接兵覆
衆伐國，墮城常坐而役敵國，此聖人之兵也。且臣聞
之，衝風之衰，不能起毛羽；彊弩之末，力不能入魯縞。
夫盛之有衰，猶朝之必莫也。今將卷甲輕舉，深入長
敺，難㠯爲功。從行則迫脅，衡行則中絕，疾則糧乏，徐
則後利。不至千里，人馬乏食。兵法曰：遺人獲也。意者
有它繆巧可㠯禽之，則臣不知也。不然，則未見深入

之利也臣故曰勿擊便恢曰不然夫草木遭霜者不可㠯風過清水明鏡不可㠯形逃通方之士不可㠯文亂今臣言擊之者固非發而深入也將順因單于之欲誘而致之邊吾選梟騎壯士陰伏而處㠯爲之備審遮險阻㠯爲其戒吾埶已定或營其左或營其右或當其前或絕其後單于可禽百全必取上曰善

漢書中山靖王聞樂對　中山靖王勝傳

臣聞悲者不可爲絫欷思者不可爲歎息故高漸離擊筑易水之上荆軻爲之低而不食雍門子壹微吟孟嘗君爲之於邑今臣心結日久每聞幼眇之聲不知涕泣之橫集也夫衆喣漂山聚蟁成靁朋黨執虎十夫橈椎是㠯文王拘於牖里孔子阸於陳蔡此乃烝庶之成風增積之生害也臣身遠於寡莫爲之先衆口鑠金積毀銷骨叢輕折軸羽翮飛肉紛驁逢羅

潸然出涕臣聞白日曬光幽隱皆照明月曜夜蚊蝱宵見然雲蒸列布杳冥晝昏塵埃抪覆昧不見（依殿本增）泰山何則物有蔽之也今臣雍閼不得聞讒言之徒蠭生道遼路遠曾莫爲臣聞臣竊自悲也臣聞社鼷不灌屋鼠不熏何則所託者然也臣雖薄也得蒙肺附位雖卑也得爲東藩屬又稱兄今羣臣非有葭莩之親鴻毛之重羣居黨議朋友相爲使夫宗室擯卻骨肉冰釋斯伯奇所以流離比干所以橫分也詩云我心憂傷惄焉如擣假寐永歎唯憂用老心之憂矣疢如疾首臣之謂也

漢書壺關三老茂上書（戾太子傳）

臣聞父者猶天母者猶地子猶萬物也故天平地安陰陽和調物迺茂成父慈母愛室家之中子迺孝順陰陽不和則萬物夭傷父子不和則室家散亡故父

不父則子不子君不君則臣不臣雖有粟吾豈得而食諸昔者虞舜孝之至也而不中於瞽叟孝己被謗伯奇放流骨肉至親父子相疑何者積毀之所生也由是觀之子無不孝而父有不察今皇太子爲漢適嗣承萬世之業體祖宗之重親則皇帝之宗子也江充布衣之人閭閻之隸臣耳陛下顯而用之銜至尊之命以迫蹴皇太子造飾姦詐羣邪錯謬是以親戚之路鬲塞而不通太子進則不得上見退則困於亂臣獨寃結而亡告不忍忿忿之心起而殺充恐懼逋逃子盜父兵以救難自免耳臣竊以爲無邪心詩云營營青蠅止于藩愷悌君子無信讒言讒言罔極交亂四國往者江充讒殺趙太子天下莫不聞其罪固宜陛下不省察深過太子發盛怒舉大兵而求之三公自將智者不敢言辯士不敢說臣竊痛之臣聞子

胥盡忠而忘其號比干盡仁而遺其身忠臣竭誠不顧鈇鉞之誅以陳其愚志在匡君安社稷也詩云取彼譖人投畀豺虎唯陛下寬心慰意少察所親毋患太子之非亟罷甲兵無令太子久亡臣不勝惓惓出一旦之命待罪建章闕下

漢書王子陽諫昌邑王疏 王吉傳

臣聞古者師日行三十里吉行五十里詩云匪風發兮匪車揭兮顧瞻周道中心怛兮說曰是非古之風也發發者是非古之車也揭揭者蓋傷之也今者大王幸方與曾不半日而馳二百里百姓頗廢耕桑治道牽馬臣愚以爲民不可數變也昔召公述職當民事時舍於棠下而聽斷焉是時人皆得其所後世思其仁恩至虖不伐甘棠甘棠之詩是也大王不好書術而樂逸游馮式撙銜馳騁不止口倦乎叱咤手苦

於箠轡身勞虖車輿朝則冒霧露晝則被塵埃夏則爲大暑之所暴炙冬則爲風寒之所匽薄數以耎脆之玉體犯勤勞之煩毒非所以全壽命之宗也又非所以進仁義之隆也夫廣夏之下細旃之上明師居前勸誦在後上論唐虞之際下及殷周之盛考仁聖之風習治國之道訢訢焉發憤志食日新厥德其樂豈徒銜橛之閒哉休則俛仰詘信以利形進退步趨以實下吸新吐故以練臧專意積精以適神於以養生豈不長哉大王誠留意如此則心有堯舜之志體有喬松之壽美聲廣譽登而上聞則福祿其臻而社稷安矣皇帝仁聖至今思慕未怠於宮館囿池弋獵之樂未有所幸大王宜夙夜念此以承聖意諸侯骨肉莫親大王大王於屬則子也於位則臣也一身而二任之責加焉恩愛行義孅介有不具者於以上聞

非饗國之福也臣吉愚戇願大王察之

漢書貢少翁諫犯法贖罪疏　貢禹傳

孝文皇帝時貴廉絜賤貪汙賈人贅壻及吏坐贓者皆禁錮不得爲吏賞善罰惡不阿親戚罪白者伏其誅疑者以與民亡贖罪之法故令行禁止海內大化天下斷獄四百與刑錯亡異武帝始臨天下尊賢用士闢地廣境數千里自見功大威行遂從者欲用度不足迺行壹切之變使犯法者贖罪入穀者補吏是以天下奢侈官亂民貧盜賊並起亡命者衆郡國恐伏其誅則擇便巧史書習於計簿能欺上府者以爲右職姦軌不勝則取勇猛能操切百姓者以苛暴威服下者使居大位故亡義而有財者顯於世欺謾而善書者尊於朝誖逆而勇猛者貴於官故俗皆曰何以孝弟爲財多而光榮何以禮義爲史書而仕宦何

以謹愼爲勇猛而臨官故黥劓而髡鉗者猶復攘臂爲政於世世行雖犬彘家富埶足目指氣使是爲賢耳故謂居官而置富者爲雄桀處姦而得利者爲壯士兄勸其弟父勉其子俗之壞敗迺至於是察其所以然者皆以犯法得贖罪求士不得眞賢相守崇財利誅不行之所致也今欲興至治致太平宜除贖罪之法相守選舉不以實及有臧者輒行其誅亡但免官則爭盡力爲善貴孝弟賤賈人進眞賢舉實廉而天下治矣孔子匹夫之人耳以樂道正身不解之故四海之內天下之君微孔子之言亡所折中況乎以漢地之廣陛下之德處南面之尊秉萬乘之權因天地之助其於變世易俗調和陰陽陶冶萬物化正天下易於決流抑隊自成康以來幾且千歲欲爲治者甚衆然而太平不復興者何也以其舍法度而任私意

奢侈行而仁義廢也陛下誠深念高祖之苦醇法太宗之治正己已先下選賢以自輔開進忠正致誅姦臣遠放諂佞放出園陵之女罷倡樂絶鄭聲去甲乙之帳退僞薄之物修節儉之化驅天下之民皆歸於農如此不解則三王可侔五帝可及唯陛下留意省察天下幸甚

漢書杜子夏追訟馮奉世功疏 馮奉世傳

前莎車王殺漢使者約諸國背畔左將軍奉世以衞候便宜發兵誅莎車王策定城郭功施邊境議者以奉世奉使有指春秋之義亡遂事漢家之法有矯制故不得侯今匈奴郅支單于殺漢使者亡保康居都護延壽發城郭兵屯田吏士四萬餘人以誅斬之封爲列侯臣愚以爲比罪則郅支薄量敵則莎車衆用師則奉世寡計勝則奉世爲功於邊境安慮敗則延

壽爲禍於國家深其違命而擅生事同延壽割地封而奉世獨不錄臣聞功同賞異則勞臣疑罪鈞刑殊則百姓惑疑生無常惑生不知所從士常則節趨不立不知所從則百姓無所措手足奉世圖難忘死信命殊俗威功白著爲世使表獨抑厭而不揚非聖主所以塞疑厲節之意也願下有司議

三國志諸葛孔明後出師表 蜀書諸葛亮傳注

先帝慮漢賊不兩立王業不偏安故託臣以討賊也以先帝之明量臣之才故知臣伐賊才弱敵強也然不伐賊王業亦亡惟坐待亡孰與伐之是故託臣而弗疑也臣受命之日寢不安席食不甘味思惟北征宜先入南故五月渡瀘深入不毛并日而食臣非不自惜也顧王業不可得偏全於蜀都故冒危難以奉先帝之遺意也而議者謂爲非計今賊適疲於西又

務於東兵法乘勞此進趨之時也謹陳其事如左高宗明並日月謀臣淵深然涉險被創危然後安今陛下未及高帝謀臣不如良平而欲㠯長計取勝坐定天下此臣之未解一也劉繇王朗各據州郡論安言計動引聖人羣疑滿腹衆難塞胸今歲不戰明年不征使孫策坐大遂并江東此臣之未解二也曹操智計殊絕於人其用兵也髣髴孫吳然困於南陽險於烏巢危於祁連偪於黎陽幾敗北山殆死潼關然後僞定一時耳況臣才弱而欲㠯不危而定之此臣之未解三也曹操五攻昌霸不下四越巢湖不成任用李服而李服圖之委夏侯而夏侯敗亡先帝每稱操爲能猶有此失況臣駑下何能必勝此臣之未解四也自臣到漢中中間期年耳然喪趙雲陽羣馬玉閻芝丁立白壽劉郃鄧銅等及曲長屯將七十餘人突

將無前賨叟青羌散騎武騎一千餘人此皆數十年之內所糾合四方之精銳非一州之所有若復數年則損三分之二也當何以圖敵此臣之未解五也今民窮兵疲而事不可息事不可息則住與行勞費正等而不及今圖之欲以一州之地與賊持久此臣之未解六也夫難平者事也昔先帝敗軍於楚當此時曹操拊手謂天下已定然後先帝東連吳越西取巴蜀舉兵北征夏侯授首此操之失計而漢事將成也然後吳更違盟關羽毀敗秭歸蹉跌曹丕稱帝凡事如是難可逆見臣鞠躬盡力死而後已至於成敗利鈍非臣之明所能逆覩也按裴松之注云此表出張儼默記後世因其不載亮集遂生疑竇余謂無可疑也試以近事準之當是孔明幕府諸賢擬而未上之作文辭懇摯與前表大略相同決非僞造不得引李少卿答蘇武書為比也

書說類

史記韓王信報柴將軍書 韓王信列傳

陛下擢僕起閭巷南面稱孤此僕之幸也滎陽之事僕不能死囚於項籍此一罪也及寇攻馬邑僕不能堅守以城降之此二罪也今反爲寇將兵與將軍爭一旦之命此三罪也夫種蠡無一罪身死亡今僕有三罪於陛下而欲求活於世此伍子胥所以僨於吳也今僕亡匿山谷閒旦暮乞貸蠻夷僕之思歸如痿人不忘起盲者不忘視也勢不可耳

史記酈生說齊王 酈生列傳

漢王數困滎陽成皋計欲捐成皋以東屯鞏洛以拒楚酈生因曰臣聞知天之天者王事可成不知天之天者王事不可成王者以民人爲天而民人以食爲天夫敖倉天下轉輸久矣臣聞其下迺有藏粟甚多楚人拔滎陽不堅守敖倉迺引而東令適卒分守成

皋此乃天所以資漢也方今楚易取而漢反卻自奪其便臣竊以爲過矣且兩雄不俱立楚漢久相持不決百姓騷動海內搖蕩農夫釋耒工女下機天下之心未有所定也願足下急復進兵收取滎陽據敖倉之粟塞成皋之險杜大行之道距蜚狐之口守白馬之津以示諸侯效實形制之勢則天下知所歸矣方今燕趙已定唯齊未下今田廣據千里之齊田閒將二十萬之衆軍於歷城諸田宗彊負海阻河濟南近楚人多變詐足下雖遣數十萬師未可以歲月破也臣請得奉明詔說齊王使爲漢而稱東藩上曰善迺從其畫復守敖倉而使酈生說齊王曰王知天下之所歸乎王曰不知也曰王知天下之所歸則齊國可得而有也若不知天下之所歸卽齊國未可得保也齊王曰天下何所歸曰歸漢曰先生何以言之曰漢

王與項王戮力西面擊秦約先入咸陽者王之漢王先入咸陽項王負約不與而王之漢中項王遷殺義帝漢王聞之起蜀漢之兵擊三秦出關而責義帝之處收天下之兵立諸侯之後降城即以侯其將得賂即以分其士與天下同其利豪英賢才皆樂爲之用諸侯之兵四面而至蜀漢之粟方船而下項王有倍約之名殺義帝之負於人之功無所記於人之罪無所忘戰勝而不得其賞拔城而不得其封非項氏莫得用事爲人刻印刓而不能授攻城得賂積而不能賞天下畔之賢才怨之而莫爲之用故天下之士歸於漢王漢王可坐而策也夫漢王發蜀漢定三秦涉西河之外援上黨之兵下井陘誅成安君破北魏舉三十二城此蚩尤之兵也非人之力也天之福也今已據敖倉之粟塞成皋之險守白馬之津杜大行之阪距

蜚狐之口天下後服者先亡矣王疾先下漢王齊國社稷可得而保也不下漢王危亡可立而待也田廣以爲然迺聽酈生

漢書薄昭予淮南厲王書 淮南王傳

竊聞大王剛直而勇慈惠而厚貞信多斷是天以聖人之資奉大王也甚盛不可不察今大王所行不稱天資皇帝初即位易侯邑在淮南者大王不肯皇帝卒易之使大王得三縣之實甚厚大王以未嘗與皇帝相見求入朝見未畢昆弟之歡而殺列侯以自爲名皇帝不使吏與其閒赦大王甚厚漢法二千石缺輒言漢補大王逐漢所置而請自置相二千石皇帝骫天下正法而許大王甚厚大王欲屬國爲布衣守冢真定皇帝不許使大王毋失南面之尊甚厚大王宜日夜奉法度修貢職以稱皇帝之厚德今迺輕言

恣行以負謗於天下甚非計也夫大王以千里爲宅居以萬民爲臣妾此高皇帝之厚德也高帝蒙霜露沫風雨赴矢石野戰攻城身被創痍以爲子孫成萬世之業艱難危苦甚矣大王不思先帝之艱苦日夜怵惕修身正行養犧牲豐潔粢盛奉祭祀以無忘先帝之功德而欲屬國爲布衣甚過且夫貪讓國土之名輕廢先帝之業不可以言孝父爲之基而不能守不賢不求守長陵而求之真定先母後父不誼數逆天子之令不順言節行以高兄無禮幸臣有罪大者立斷小者肉刑不仁貴布衣一劍之任賤王侯之位不知不好學問大道觸情妄行不詳此八者危亡之路也而大王行之棄南面之位奮諸賁之勇常出入危亡之路臣之所見高皇帝之神必不廟食於大王之手明白昔者周公誅管叔放蔡叔以安周齊桓殺

其弟以反國秦始皇殺兩弟遷其母以安秦頃王亡代高帝奪之國以便事濟北舉兵皇帝誅之以安漢故周齊行之於古秦漢用之於今大王不察古今之所以安國便事而欲以親戚之意望於太上不可得也亡之諸侯游宦事人及舍匿者論皆有法其在王所吏主者坐今諸侯子爲吏者御史主爲軍吏者中尉主客出入殿門者衛尉大行主諸從蠻夷來歸誼及以亡名數自占者內史縣令主相欲委下吏無與其禍不可得也王若不改漢繫大王邸論相以下爲之奈何夫墮父大業退爲布衣所哀幸臣皆伏法而誅爲天下笑以羞先帝之德甚爲大王不取也宜急改操易行上書謝罪曰臣不幸早失先帝少孤呂氏之世未嘗忘死陛下卽位臣怙恩德驕盈行多不軌追念辠過恐懼伏地待誅不敢起皇帝聞之必喜大

王昆弟歡欣於上羣臣皆得延壽於下上下得宜海內常安願孰計而疾行之行之有疑禍如發矢不可追已

漢書杜子夏戒王鳳專政 杜欽傳

昔周公身有至聖之德屬有叔父之親而成王有獨見之明無信讒之聽然管蔡流言而周公懼穰侯昭王之舅也權重於秦威震鄰敵有日莫偃伏之愛心不介然有閒然范睢起徒步由異國無雅信開一朝之說而穰侯就封及近者武安侯之見退三事之跡相去各數百歲若合符節甚不可不察願將軍由周公之謙懼損穰侯之威放武安之欲毋使范睢之徒得閒其說

漢書丞相史與韋玄成書 韋玄成傳

古之辭讓必有文義可觀故能垂榮於後今子獨壞

容貌蒙恥辱爲狂癡光曜晻而不宣微哉子之所託名也僕素愚陋過爲宰相執事願少聞風聲不然恐子傷高而僕爲小人也婉而多風

三國志魏文帝與吳質書魏書王粲傳文不全今從裴松之注及文選

二月三日丕白歲月易得別來行復四年三年不見東山猶歎其遠況乃過之思何可支雖書疏往返未足解其勞結昔年疾疫親故多離其災徐陳應劉一時俱逝痛可言邪昔日遊處行則連輿止則接席何曾須臾相失每至觴酌流行絲竹並奏酒酣耳熱仰而賦詩當此一時忽然不自知樂也謂百年已分可長共相保何圖數年之閒零落略盡言之傷心頃撰其遺文都爲一集觀其姓名已爲鬼錄追思昔遊猶在心目而此諸子化爲糞壤可復道哉觀古今文人類不護細行鮮能以名節自立而偉長獨懷文抱質

恬惔寡欲有箕山之志可謂彬彬君子者矣著中論
二十餘篇成一家之言辭義典雅足傳于後此子爲
不朽矣德璉常斐然有述作意才學足以著書美志
不遂良可痛惜閒者歷覽諸子之文對之抆淚既痛
逝者行自念也孔璋章表殊健微爲繁富公幹有逸
氣但未遒耳其五言詩之善者妙絕時人元瑜書記
翩翩致足樂也仲宣續自善於辭賦惜其體弱不足
起其文至於所善古人無以遠過昔伯牙絕絃於鍾
期仲尼覆醢於子路痛知音之難遇傷門人之莫逮
諸子但爲未及古人自一時之儁也今之存者已不
逮矣後生可畏來者難誣然恐吾與足下不及見也
年行已長大所懷萬端時有所慮至通夜不瞑志意
何時復類昔日已成老翁但未白頭耳光武言年三
十餘在兵中十歲所更非一吾德不及之年與之齊

矣吕犬羊之質服虎豹之文無衆星之明假日月之光動見瞻觀何時易乎恐永不復得爲昔日遊也少壯真當努力年一過往何可攀援古人思炳燭夜遊良有吕也頃何以自娛頗復有所述造不東望於邑裁書敘心丕白書牘有言情言理言事之別古今文家此體以昌黎韓氏爲最優而多偏於事理言情者絕少子桓子建無所規仿獨抒性靈辭意斐篤曾文正公亟推爲書牘正裁不虛也惟風骨稍纇此時代爲之不可強者

三國志曹子建與楊德祖書 魏書陳思王植傳注

植白數日不見思子爲勞想同之也僕少小好爲文章迄至于今二十有五年矣然今世作者可略而言也昔仲宣獨步於漢南孔璋鷹揚於河朔偉長擅名於青土公幹振藻於海隅德璉發跡於此魏足下高視於上京當此之時人人自謂握靈蛇之珠家家自謂抱荊山之玉吾王於是設天網以該之頓八紘吕

掩之今悉集茲國矣然此數子猶復不能飛軒絕跡一舉千里以孔璋之才不閑於辭賦而多自謂能與司馬長卿同風譬畫虎未成反爲狗也前有書嘲之反作論盛道僕讚其文夫鍾期不失聽于今稱之吾亦不能忘歎者畏後世之嗤余也世人之著述不能無病僕常好人譏彈其文有不善者應時改定昔丁敬禮常作小文使僕潤飾之僕自以才不過若人辭不爲也敬禮謂僕卿何所疑難文之佳惡吾自得之後世誰相知定吾文者邪吾常歎此達言㠯爲美談昔尼父之文辭與人通流至於制春秋游夏之徒乃不能措一辭過此而言不病者吾未之見也蓋有南威之容乃可㠯論於淑媛有龍泉之利乃可㠯議於斷割劉季緒才不能逮於作者而好詆訶文章掎摭利病昔田巴毀五帝罪三王呰五霸於稷下一旦而

服千人魯連一説使終身杜口劉生之辯未若田氏今之仲連求之不難可無歎息乎人各有好尚蘭茝蓀蕙之芳衆人所好而海畔有逐臭之夫咸池六莖之發衆人所共樂而墨翟有非之之論豈可同哉今往僕少小所著辭賦一通相與夫街談巷説必有可采擊轅之歌有應風雅匹夫之思未易輕棄也辭賦小道固未足以揄揚大義彰示來世也昔楊子雲先朝執戟之臣耳猶稱壯夫不爲也吾雖德薄位爲蕃侯猶庶幾戮力上國流惠下民建永世之業留金石之功豈徒以翰墨爲勳績辭賦爲君子哉若吾志未果吾道不行則將采庶官之實錄辯時俗之得失定仁義之衷成一家之言雖未能藏之於名山將以傳之於同好非要之皓首豈今日之論乎其言之不慙恃惠子之知我也明早相迎書不盡懷植白

三國志諸葛孔明正議　蜀書諸葛亮傳注

昔在項羽起不由德雖處華夏秉帝者之勢卒就湯鑊為後永戒魏不審鑒今次之矣免身為幸戒在子孫而二三子各以耆艾之齒承偽指而進書有若崇竦稱莽之功亦將偪于元禍苟免者邪昔世祖之創迹舊基奮羸卒數千摧莽彊旅四十餘萬於昆陽之郊夫據道討淫不在衆寡及至孟德以其譎勝之力舉數十萬之師救張郃於陽平勢窮慮悔僅能自脫辱其鋒銳之衆遂喪漢中之地深知神器不可妄獲旋還未至感毒而死子桓淫逸繼之以篡縱使二三子多逞蘇張詭靡之說奉進驩兜滔天之辭欲以毀誣唐帝諷解禹稷所謂徒喪文藻煩勞翰墨者矣夫大人君子之所不為也又軍誡曰萬人必死橫行天下昔軒轅氏整卒數萬制四方定海內況以數十萬

之衆據道而臨有罪可得干擬者哉

詔令類

史記孝公彊秦令 秦本紀

昔我繆公自岐雍之閒修德行武東平晉亂㠯河爲界西霸戎翟廣地千地天子致伯諸侯畢賀爲後世開業甚光美會往者厲躁簡公出子之不寧國家內憂未遑外事三晉攻奪我先君河西地諸侯卑秦醜莫大焉獻公即位鎮撫邊境徙治櫟陽且欲東伐復繆公之故地修繆公之政令寡人思念先君之意常痛於心賓客羣臣有能出奇計彊秦者吾且尊官與之分土

漢書高帝告諭天下使誅擅起兵者詔 帝紀十二年

吾立爲天子帝有天下十二年于今矣與天下之豪士賢大夫共定天下同安輯之其有功者上致之王

次爲列侯下乃食邑而重臣之親或爲列侯皆令自置吏得賦斂女子公主爲列侯食邑者皆佩之印賜大第室吏二千石徙之長安受小第室入蜀漢定三秦者皆世世復吾於天下賢士功臣可謂亡負矣其有不義背天子擅起兵者與天下共伐誅之布告天下使明知朕意

漢書文帝勸農民詔 帝紀十二年

道民之路在於務本朕親率天下農十年于今而野不加辟歲一不登民有飢色是從事焉尚寡而吏未加務也吾詔書數下歲勸民種樹而功未興是吏奉吾詔不勤而勸民不明也且吾農民甚苦而吏莫之省將何以勸焉其賜農民今年租稅之半

漢書景帝令吏讞獄疑詔 帝紀中五年

法令度量所以禁暴止邪也獄人之大命死者不可

復生吏或不奉法令以貨賂爲市朋黨比周以苛爲察以刻爲明令亡罪者失職朕甚憐之有罪者不伏罪姦法爲暴甚亡謂也諸獄疑若雖文致於法而於人心不厭者輒讞之

漢書吳王濞遺諸侯書（吳王濞傳按史記亦載此書字句小有異同惟封千戶下多千石五百斤封五百戶二句）

吳王劉濞敬問膠西王膠東王甾川王濟南王趙王楚王淮南王衡山王廬江王故長沙王子幸教以漢有賊臣錯無功天下使奪諸侯之地使吏劾繫訊治以侵辱之爲故不以諸侯人君禮遇劉氏骨肉絕先帝功臣進任姦人誑亂天下欲危社稷陛下多病志逸不能省察欲舉兵誅之謹聞教敝國雖狹地方三千里人民雖少精兵可具五十萬寡人素事南越三十餘年其王諸君皆不辭分其兵以隨寡人又可得

三十萬寡人雖不肖願以身從諸王南越直長沙者因王子定長沙以北西走蜀漢中告越楚王淮南三王與寡人西面齊諸王與趙王定河閒河內或入臨晉關或與寡人會雒陽燕王趙王故與胡王有約燕王北定代雲中轉胡衆入蕭關走長安匡正天下以安高廟願王勉之楚元王子淮南三王或不沐洗十餘年怨入骨髓欲壹有所出久矣寡人未得諸王之意未敢聽今諸王苟能存亡繼絶振弱伐暴以安劉氏社稷所願也吳國雖貧寡人節衣食用積金錢修兵革聚糧食夜以繼日三十餘年矣凡皆爲此願諸王勉之能斬捕大將者賜金五千斤封萬戶列將三千斤封五千戶裨將二千斤封二千戶二千石千斤封千戶皆爲列侯其以軍若城邑降者卒萬人邑萬戶如得大將人戶五千如得列將人戶三千如得裨

將人戶千如得二千石其小吏皆以差次受爵金它封賜皆倍軍法其有故爵邑者更益勿因顧諸王明以令士大夫不敢欺也寡人金錢在天下者往往而有非必取於吳諸王日夜用之不能盡有當賜者告寡人寡人且往遺之敬以聞此與左傳王子朝告諸侯相類

漢書元帝讓馮奉世璽書　馮奉世傳

皇帝問將兵右將軍甚苦暴露羌虜侵邊境殺吏民甚逆天道故遣將軍帥士大夫行天誅以將軍材質之美奮精兵誅不軌百下百全之道也今乃有畔敵之名大爲中國羞以昔不閑習之故邪以恩厚未洽信約不明也朕甚怪之上書言羌虜依深山多徑道不得不多分部遮要害須得後發營士足以決事部署已定埶不可復置大將聞之前爲將軍兵少不足自守故發近所騎日夜詣非爲擊也今發三輔河東

弘農越騎迹射佽飛彀者羽林孤兒及呼速絫嗕種方急遣且兵凶器也必有成敗者患策不豫定料敵不審也故復遣奮武將軍兵法曰大將軍出必有偏裨所以揚威武參計策將軍又何疑焉夫愛吏士得衆心舉而無悔禽敵必全將軍之職也若乃轉輸之費則有司存將軍勿憂須奮武將軍兵到合擊羌虜

漢書元帝報貢禹詔 貢禹傳

朕以生有伯夷之廉史魚之直守經據古不阿當世孳孳於民俗之所寡故親近生幾參國政今未得久聞生之奇論也而云云欲退意豈有所恨與將在位者與生殊乎往者嘗令金敞語生欲及生時祿生之子既已諭矣今復云云子少夫以王命辨護生家雖百子何以加傳曰士懷土何必思故鄉生其彊飯慎疾已自輔

三國志魏武帝求將士後令　魏書武帝紀

吾起義兵爲天下除暴亂舊士人民死喪略盡國中終日行不見所識使吾悽愴傷懷其舉義兵已來將士絕無後者求其親戚以後之授土田官給耕牛置學師以教之爲存者立廟使祀其先人魂而有靈吾百年之後何恨哉似漢高祖

三國志魏武帝舉賢才令　魏書武帝紀注

昔伊摯傅說出於賤人管仲桓公賊也皆用之以興蕭何曹參縣吏也韓信陳平負汙辱之名有見笑之恥遂能成就王業聲著千載吳起貪將殺妻自信散金求官母死不歸然在魏秦人不敢東向在楚則三晉不敢南謀今天下得無有至德之人放在民閒及果勇不顧臨敵力戰若文俗之吏高才異質或堪爲將守負汙辱之名見笑之行或不仁不孝而有治國

用兵之術。其各舉所知。勿有所遺。辭雖背理傷道。而氣實雄偉。與漢初詔令相類。

三國志諸葛孔明與羣下教 蜀書董和傳

夫參署者。集衆思。廣忠益也。若遠小嫌。難相違覆。曠闕損矣。違覆而得中。猶棄弊蹻而獲珠玉。然人心苦不能盡。惟徐元直處茲不惑。又董幼宰參署七年。事有不至。至于十反。來相啓告。苟能慕元直之十一。幼宰之殷勤。有忠於國。則亮可少過矣。

詞賦類

漢書班倢伃自傷悼賦 外戚傳

承祖考之遺德兮。何性命之淑靈。登薄軀於宮闕兮。充下陳於後庭。蒙聖皇之渥惠兮。當日月之盛明。揚光烈之翕赫兮。奉隆寵於增成。既過幸於非位兮。竊庶幾乎嘉時。每寤寐而絫息兮。申佩離以自思。陳女

圖以鏡監兮顧女史而問詩悲晨婦之作戒兮哀褒
閻之爲郵美皇英之女虞兮榮任姒之母周雖愚陋
其靡及兮敢舍心而忘茲歷年歲而悼懼兮閔蕃華
之不滋痛陽祿與柘館兮仍繈褓而離災豈妾人之
殃咎兮將天命之不可求白日忽已移光兮遂晻莫
而昧幽猶被覆載之厚德兮不廢捐於罪郵奉共養
於東宮兮託長信之末流共灑埽於帷幄兮永終死
以爲期願歸骨於山足兮依松柏之餘休重曰潛玄
宮兮幽以清應門閉兮禁闥扃華殿塵兮玉階落中
庭萋兮綠草生廣室陰兮帷幄暗房櫳虛兮風泠泠
感帷裳兮發紅羅紛綷縩兮紈素聲神眇眇兮密靚
處君不御兮誰爲榮俯視兮丹墀思君兮履綦仰視
兮雲屋雙涕兮橫流顧左右兮和顏酌羽觴兮銷憂
惟人生兮一世忽一過兮若浮已獨享兮高明處生

民兮極休勉虞精兮極樂與福祿兮無期緑衣兮白華自古兮有之朱子極賞此賦謂其和平中正柏舟綠衣詞義之美殆不過此

漢書班孟堅幽通賦敘傳文此篇依張皋文七十家賦鈔本

系高頊之玄胄兮氏中葉之炳靈繇凱風而蟬蛻兮雄朔野以颺聲皇十紀而鴻漸兮有羽儀於上京巨滔天而泯夏兮考遘愍以行謠終保己而貽則兮里上仁之所廬懿前烈之純淑兮窮與達其必濟咨孤蒙之眇眇兮將圮絕而罔階豈余身之足殉兮愇世業之可懷靖潛選作憯處以永思兮經日月而彌遠匪黨人之敢拾兮庶斯言之不玷魂煢煢與神交兮精誠發於宵寐夢登山而迥眺兮覿幽人之髣髴擥葛藟而授余兮眷峻谷曰勿墜昒昕寤而仰思兮心蒙蒙猶未察黃神邈而靡質兮儀遺讖以臆對曰乘高而遌神兮道遐通而不迷葛綿綿於樛木兮詠南風

己爲綏蓋惴惴之臨深兮乃二雅之所祗既誶（選作訊）爾己吉象兮又（選作乃）申之以炯戒盍孟晉（選作晉）以迨羣兮辰倏忽其不再」承靈訓其虛徐兮佇盤桓而且俟惟天墜之無窮兮鱻生民之脢在紛屯亶與蹇連兮何艱多而智寡上聖寤而後拔兮豈羣黎之所御昔衛叔之御昆兮昆爲寇而喪予管彎弧欲斃讎兮讎作后而成己變化故而相詭兮孰云豫其終始雍造怨而先賞兮丁繇惠而被戮桌取弔于逌吉兮王膺慶於所慼叛回冗其若茲兮北叟頗識其倚伏單治裏而外凋兮張修襮而內逼耿中龢爲庶幾兮顏與冉又不得溺招路己從己兮謂孔氏猶未可安慆慆而不萉兮卒隕身虖世既遊聖門而靡救兮雖覆醢其何補固行行其必凶兮免盜亂爲賴道形氣發于根柢兮柯葉彙而靈茂恐罔蝄之責景兮慶未得

其三已黎淳耀于高辛兮芈彊大於南汜嬴取威於
百儀(選作伯夷)兮姜本支虖三止(選作趾)既仁得其信然兮
卬天路而同軌東厸虐而殲仁兮王合位虖三五戎
女烈而喪孝乎伯徂歸於龍虎發還師㠯成性(選作命)
兮重醉行而自耦震鱗漦于夏庭兮帀三正而滅姬
巽羽化乎宣宮兮彌五辟而成災道悠(選作修)長而世
短兮夐冥默而不周胥仍物而鬼諏兮迺窮宙而達
幽嫣巢姜於孺筮兮日算祀于挈(選作契)龜宣曹興敗
於下夢兮魯衛名謚於銘謠姚聆呱而刻石兮許相
理而鞠條道混成而自然兮術同源而分流神先心
㠯定命兮命隨行㠯消息斡流遷其不濟兮故遭羅
而嬴縮三欒同於一體兮雖移盈然(選作易而)不忒洞參
差其紛錯兮斯衆兆之所惑周賈盪而貢憤兮齊死
生與禍福抗爽言㠯矯情兮信畏犧而忌鵩所貴聖

人之(選無之字)至論兮順天性而斷誼物有欲而不居兮亦有惡而不避守孔約而不貳兮迺輶德而無累三仁殊而(選作於)一致兮夷惠舛而齊聲木偃息以蕃魏兮申重繭以存荆紀焚躬以衞上兮皓頤志而弗營(選作傾)侯屮木之區別兮苟能實而(選作其)必榮要沒世而不朽兮迺先民之所程

觀天罔之紘覆兮實棐諶而相順(選作訓)謨先聖之大繇(選作猷)兮亦𠃋惪而助信虞韶美而儀鳳兮孔忘味於千載素文信而底麟兮漢賓祚于異代精通靈而感物兮神動氣而入微養游(選作流)睇而猿號兮李虎發而石開非精誠其焉通兮苟無實其孰信操末技猶必然兮剡湛躬於道真登孔顥而上下兮緯羣龍之所經朝貞觀而夕化兮猶誼己而遺形若胥彭而偕老兮訴來哲以(選作而)通情

(何義門云謂歿世不朽不啻彭老之壽可以俟百世後之人也)

亂曰天造屮昧立

性命兮復心宏道惟賢聖（選作聖賢）兮渾元運物流不處兮保身遺名民之表兮舍生取誼亦道用兮憂傷夭物忝莫痛兮昊爾太素曷渝色兮尚粵其幾淪神域兮

漢書班孟堅答賓戲（敘傳有序）

永平中爲郎典校祕書專篤志於博學㠯著述爲業或譏㠯無功又感東方朔楊雄自諭㠯不遭蘇張范蔡之時曾不折之㠯正道明君子之所守故聊復應焉其辭曰

賓戲主人曰蓋聞聖人有壹定之論列士有不易之分亦云名而已矣故太上有立德其次有立功夫德不得後身而特盛功不得背時而獨章是㠯聖喆之治棲棲皇皇孔席不煗墨突不黔由此言之取舍者昔人之上務著作者前列之餘事耳今吾子幸游帝

王之世躬帶冕之服浮英華湛道德鬱龍虎之文舊矣卒不能攄首尾奮翼鱗振拔洿塗跨騰風雲使見之者景駭聞之者嚮震徒樂枕經籍書紆體衡門上無所蔕蔕下無所根獨攄意虖宇宙之外銳思於毫芒之內潛神默記恆已年歲然而器不賈於當己用不效於一世雖馳辯如濤波摛操如春華猶無益於殿最意者且運朝夕之策定合會之計使存有顯號士有美諡不亦優虖主人逌爾而咲曰若賓之言斯所謂見埶利之華闇道德之實守窔奧之熒燭未卬天庭而覩白日也曩者王塗蕪穢周失其御侯伯方軌戰國横騖於是七雄虓闞分裂諸夏龍戰而虎爭游說之徒風颺電激並起而救之其餘焱飛景附煜霅其閒者蓋不可勝載當此之時搦朽摩鈍鈆刀皆能壹斷是故魯連飛一矢而蹷千金虞卿以顧眄而捐

相印也夫啾發投曲感耳之聲合之律度淫哇而不可聽者非韶夏之樂也因勢合變偶時之會風移俗易乖忤而不可通者非君子之法也及至從人合之衡人散之士命漂說羈旅騁辭商鞅挾三術以鑽孝公李斯奮時務而要始皇彼皆躡風雲之會履顛沛之埶據徼乘邪以求一日之富貴朝爲榮華夕而焦瘁福不盈眥禍溢於世凶人且以自悔況吉士而是賴虖且功不可以虛成名不可以僞立韓設辯以徼君呂行詐以賈國說難旣酋其身迺囚秦貨旣貴厥宗亦隧是故仲尼抗浮雲之志孟軻養浩然之氣彼豈樂爲迂闊哉道不可以貳也方今大漢洒埽羣穢夷險芟荒廓帝紘恢皇綱基隆於羲農規廣於黃唐其君天下也炎之如日威之如神函之如海養之如春是以六合之內莫不同原共流沐浴玄德稟卬太

和枝附葉著譬猶屮木之殖山林鳥魚之毓川澤得氣者蕃滋失時者苓落參天墜而施化豈云人事之厚薄哉今子處皇世而論戰國耀所聞而疑所覿欲從旄敦而度高虖泰山懷氿濫而測深虖重淵亦未至也賓曰若夫鞅斯之倫衰周之凶人既聞命矣敢問上古之士處身行道輔世成名可述於後者默而已虖主人曰何爲其然也昔咎繇謨虞箕子訪周言通帝王謀合聖神殷說夢發於傅巖周望兆動於渭濱齊甯激聲於康衢漢良受書於邳沂皆竢命而神交匪詞言之所信故能建必然之策展無窮之勳也近者陸子優游新語以興董生下帷發藻儒林劉向司籍辯章舊聞楊雄覃思法言大玄皆及昔君之門闈究先聖之壼奧婆娑虖術藝之場休息虖篇籍之囿曰全其質而發其文用納虖聖聽列炳於後人斯

非其亞與若迺夷抗行於首陽惠降志於辱仕顏耽樂於簞瓢孔終篇於西狩聲盈塞於天淵真吾徒之師表也且吾聞之壹陰壹陽天墜之方迺文迺質王道之綱有同有異聖喆之常故曰慎修所志守爾天符委命共己味道之腴神之聽之名其舍諸賓又不聞龢氏之璧韞於荊石隨侯之珠臧於蜯蛤虖歷世莫眡不知其將含景耀吐英精曠千載而流夜光也應龍潛於潢汙魚黿媟之不覩其能奮靈德合風雲超忽荒而躆顥蒼也故夫泥蟠而天飛者應龍之神也先賤而後貴者龢隨之珍也旹闇而久章者君子之真也若迺牙曠清耳於管絃離婁眇目於豪分逢蒙絕技於弧矢班輸榷巧於斧斤良樂軼能於相馭烏獲抗力於千鈞龢鵲發精於鍼石研桑心計於無垠僕亦不任廁技於彼列故密爾自娛於斯文

漢書王子淵聖主得賢臣頌　王褒傳

夫荷旃被毳者難與道純緜之麗密羹藜唅糗者不足與論太牢之滋味今臣辟在西蜀生於窮巷之中長於蓬茨之下無有游觀廣覽之知顧有至愚極陋之累不足㠯塞厚望應明指雖然敢不略陳愚而抒情素記曰共惟春秋法五始之要在乎審己正統而已夫賢者國家之器用也所任賢則趨舍省而功施普器用利則用力少而就效衆故工人之用鈍器也勞筋苦骨終日矻矻及至巧冶鑄干將之樸清水焠其鋒越砥歛其咢水斷蛟龍陸剸犀革忽若彗氾畫塗如此則使離婁督繩公輸削墨雖崇臺五增延袤百丈而不溷者工用相得也庸人之御駑馬亦傷吻敝策而不進於行匈喘膚汗人極馬倦及至駕齧厀驂乘旦王良執靶韓哀附輿縱馳騁騖忽如景靡過

都越國蹶如歷塊追奔電逐遺風周流八極萬里壹
息何其遼哉人馬相得也故服絺綌之涼者不苦盛
暑之鬱燠襲貂狐之煖者不憂至寒之淒愴何則有
其具者易其備賢人君子亦聖主之所㠯易海內也
是㠯嘔喻受之開寬裕之路㠯延天下英俊也夫竭
知附賢者必建仁策索人求士者必樹伯迹昔周公
躳吐捉之勞故有圉空之隆齊桓設庭燎之禮故有
匡合之功由此觀之君人者勤於求賢而逸於得人
人臣亦然昔賢者之未遭遇也圖事揆策則君不用
其謀陳見悃誠則上不然其信進仕不得施效斥逐
又非其愆是故伊尹勤於鼎俎太公困於鼓刀百里
自鬻甯子飯牛離此患也及其遇明君遭聖主也運
籌合上意諫諍卽見聽進退得關其忠任職得行其
術去卑辱奧渫而升本朝離疏釋蹻而享膏粱剖符

錫瓌而光祖考傳之子孫以資說士故世必有聖知
之君而後有賢明之臣故虎嘯而冽風龍興而致雲
蟋蟀俟秋唫蜉蝣出以陰易曰飛龍在天利見大人
詩曰思皇多士生此王國故世平主聖俊艾將自至
若堯舜禹湯文武之君獲稷契皐陶伊尹呂望明明
在朝穆穆列布聚精會神相得益章雖伯牙操遞鍾
逢門子彎烏號猶未足以喻其意也故聖主必待賢
臣而弘功業俊士亦俟明主以顯其德上下俱欲驩
然交欣千載壹合論說無疑翼乎如鴻毛遇順風沛
乎如巨魚縱大壑其得意若此則胡禁不止曷令不
行化溢四表橫被無窮遐夷貢獻萬祥畢湊是以聖
王不徧窺望而視已明不單頃耳而聽已聰恩從祥
風翺德與和氣游太平之責塞優游之望得遵游自
然之埶恬淡無爲之場休徵自至壽考無疆雍容垂

拱永永萬年何必偃卬詘信若彭祖呴噓呼吸如僑松眇然絕俗離世哉詩云濟濟多士文王以寧蓋信乎其以寧也合賦頌奏議爲一冶體格蓋出於封禪文

哀祭類

漢書匡稚圭禱高祖孝文孝武廟 韋玄成傳

嗣曾孫皇帝恭承洪業夙夜不敢康寧思育休烈以章祖宗之盛功故動作接神必因古聖之經往者有司以爲前因所幸而立廟將以繫海內之心非爲尊祖嚴親也今賴宗廟之靈六合之內莫不附親廟宜一居京師天子親奉郡國廟可止毋修皇帝祗肅舊禮尊重神明卽告于祖宗而不敢失今皇帝有疾不豫迺夢祖宗見戒以廟楚王夢亦有其序皇帝悼懼卽詔臣衡復修立謹案上世帝王承祖禰之大義皆不敢不自親郡國吏卑賤不可使獨承又祭祀之義

吕民爲本閒者歲數不登百姓困乏郡國廟無吕修立禮凶年則歲事不舉吕祖禰之意爲不樂是吕不敢復如誠非禮義之中違祖宗之心咎盡在臣衡當受其殃大被其疾隊在溝瀆之中皇帝至孝肅愼宜蒙祐福唯高皇帝孝文皇帝孝武皇帝省察右饗皇帝之孝開賜皇帝眉壽亡疆令所疾日瘳平復反常永保宗廟天下幸甚

漢書匡稚圭告謝毀廟 韋玄成傳

往者大臣吕爲在昔帝王承祖宗之休典取象於天地天序五行人親五屬天子奉天故率其意而尊其制是吕禘嘗之序靡有過五受命之君躬接于天萬世不墮繼烈吕下五廟而遷上陳太祖閒歲而祫其道應天故福祿永終太上皇非受命而屬盡義則當遷又吕爲孝莫大於嚴父故父之所尊子不敢不承

父之所異子不敢同禮公子不得爲母信爲後則於
子祭於孫止尊祖嚴父之義也寢日四上食園廟閒
祠皆可亡修皇帝思慕悼懼未敢盡從惟念高皇帝
聖德茂盛受命溥將欽若稽古承順天心子孫本支
陳錫亡疆誠以爲遷廟合祭久長之策高皇帝之意
迺敢不聽即以今日還太上孝惠廟孝文太后孝昭
太后寢將以昭祖宗之德順天人之序定無窮之業
今皇帝未受茲福迺有不能共職之疾皇帝願復修
立承祀臣衡等咸以爲禮不得如不合高皇帝孝惠
皇帝孝文皇帝孝武皇帝孝昭皇帝孝宣皇帝太上
皇孝文太后孝昭太后之意罪盡在臣衡等當受其
咎今皇帝尚未平詔中朝臣具復毀廟之文臣衡中
朝臣咸復以爲天子之祀義有所斷禮有所承違統
背制不可以奉先祖皇天不祐鬼神不饗六藝所載

皆言不當。無所依緣。臣作其文。事如失指。罪迺在臣。衡當深受其殃。皇帝宜厚蒙祉福。嘉氣日興。疾病平復。永保宗廟。與天亡極。羣生百神。有所歸息。

續古文辭類篹卷十六

敘記類

通鑑周瑜劉備赤壁之戰　漢獻帝建安十三年

初魯肅聞劉表卒言於孫權曰荊州與國鄰接江山險固沃野萬里士民殷富若據而有之此帝王之資也今劉表新亡二子不協軍中諸將各有彼此劉備天下梟雄與操有隙寄寓於表表惡其能而不能用也若備與彼協心上下齊同則宜撫安與結盟好如有離違宜別圖之以濟大事肅請得奉命弔表二子并慰勞其軍中用事者及說備使撫表衆同心一意共治曹操備必喜而從命如其克諧天下可定也今不速往恐爲操所先權即遣肅行到夏口聞操已向荊州晨夜兼道比至南郡而琮已降備南走肅徑迎之與備會於當陽長坂肅宣權旨論天下事執致殷

勤之意。且問備曰。豫州今欲何至。備曰。與蒼梧太守吳巨有舊。欲往投之。肅曰。孫討虜聰明仁惠。敬賢禮士。江表英豪咸歸附之。已據有六郡。兵精糧多。足以立事。今爲君計。莫若遣腹心自結於東。以共濟世業。而欲投吳巨。巨是凡人。偏在遠郡。行將爲人所併。豈足託乎。備甚悅。肅又謂諸葛亮曰。我子瑜友也。卽共定交。子瑜者。亮兄瑾也。避亂江東。爲孫權長史。備用肅計。進住鄂縣之樊口。

曹操自江陵將順江東下。諸葛亮謂劉備曰。事急矣。請奉命求救於孫將軍。遂與魯肅俱詣孫權。亮見權於柴桑。說權曰。海內大亂。將軍起兵江東。劉豫州收衆漢南。與曹操共爭天下。今操芟夷大難。略已平矣。遂破荊州。威震四海。英雄無用武之地。故豫州遁逃至此。願將軍量力而處之。若能以吳越之衆。與中國抗衡。不如蚤與之絕。若不能。

何不按兵束甲北面而事之今將軍外託服從之名而內懷猶豫之計事急而不斷禍至無日矣權曰苟如君言劉豫州何不遂事之乎亮曰田橫齊之壯士耳猶守義不辱況劉豫州王室之胄英才蓋世衆士慕仰若水之歸海若事之不濟此乃天也安能復爲之下乎權勃然曰吾不能舉全吳之地十萬之衆受制於人吾計決矣非劉豫州莫可以當曹操者然豫州新敗之後安能抗此難乎亮曰豫州軍雖敗於長坂今戰士還者及關羽水軍精甲萬人劉琦合江夏戰士亦不下萬人曹操之衆遠來疲憊聞追豫州輕騎一日一夜行三百餘里此所謂彊弩之末勢不能穿魯縞者也故兵法忌之曰必蹶上將軍且北方之人不習水戰又荊州之民附操者偪兵勢耳非心服也今將軍誠能命猛將統兵數萬與豫州協規同力

破操軍必矣操軍破必北還如此則荊吳之埶彊鼎足之形成矣成敗之機在於今日（此節已見諸葛亮傳）權大悅與其羣下謀之是時曹操遺權書曰近者奉辭伐罪旌麾南指劉琮束手今治水軍八十萬衆方與將軍會獵於吳權以示臣下莫不響震失色長史張昭等曰曹公豺虎也挾天子以征四方動以朝廷爲辭今日拒之事更不順且將軍大埶可以拒操者長江也今操得荊州奄有其地劉表治水軍蒙衝鬭艦乃以千數操悉浮以沿江兼有步兵水陸俱下此爲長江之險已與我共之矣而埶力衆寡又不可論愚謂大計不如迎之魯肅獨不言權起更衣肅追於宇下權知其意執肅手曰卿欲何言肅曰向察衆人之議專欲誤將軍不足與圖大事今肅可迎操耳如將軍不可也何以言之今肅迎操操當以肅還付鄉黨品其

名位猶不失下曹從事乘犢車從吏卒交游士林累官故不失州郡也將軍迎操欲安所歸乎願早定大計莫用衆人之議也權歎息曰諸人持議甚失孤望今卿廓開大計正與孤同時周瑜受使至番陽肅勸權召瑜還瑜至謂權曰操雖託名漢相其實漢賊也將軍以神武雄才兼仗父兄之烈割據江東地方數千里兵精足用英雄樂業當橫行天下爲漢家除殘去穢況操自送死而可迎之邪請爲將軍籌之今北土未平馬超韓遂尚在關西爲操後患而操舍鞍馬仗舟楫與吳越爭衡今又盛寒馬無稾草驅中國士衆遠涉江湖之閒不習水土必生疾病此數者用兵之患也而操皆冒行之將軍禽操宜在今日瑜請得精兵數萬人進駐夏口保爲將軍破之權曰老賊欲廢漢自立久矣徒忌二袁呂布劉表與孤耳今數雄

已滅惟孤尚存孤與老賊埶不兩立君言當擊甚與
孤合此天以君授孤也因拔刀斫前奏案曰諸將吏
敢復有言當迎操者與此案同乃罷會是夜瑜復見
權曰諸人徒見操書言水步八十萬而各恐懾不復
料其虛實便開此議甚無謂也今以實校之彼所將
中國人不過十五六萬且已久疲所得表衆亦極七
八萬耳尚懷狐疑夫以疲病之卒御狐疑之衆衆數
雖多甚未足畏瑜得精兵五萬自足制之願將軍勿
慮權撫其背曰公瑾卿言至此甚合孤心子布元表
諸人各顧妻子挾持私慮深失所望獨卿與子敬與
孤同耳此天以卿二人贊孤也五萬兵難卒合已選
三萬人船糧戰具俱辦卿與子敬程公便在前發孤
當續發人衆多載資糧爲卿後援卿能辦之者誠決
邂逅不如意便還就孤孤當與孟德決之遂以周瑜

程普爲左右督將兵與備并力逆操以魯肅爲贊軍
校尉助畫方略
劉備在樊口日遣邏吏於水次候望
權軍吏望見瑜船馳往白備備遣人慰勞之瑜曰有
軍任不可得委署儻能屈威誠副其所望備乃乘單
舸往見瑜曰今拒曹公深爲得計戰卒有幾瑜曰三
萬人備曰恨少瑜曰此自足用豫州但觀瑜破之備
欲呼魯肅等共會語瑜曰受命不得妄委署若欲見
子敬可別過之備深愧喜
進與操遇於赤壁時操軍
衆已有疾疫初一交戰操軍不利引次江北瑜等在
南岸瑜部將黃蓋曰今寇衆我寡難與持久操軍方
連船艦首尾相接可燒而走也乃取蒙衝鬬艦十艘
載燥荻枯柴灌油其中裹以帷幕上建旌旗豫備走
舸繫於其尾先以書遺操詐云欲降時東南風急蓋
以十艦最著前中江舉帆餘船以次俱進操軍吏士

皆出營立觀指言蓋降去北軍二里餘同時發火火
烈風猛船往如箭燒盡北船延及岸上營落頃之煙
炎張天人馬燒溺死者甚衆瑜等率輕銳繼其後靁
鼓大震北軍大壞操引軍從華容道步走遇泥濘道
不通天又大風悉使羸兵負草填之騎乃得過羸兵
爲人馬所蹈藉陷泥中死者甚衆劉備周瑜水陸並
進追操至南郡時操軍兼以飢疫死者大半操乃留
征南將軍曹仁橫野將軍徐晃守江陵折衝將軍樂
進守襄陽引軍北還周瑜程普將數萬衆與曹仁隔
江未戰甘寧請先徑進取夷陵往卽得其城因入守
之益州將襲肅舉軍降周瑜表以肅兵益橫野中郎
將呂蒙蒙盛稱肅有膽用且慕化遠來於義宜益不
宜奪也權善其言還肅兵曹仁遣兵圍甘寧寧困急
求救於周瑜諸將以爲兵少不足分呂蒙謂周瑜程

普曰留淩公績於江陵蒙與君行解圍釋急埶亦不久蒙保公績能十日守也瑜從之大破仁兵於夷陵獲馬三百匹而還於是將士形埶自倍瑜乃渡江屯北岸與仁相拒

通鑑曹爽之難　魏邵陵厲公正始九年嘉平元年

大將軍爽驕奢無度飲食衣服擬於乘輿尚方珍玩充牣其家又私取先帝才人以爲伎樂作窟室綺疏四周數與其黨何晏等縱酒其中弟羲深以爲憂數涕泣諫止之爽不聽爽兄弟數俱出游司農沛國桓範謂曰總萬機典禁兵不宜並出若有閉城門誰復內入者爽曰誰敢爾邪初清河平原爭界八年不能決冀州刺史孫禮請天府所藏烈祖封平原時圖以決之爽信清河之訴云圖不可用禮上疏自辨辭頗剛切爽大怒劾禮怨望結刑五歲久而復爲幷州刺

史往見太傅懿有忿色而無言懿曰卿得幷州少邪恚理分界失分乎禮曰何明公言之乖也禮雖不德豈以官位往事爲意邪本謂明公齊蹤伊呂匡輔魏室上報明帝之託下建萬世之勳今社稷將危天下兇兇此禮之所以不悅也因涕泣橫流懿曰且止忍不可忍冬河南尹李勝出爲荊州刺史過辭太傅懿懿令兩婢侍持衣衣落指口言渴婢進粥懿不持杯而飲粥皆流出霑胸勝曰衆情爲明公舊風發動何意尊體乃爾懿使聲氣纔屬說年老枕疾死在旦夕君當屈幷州幷州近胡好爲之備恐不復相見以子師昭兄弟爲託勝曰當還忝本州非幷州懿乃錯亂其辭曰君方到幷州勝復曰當忝荊州懿曰年老意荒不解君言今還爲本州盛德壯烈好建功勳勝退告爽曰司馬公尸居餘氣形神已離不足慮矣他日

又向爽等垂泣曰太傅病不可復濟令人愴然故爽等不復設備何晏聞平原管輅明於術數請與相見十二月丙戌輅往詣晏晏與之論易時鄧颺在坐謂輅曰君自謂善易而語初不及易中辭義何也輅曰夫善易者不言易也晏含笑贊之曰可謂要言不煩也因謂輅曰試爲作一卦知位當至三公不又問連夢見青蠅數十來集鼻上驅之不去何也輅曰昔元凱輔舜周公佐周皆以和惠謙恭享有多福此非卜筮所能明也今君侯位尊埶重而懷德者鮮畏威者衆殆非小心求福之道也又鼻者天中之山高而不危所以長守貴今青蠅臭惡而集之位峻者顛輕豪者亡不可不深思也願君侯裒多益寡非禮勿履然後三公可至青蠅可驅也颺曰此老生之常譚輅曰夫老生者見不生常譚者見不譚輅還邑舍具以語

其舅舅責軫言太切至軫曰與死人語何所畏邪舅
大怒以軫爲狂太傅懿陰與其子中護軍師散騎常
侍昭謀誅曹爽嘉平元年春正月甲午帝謁高平陵
大將軍爽與弟中領軍羲武衛將軍訓散騎常侍彥
皆從太傅懿以皇太后令閉諸城門勒兵據武庫授
兵出屯洛水浮橋召司徒高柔假節行大將軍事據
爽營太僕王觀行中領軍事據羲營因奏爽罪惡於
帝曰臣昔從遼東還先帝詔陛下秦王及臣升御牀
把臣臂深以後事爲念臣言太祖高祖亦屬臣以後
事此自陛下所見無所憂苦萬一有不如意臣當以
死奉明詔今大將軍爽背棄顧命敗亂國典內則僭
擬外則專權破壞諸營盡據禁兵羣官要職皆置所
親殿中宿衞易以私人根據盤互縱恣日甚又以黃
門張當爲都監伺察至尊離閒二宮傷害骨肉天下

兇兇人懷危懼陛下便爲寄坐豈得久安此非先帝詔陛下及臣升御牀之本意也臣雖朽邁敢忘往言太尉臣濟等皆以爽爲有無君之心兄弟不宜典兵宿衞奏永寧宮皇太后令敕臣如奏施行臣輒敕主者及黃門令罷爽羲訓吏兵以侯就第不得逗留以稽車駕敢有稽留便以軍法從事臣輒力疾將兵屯洛水浮橋伺察非常

爽得懿奏事不通迫窘不知所爲留車駕宿伊水南伐木爲鹿角發屯田兵數千人以爲衞懿使侍中高陽許允及尚書陳泰說爽宜早自歸罪又使爽所信殿中校尉尹大目謂爽唯免官而已以洛水爲誓泰羣之子也

初爽以桓範鄉里老宿於九卿中特禮之然不甚親也及懿起兵以太后令召範欲使行中領軍範欲應命其子止之曰車駕在外不如南出範乃出至平昌城門城門已閉門候

司蕃故範舉吏也範舉手中版示之矯曰有詔召我
卿促開門蕃欲求見詔書範呵之曰卿非我故吏邪
何以敢爾乃開之範出城顧謂蕃曰太傅圖逆卿從
我去蕃徒行不能及遂避側懿謂蔣濟曰智囊往矣
濟曰範則智矣然駑馬戀棧豆爽必不能用也範至
勸爽兄弟以天子詣許昌發四方兵以自輔爽疑未
決範謂羲曰此事昭然卿用讀書何爲邪於今日卿
等門戶求貧賤復可得乎且匹夫質一人尚欲望活
卿與天子相隨令於天下誰敢不應也俱不言範又
謂羲曰卿別營近在闕南洛陽典農治在城外呼召
如意今詣許昌不過中宿許昌別庫足相被假所憂
當在穀食而大司農印章在我身羲兄弟默然不從
自甲夜至五鼓爽乃投刀於地曰我亦不失作富家
翁範哭曰曹子丹佳人生汝兄弟㹠犢耳何圖今日

坐汝等族滅也爽乃通懿奏事白帝下詔免己官奉帝還宮爽兄弟歸家懿發洛陽吏卒圍守之四角作高樓令人在樓上察視爽兄弟舉動爽挾彈到後園中樓上便唱言故大將軍東南行爽愁悶不知爲計戊戌有司奏黃門張當私以所擇才人與爽疑有姦收當付廷尉考實辭云爽與尚書何晏鄧颺丁謐司隸校尉畢軌荆州刺史李勝等陰謀反逆須三月中發於是收爽羲訓晏颺謐軌勝並桓範皆下獄劾以大逆不道與張當俱夷三族初爽之出也司馬魯芝留在府聞有變將營騎斫津門出赴爽及爽解印綬將出主簿楊綜止之曰公挾主握權捨此以至東市乎有司奏收芝綜治罪太傅懿曰彼各爲其主也宥之頃之以芝爲御史中丞綜爲尚書郎魯芝將出呼參軍辛敞欲與俱去敞毗之子也其姊憲英爲太常

羊耽妻敞與之謀曰天子在外太傅閉城門人云將
不利國家於事可得爾乎憲英曰以吾度之太傅此
舉不過以誅曹爽耳敞曰然則事就乎憲英曰得無
殆就爽之才非太傅之偶也敞曰然則敞可以無出
乎憲英曰安可以不出職守人之大義也凡人在難
猶或卹之爲人執鞭而棄其事不祥莫大焉且爲人
任爲人死親昵之職也從衆而已敞遂出事定之後
敞歎曰吾不謀於姊幾不獲於義先是爽辟王沈及
太山羊祜沈勸祜應命祜曰委質事人復何容易沈
遂行及爽敗沈以故吏免乃謂祜曰吾不忘卿前語
祜曰此非始慮所及也爽從弟文叔妻夏侯令女早
寡而無子其父文寧欲嫁之令女刀截兩耳以自誓
居常依爽爽誅其家上書絕昏强迎以歸復將嫁之
令女竊入寢室引刀自斷其鼻其家驚惋謂之曰人

生世間如輕塵棲弱草耳何至自苦乃爾且夫家夷滅已盡守此欲誰爲哉令女曰吾聞仁者不以盛衰改節義者不以存亡易心曹氏前盛之時尚欲保終況今衰亡何忍棄之此禽獸之行吾豈爲乎司馬懿聞而賢之聽使乞子字養爲曹氏後何晏等方用事自以爲一時才傑人莫能及晏嘗爲名士品目曰唯深也故能通天下之志夏侯泰初是也唯幾也故能成天下之務司馬子元是也唯神也不疾而速不行而至吾聞其語未見其人蓋欲以神況諸己也選部郎劉陶曄之子也少有口辯鄧颺之徒稱之以爲伊呂陶嘗謂傅玄曰仲尼不聖何以知之智者於羣愚如弄一丸於掌中而不能得天下何以爲聖玄不復難但語之曰天下之變無常也今見卿窮及曹爽敗陶退居里舍乃謝其言之過管輅之舅謂輅曰爾前

何以知何鄧之敗輅曰鄧之行步筋不束骨脈不制肉起立傾倚若無手足此爲鬼躁何之視候則魂不守宅血不華色精爽煙浮容若槁木此爲鬼幽二者皆非遐福之象也何晏性自喜粉白不去手行步顧影尤好老莊之書與夏侯玄荀粲及山陽王弼之徒競爲清談祖尚虛無謂六經爲聖人糟粕由是天下士大夫爭慕效之遂成風流不可復制焉

通鑑謝石謝玄肥水之戰晉孝武帝太元八年

太元八年秋秦王堅下詔大舉入寇民每十丁遣一兵其良家子年二十已下有材勇者皆拜羽林郎又曰其以司馬昌明爲尚書左僕射謝安爲吏部尚書桓沖爲侍中執還不遠可先爲起第良家子至者三萬餘騎拜秦州主簿趙盛之爲少年都統是時朝臣皆不欲堅行獨慕容垂姚萇及良家子勸之陽平公

融言於堅曰鮮卑羌虜我之仇讎常思風塵之變以逞其志所陳策畫何可從也良家少年皆富饒子弟不閑軍旅苟爲諂諛之言以會陛下之意今陛下信而用之輕舉大事臣恐功既不成仍有後患悔無及也堅不聽八月戊午堅遣陽平公融督張蚝慕容垂等步騎二十五萬爲前鋒以兗州刺史姚萇爲龍驤將軍督益梁州諸軍事堅謂萇曰昔朕以龍驤建業未嘗輕以授人卿其勉之左將軍竇衝曰王者無戲言此不祥之徵也堅默然慕容楷慕容紹言於慕容垂曰主上驕矜已甚叔父建中興之業在此行也垂曰然非汝誰與成之甲子堅發長安戎卒六十餘萬騎二十七萬旗鼓相望前後千里九月堅至項城涼州之兵始達咸陽蜀漢之兵方順流而下幽冀之兵至於彭城東西萬里水陸齊進運漕萬艘陽平公融

等兵三十萬先至潁口詔以尚書僕射謝石爲征虜
將軍征討大都督以徐兗二州刺史謝玄爲前鋒都
督與輔國將軍謝琰西中郎將桓伊等衆共八萬拒
之使龍驤將軍胡彬以水軍五千援壽陽琰安之子
也是時秦兵旣盛都下震恐謝玄入問計於謝安安
夷然答曰已別有旨旣而寂然玄不敢復言乃令張
玄重請安遂命駕出游山墅親朋畢集與玄圍棊賭
墅安棊常劣於玄是日玄懼便爲敵手而又不勝安
遂游陟至夜乃還桓沖深以根本爲憂遣精銳三千
入衛京師謝安固卻之曰朝廷處分已定兵甲無闕
西藩宜留以爲防沖對佐吏歎曰謝安石有廟堂之
量不閑將略今大敵垂至方游談不暇遣諸不經事
少年拒之衆又寡弱天下事已可知吾其左衽矣冬
十月秦陽平公融等攻壽陽癸酉克之執平虜將軍

徐元喜等。融以其參軍河南郭褒爲淮南太守。慕容垂拔鄖城。胡彬聞壽陽陷退保硤石。融進攻之。秦衞將軍梁成等。帥衆五萬。屯于洛澗。柵淮以遏東兵。謝石謝玄等去洛澗二十五里。而軍憚成。不敢進。胡彬糧盡潛遣使告石等曰。今賊盛糧盡。恐不復見大軍。秦人獲之。送於陽平公融。融馳使白秦王堅曰。賊少易擒。但恐逃去。宜速赴之。堅乃留大軍於項城。引輕騎八千。兼道就融於壽陽。遣尚書朱序來說謝石等。以爲彊弱異勢。不如速降。序私謂石等曰。若秦百萬之衆盡至。誠難與爲敵。今乘諸軍未集。宜速擊之。若敗其前鋒。則彼已奪氣。可遂破也。石聞堅在壽陽。甚懼。欲不戰以老秦師。謝琰勸石從序言。十一月。謝玄遣廣陵相劉牢之帥精兵五千。趣洛澗。未至十里。梁成阻澗爲陳。以待之。牢之直前渡水。擊成。大破之。斬

成及弋陽太守王詠又分兵斷其歸津秦步騎崩潰
爭赴淮水士卒死者萬五千人執秦揚州刺史王顯
等盡收其器械軍實於是謝石等諸軍水陸繼進秦
王堅與陽平公融登壽陽城望之見晉兵部陣嚴整
又望八公山上草木皆以爲晉兵顧謂融曰此亦勍
敵何謂弱也憮然始有懼色秦兵逼肥水而陳晉兵
不得渡謝玄遣使謂陽平公融曰君懸軍深入而置
陳逼水此乃持久之計非欲速戰者也若移陳少卻
使晉兵得渡以決勝負不亦善乎秦諸將皆曰我衆
彼寡不如遏之使不得上可以萬全堅曰但引兵少
卻使之半渡我以鐵騎蹙而殺之蔑不勝矣融亦以
爲然遂麾兵使卻秦兵遂退不可復止謝玄謝琰桓
伊等引兵渡水擊之融馳騎略陳欲以帥退者馬倒
爲晉兵所殺秦兵遂潰玄等乘勝追擊至于青岡秦

兵大敗自相蹈藉而死死者蔽野塞川其走者聞風聲鶴唳皆以爲晉兵且至晝夜不敢息草行露宿重以飢凍死者什七八初秦兵少卻朱序在陳後呼曰秦兵敗矣衆遂大奔序因與張天錫徐元喜皆來奔獲秦王堅所乘雲母車復取壽陽執其淮南太守郭褒堅中流矢單騎走至淮北飢甚民有進壺飧豚髀者堅食之賜帛十匹緜十斤辭曰陛下厭苦安樂自取危困臣爲陛下子陛下爲臣父安有子飼其父而求報乎弗顧而去堅謂張夫人曰吾今復何面目治天下乎潸然流涕是時諸軍皆潰惟慕容垂所將三萬人獨全堅以千餘騎赴之世子寶言於垂曰家國傾覆天命人心皆歸至尊但時運未至故晦迹自藏耳今秦主兵敗委身於我是天借之便以復燕祚此時不可失也願不以意氣微恩忘社稷之重垂曰汝言

是也。然彼以赤心投命於我。若之何害之。天苟棄之。不患不亡。不若保護其危。以報德。徐俟其釁而圖之。既不負宿心。且可以義取天下。奮威將軍慕容德曰。秦彊而幷燕。秦弱而圖之。此爲報仇雪恥。非負宿心也。兄奈何得而不取。釋數萬之衆。以授人乎。垂曰。吾昔爲太傅所不容。置身無所。逃死於秦。秦主以國士遇我。恩禮備至。後復爲王猛所賣。無以自明。秦主獨能明之。此恩何可忘也。若氐運必窮。吾當懷集關東。以復先業耳。關西會非吾有也。冠軍行參軍趙秋曰。明公當紹復燕祚。著於圖讖。今天時已至。尚復何待。若殺秦主。據鄴都。鼓行而西。三秦亦非苻氏之有也。垂親黨多勸垂殺堅。垂皆不從。悉以兵授堅。平南將軍慕容暐。屯鄖城。聞堅敗。棄其衆遁去。至滎陽。慕容德復說暐起兵。以復燕祚。暐不從。

謝安得驛書。知秦

兵已敗時方與客圍棊攝書置牀上了無喜色圍棊如故客問之徐答曰小兒輩遂已破賊既罷還內過戶限不覺屐齒之折丁亥謝石等歸建康得秦樂工能習舊聲於是宗廟始備金石之樂乙未以張天錫爲散騎常侍朱序爲瑯琊內史

通鑑李光弼河陽之戰 唐肅宗乾元二年

史思明使其子朝清守范陽命諸郡太守各將兵三千從己向河南分爲四道使其將令狐彰將兵五千自黎陽濟河取滑州思明自濮陽史朝義自白臯周摯自胡良濟河會于汴州李光弼方巡河上諸營聞之還入汴州謂汴滑節度使許叔冀曰大夫能守汴州十五日我則將兵來救叔冀許諾光弼還東京思明至汴州叔冀與戰不勝遂與濮州刺史董秦及其將梁浦劉從諫田神功等降之思明以叔冀爲中書

令與其將李詳守汴州厚待董秦收其妻子置長蘆爲質使其將南德信與梁浦劉從諫田神功等數十人徇江淮神功南宮人也思明以爲平盧兵馬使頃之神功襲德信斬之從諫脫身走神功將其衆來降思明乘勝西攻鄭州光弼整衆徐行至洛陽謂留守韋陟曰賊乘勝而來利在按兵不利速戰洛城不可守於公計如何陟請留兵於陝退守潼關據險以挫其銳光弼曰兩敵相當貴進忌退今無故棄五百里地則賊勢益張矣不若移軍河陽北連澤潞利則進取不利則退守表裏相應使賊不敢西侵此猿臂之勢也夫辨朝廷之禮光弼不如公論軍旅之事公不如光弼陟無以應判官韋損曰東京帝宅侍中柰何不守光弼曰守之則汜水崿嶺龍門皆應置兵子爲兵馬判官能守之乎遂移牒留守韋陟使帥東京官

屬西入關。隸河南尹李若幽。使帥吏民出城避賊。空其城。光弼帥軍士運油鐵諸物詣河陽。爲守備。光弼以五百騎殿。時思明游兵已至石橋。諸將請曰。今自洛城而北乎。當石橋而進乎。光弼曰。當石橋而進。及日暮。光弼秉炬徐行。部曲堅重。賊引兵躡之。不敢逼。光弼夜至河陽。有兵二萬。糧纔支十日。光弼按閱守備。部分士卒。無不嚴辦。庚寅。思明入洛陽。城空無所得。畏光弼掎其後。不敢入宮。退屯白馬寺南。築月城於河陽南以拒光弼。於是鄭滑等州相繼陷沒。韋陟李若幽皆寓治於陝。史思明引兵攻河陽。使驍將劉龍仙詣城下挑戰。龍仙恃勇。舉右足如馬鬣上。慢罵光弼。光弼顧諸將曰。誰能取彼者。僕固懷恩請行。光弼曰。此非大將所爲。左右言裨將白孝德可往。光弼召問之。孝德請行。光弼問須幾何兵。對曰。請挺身取之光弼壯其志然固問所須對曰願選五十騎出壘門爲後繼兼請大軍助鼓譟以增氣光弼撫其背而遣之孝德挾二矛策馬亂流而進半涉懷恩賀曰克矣光弼曰鋒未交何以知之懷恩曰觀其攬轡安閑知其萬全龍仙見其獨來甚易之稍近將動孝德搖手示之若非來爲敵者龍仙不測而止去之十步乃與之言龍仙慢罵如初孝德息馬良久因瞋目謂曰賊識我乎龍仙曰誰也曰我白孝德也龍仙曰是何狗彘孝德大呼運矛躍馬搏之城上鼓譟五十騎繼進龍仙矢不及發環走隄上孝德追及斬首攜之以歸賊衆大駭孝德本安西胡人也思明有良馬千餘匹每日出於河南渚浴之循環不休以示多光弼命索軍中牝馬得五百匹縶其駒於城內俟思明馬至水際盡出之馬嘶不已思明馬悉浮渡河一時驅之

入城。思明怒。列戰船數百艘。泛火船於前而隨之。欲乘流燒浮橋。光弼先貯百尺長竿數百枚。以巨木承其根。氈裹鐵叉。置其首。以迎火船而叉之。船不得進。須臾自焚盡。又以叉拒戰船於橋上。發礮石擊之。中者皆沈沒。賊不勝而去。思明見兵於河清。欲絕光弼糧道。光弼軍于野水渡以備之。既夕。還河陽。留兵千人。使部將雍希顥守其柵。曰。賊將高庭暉李日越喻文景。皆萬人敵也。思明必使一人來劫我。我且去之。汝待於此。若賊至。勿與之戰。降則與之俱來。諸將莫諭其意。皆竊笑之。既而思明果謂李日越曰。李光弼長於憑城。今出在野。此成擒矣。汝以鐵騎宵濟。爲我取之。不得。則勿返。日越將五百騎晨至柵下。希顥阻壕休卒。吟嘯相視。日越怪之。問曰。司空在乎。曰。夜去矣。兵幾何。曰。千人。將誰。曰。雍希顥。日越默計久之。謂

其下曰今失李光弼得希顯而歸吾死必矣不如降
也遂請降希顯與之俱見光弼光弼厚待之任以心
腹高庭暉聞之亦降或問光弼降二將何易也光弼
曰此人情耳思明常恨不得野戰聞我在外以爲必
可取日越不獲我勢不敢歸庭暉才勇過於日越聞
日越被寵任必思奪之矣庭暉時爲五臺府果毅己
亥以庭暉爲右武衛大將軍思明復攻河陽光弼謂
鄭陳節度使李抱玉曰將軍能爲我守南城二日乎
抱玉曰過期何如光弼曰過期救不至任棄之抱玉
許諾勒兵拒守城且陷抱玉紿之曰吾糧盡明旦當
降賊喜斂軍以待之抱玉繕完城備明日復請戰賊
怒急攻之抱玉出奇兵表裏夾擊殺傷甚衆董秦從
思明寇河陽夜帥其衆五百拔柵突圍降于光弼時
光弼自將屯中潬城外置柵柵外穿塹深廣二丈乙

巳賊將周摯捨南城併力攻中潬光弼命荔非元禮出勁卒于羊馬城以拒賊光弼自於城東北隅建小朱旗以望賊賊恃其衆直進逼城以車載攻具自隨督衆塡塹三面各八道以過兵又開柵爲門光弼望賊逼城使問元禮曰中丞視賊塡塹開柵過兵晏然不動何也元禮曰司空欲守乎戰乎光弼曰欲戰元禮曰欲戰則賊爲吾塡塹何爲禁之光弼曰善吾所不及勉之元禮俟柵開帥敢死士突出擊賊卻走數百步元禮度賊陳堅未易摧陷乃復引退須其怠而擊之光弼望元禮退怒遣左右召欲斬之元禮曰戰正急召何爲乃退入柵中賊亦不敢逼良久鼓譟出柵門奮擊破之

周摯復收兵趣北城光弼遽率衆入北城登城望賊曰賊兵雖多囂而不整不足畏也不過日中保爲諸君破之乃命諸將出戰及期不決召

諸將問曰向來賊陳何方最堅曰西北隅光弼命其將郝廷玉當之廷玉請騎兵五百與之三百又問其次堅者曰東南隅光弼命其將論惟貞當之惟貞請鐵騎三百與之二百光弼令諸將曰爾曹望吾旗而戰吾颭旗緩任爾擇利而戰吾急颭旗三至地則萬衆齊入死生以之少退者斬又以短刀置鞾中曰戰危事吾國之三公不可死賊手萬一戰不利諸君前死於敵我自剄於此不令諸君獨死也諸將出戰頃之廷玉奔還光弼望之驚曰廷玉退吾事危矣命左右取廷玉首廷玉曰馬中箭非敢退也使者馳報光弼令易馬遣之僕固懷恩及其子開府儀同三司瑒戰小卻光弼又命取其首懷恩父子顧見使者提刀馳來更前決戰光弼連颭其旗諸將齊進致死呼聲動天地賊衆大潰斬首千餘級捕虜五百人溺死者

千餘人周摯以數騎遁去擒其大將徐璜玉李秦授其河南節度使安太清走保懷州思明不知摯敗尚攻南城光弼驅俘囚臨河示之乃遁丁巳以李日越爲右金吾大將軍

通鑑裴度李愬平蔡之役 唐憲宗元和十二年

元和十二年春正月甲申貶袁滋爲撫州刺史李愬至唐州軍中承喪敗之餘士卒皆憚戰愬知之有出迓者愬謂之曰天子知愬柔懦能忍恥故使來拊循爾曹至於戰攻進取非吾事也衆信而安之愬親行視士卒傷病者存恤之不事威嚴或以軍政不肅爲言愬曰吾非不知也袁尚書專以恩惠懷賊賊易之聞吾至必增備吾故示之以不肅彼必以吾爲懦而懈惰然後可圖也淮西人自以嘗敗高袁二帥輕愬名位素微遂不爲備

二月李愬謀襲蔡州表請益兵

詔以昭義河中鄜坊步騎二千給之丁酉愬遣十將
馬少良將十餘騎巡邏遇吳元濟捉生虞候丁士良
與戰擒之士良元濟驍將常爲東邊患衆請刳其心
愬許之既而召詰之士良無懼色愬曰眞丈夫也命
釋其縛士良乃自言本非淮西士貞元中隸安州與
吳氏戰爲其所擒自分死矣吳氏釋我而用之我因
吳氏而再生故爲吳氏父子竭力昨日力屈復爲公
所擒亦分死矣今公又生之請盡死以報德愬乃給
其衣服器械署爲捉生將己亥淮西行營奏克蔡州
古葛伯城丁士良言於李愬曰吳秀琳擁三千之衆
據文城柵爲賊右臂官軍不敢近者有陳光洽爲之
謀主也光洽勇而輕好自出戰請爲公先擒光洽則
秀琳自降矣戊申士良擒光洽以歸鄂岳觀察使李
道古引兵出穆陵關甲寅攻申州克其外郭進攻子

城城中守將夜出兵擊之道古之衆驚亂死者甚衆道古臯之子也淮西被兵數年竭倉廩以奉戰士民多無食采菱芡魚鼈鳥獸食之亦盡相帥歸官軍者前後五千餘戶賊亦患其耗糧食不復禁庚申敕置行縣以處之爲擇縣令使之撫養并置兵以衞之三月乙丑李愬自唐州徙屯宜楊柵吳秀琳以文城柵降於李愬戊子愬引兵至文城西五里遣唐州刺史李進誠將甲士八千至城下召秀琳城中矢石如雨衆不得前進誠還報賊僞降未可信也愬曰此待我至耳卽前至城下秀琳束兵投身馬足下愬撫其背慰勞之降其衆三千人秀琳將李憲有材勇愬更其名曰忠義而用之悉遷婦女於唐州於是唐鄧軍氣復振人有欲戰之志賊中降者相繼於道隨其所便而置之聞有父母者給粟帛遣之曰汝曹皆王人勿

棄親戚衆皆感泣官軍與淮西兵夾溵水而軍諸軍相顧望無敢度溵水者陳許兵馬使王沛先引兵五千度溵水據要地爲城於是河陽宣武河東魏博等軍相繼皆度進逼郾城丁亥李光顏敗淮西兵三萬於郾城走其將張伯良殺士卒什二三己丑李愬遣山河十將董少玢等分兵攻諸柵其日少玢下馬鞍山拔路口柵夏四月辛卯山河十將馬少良下嵖岈山擒淮西將柳子野吳元濟以蔡人董昌齡爲郾城令質其母楊氏楊氏謂昌齡曰順死賢於逆生汝去逆而吾死乃孝子也從逆而吾生是戮吾也會官軍圍青陵絶郾城歸路郾城守將鄧懷金謀於昌齡昌齡勸之歸國懷金乃請降於李光顏曰城人之父母妻子皆在蔡州請公來攻城吾舉烽求救救兵至公逆擊之蔡兵必敗然後吾降則父母妻子庶免矣光

顏從之乙未昌齡懷金舉城降光顏引兵入據之吳元濟聞郾城不守甚懼時董重質將騾軍守洄曲元濟悉發親近及守城卒詣重質以拒之李愬山河十將嫣雅田智榮下冶爐城丙申十將閻士榮下白狗汶港二柵癸卯嫣雅田智榮破西平丙午遊弈兵馬使王義破楚城五月辛酉李愬遣柳子野李忠義襲朗山擒其守將梁希果丁丑李愬遣方城鎮遏使李榮宗擊青喜城拔之愬每得降卒必親引問委曲由是賊中險易遠近虛實盡知之愬厚待吳秀琳與之謀取蔡秀琳曰公欲取蔡非李祐不可秀琳無能爲也祐者淮西騎將有勇略守興橋柵常陵暴官軍庚辰祐率士卒刈麥於張柴村愬召廂虞候史用誠戒之曰爾以三百騎伏彼林中又使人搖幟於前若將焚其麥積者祐素易官軍必輕騎來逐之爾乃發騎

掩之必擒之用誠如言而往生擒祐以歸將士以祐曏日多殺官軍爭請殺之愬不許釋縛待以客禮時愬欲襲蔡而更密其謀獨召祐及李忠義屏人語或至夜分它人莫得預聞諸將恐祐爲變多諫愬愬待祐益厚士卒亦不悅諸軍日有牒稱祐爲賊內應且言得賊諜者具言其事愬恐謗先達於上己不及救乃持祐泣曰豈天不欲平此賊邪何吾二人相知之深而不能勝衆口也因爲衆曰諸君旣以祐爲疑請令歸死於天子乃械祐送京師先密表其狀且曰若殺祐則無以成功詔釋之以還愬愬見之喜執其手曰爾之得全社稷之靈也乃署散兵馬使令佩刀巡警出入帳中或與之同宿密語不寐達曙有竊聽於帳外者但聞祐感泣聲時唐隨牙隊三千人號六院兵馬皆山南東道之精銳也愬又以祐爲六院兵馬

使舊軍令舍賊諜者屠其家愬除其令使厚待之諜
反以情告愬愬益知賊中虛實乙酉愬遣兵攻朗山
淮西兵救之官軍不利衆皆悵恨愬獨歡然曰此吾
計也乃募敢死士三千人號曰突將朝夕自教習之
使常爲行備欲以襲蔡會久雨所在積水未果吳元
濟見其下數叛兵埶日蹙六月壬戌上表謝罪願束
身自歸上遣中使賜詔許以不死而爲左右及大將
董重質所制不得出七月諸軍討淮西四年不克饋
運疲弊民至有以驢耕者上亦病之以問宰相李逢
吉等競言師老財竭意欲罷兵裴度獨無言上問之
對曰臣請自往督戰乙卯上復謂度曰卿眞能爲朕
行乎對曰臣誓不與此賊俱生臣比觀吳元濟表埶
實窘蹙但諸將心不壹不併力迫之故未降耳若臣
自詣行營諸將恐臣奪其功必爭進破賊矣上悅丙

辰以度爲門下侍郎同平章事兼彰義節度使仍充淮西宣慰招討處置使又以戶部侍郎崔羣爲中書侍郎同平章事制下度以韓弘已爲都統不欲更爲招討請但稱宣慰處置使仍奏刑部侍郎馬總爲宣慰副使右庶子韓愈爲彰義行軍司馬判官書記皆朝廷之選上皆從之度將行言於上曰臣若滅賊則朝天有期賊在則歸闕無日上爲之流涕八月庚申度赴淮西上御通化門送之右神武將軍張茂和茂昭弟也嘗以膽略自衒於度度表爲都押牙茂和辭以疾度奏請斬之上曰此忠順之門爲卿遠貶辛酉貶茂和永州司馬以嘉王傅高承簡爲都押牙承簡崇文之子也李逢吉不欲討蔡翰林學士令狐楚與逢吉善度恐其合中外之勢以沮軍事乃請改制書數字且言其草制失辭壬戌罷楚爲中書舍人李光

顏烏重胤與淮西戰。癸亥。敗于賈店。裴度過襄城南白草原。淮西人以驍騎七百邀之。鎮將楚丘曹華知而爲備。擊卻之。度雖辭招討名。實行元帥事。以郾城爲治所。甲申。至郾城。先是。諸道皆有中使監陳。進退不由主將。勝則先使獻捷。不利則陵挫百端。度悉奏去之。諸將始得專軍事。戰多有功。

九月庚子。淮西兵寇溵水鎮。殺三將。焚芻稾而去。甲寅。李愬將攻吳房。諸將曰。今日往亡。愬曰。吾兵少不足戰。宜出其不意。彼以往亡不吾虞。正可擊也。遂往。克其外城。斬首千餘級。餘衆保子城不敢出。愬引兵還以誘之。淮西將孫獻忠果以驍騎五百追擊其背。衆驚。將走。愬下馬據胡床。令曰。敢退者斬。返旆力戰。獻忠死。淮西兵乃退。或勸愬乘勝攻其子城。可拔也。愬曰。非吾計也。引兵還營。

李祐言於李愬曰。蔡之精兵皆在洄曲及四

境拒守守州城者皆羸老之卒可以乘虛直抵其城
比賊將聞之元濟已成擒矣愬然之冬十月甲子遣
掌書記鄭澥至郾城密白裴度度曰兵非出奇不勝
常侍良圖也裴度帥僚佐觀築城於沱口董重質帥
騎出五溝邀之大呼而進注弩挺刃勢將及度李光
顏與田布力戰拒之度僅得入城賊退布扼其溝中
歸路賊下馬踰溝墜壓死者千餘人辛未李愬命馬
步都虞候隨州刺史史旻留鎮文城命李祐李忠義
帥突將三千爲前驅自與監軍將三千人爲中軍命
李進誠將三千人殿其後軍出不知所之愬曰但東
行行六十里夜至張柴村盡殺其戍卒及烽子據其
柵命士卒少休食乾糒整羈靮留義成軍五百人鎮
之以斷洄曲及諸道橋梁復夜引兵出門諸將請所
之愬曰入蔡州取吳元濟諸將皆失色監軍哭曰果

落李祐姦計。時大風雪。旌旗裂。人馬凍死者相望。天陰黑。自張柴村以東道路。皆官軍所未嘗行。人人自以爲必死。然畏愬。莫敢違。夜半雪愈甚。行七十里。至州城。城傍有鵝鴨池。愬令擊之。以混軍聲。自吳少誠拒命。官軍不至蔡州城下。三十餘年。故蔡人不爲備。壬申。四鼓。愬至城下。無一人知者。李祐李忠義钁其城爲坎。以先登。壯士從之。守門卒方熟寐。盡殺之。而留擊柝者。使擊柝如故。遂開門納衆。及裏城亦然。城中皆不之覺。雞鳴雪止。愬入居元濟外宅。或告元濟曰。官軍至矣。元濟尚寢。笑曰。俘囚爲盜耳。曉當盡戮之。又有告者。曰。城陷矣。元濟曰。此必洄曲子弟。就吾求寒衣也。起聽於廷。聞愬軍號令曰。常侍傳語。應者近萬人。元濟始懼。曰。何等常侍。能至於此。乃帥左右登牙城拒戰。時董重質擁精兵萬餘人。據洄曲。愬曰。

元濟所望者重質之救耳乃訪重質家厚撫之遣其子傳道持書諭重質重質遂單騎詣愬降愬遣李進誠攻牙城毀其外門得甲庫取器械癸酉復攻之燒其南門民爭負薪芻助之城上矢如蝟毛晡時門壞元濟於城上請罪進誠梯而下之甲戌愬以檻車送元濟詣京師且告於裴度是日申光二州及諸鎮兵二萬餘人相繼來降自元濟就擒愬不戮一人凡元濟官吏帳下廚廄之卒皆復其職使之不疑然後屯於鞠場以待裴度己卯淮西行營奏獲吳元濟光祿少卿楊元卿言於上曰淮西大有珍寶臣能知之往取必得上曰朕討淮西爲人除害珍寶非所求也董重質之去洄曲軍也李光顏馳入其壁悉降其衆庚辰裴度遣馬總先入蔡州慰撫辛巳度建彰義軍節將降卒萬餘人入城李愬具櫜鞬出迎拜於路左度

將避之愬曰蔡人頑悖不識上下之分數十年矣願公因而示之使知朝廷之尊度乃受之

李愬還軍文城諸將請曰始公敗於朗山而不憂勝於吳房而不取冒大風甚雪而不止孤軍深入而不懼然卒以成功皆衆人所不諭也敢問其故愬曰朗山不利則賊輕我而不爲備矣取吳房則其衆奔蔡併力固守故存之以分其兵風雪陰晦則烽火不接不知吾至孤軍深入則人皆致死戰自倍矣夫視遠者不顧近慮大者不詳細若矜小勝恤小敗先自撓矣何暇立功乎衆皆服愬儉於奉己而豐於待士知賢不疑見可能斷此其所以成功也

裴度以蔡卒爲牙兵或諫曰蔡人反仄者尚多不可不備度笑曰吾爲彰義節度使元惡既擒蔡人則吾人也又何疑焉蔡人聞之感泣先是吳氏父子沮兵禁人偶語於塗夜不然燭有

以酒食相過從者罪死度既視事下令惟禁盜賊餘皆不問往來者不限晝夜蔡人始知有生民之樂甲申詔韓弘裴度條列平蔡將士功狀及蔡之將士降者皆差第以聞淮西州縣百姓給復二年近賊四州免來年夏稅官軍戰士者皆爲收葬給其家衣糧五年其因戰傷殘廢者勿停衣糧十一月上御興安門受俘遂以吳元濟獻廟社斬于獨柳之下初淮西之人劫於李希烈吳少誠之威虐不能自拔久而老者衰幼者壯安於悖逆不復知有朝廷矣自少誠以來遣諸將出兵皆不束以法制聽各以便宜自戰故人人得盡其才韓全義之敗于溵水也於其帳中得朝貴所與問訊書少誠束以示衆曰此皆公卿屬全義書云破蔡州日乞一將士妻女爲婢妾由是衆皆憤怒以死爲賊用雖居中土其風俗獷戾過於夷貊故

以三州之衆，舉天下之兵，環而攻之，四年然後克之。官軍之攻元濟也，李師道募人通使於蔡，察其形勢。牙前虞候劉晏平應募，出汴宋閒，潛行至蔡。元濟大喜，厚禮而遣之。晏平還至鄆，師道屏人而問之。晏平曰：元濟暴兵數萬於外，阽危如此，而日與僕妾游戲博弈於內，晏然曾無憂色。以愚觀之，殆必亡不久矣。師道素倚淮西爲援，聞之，驚怒，尋誣以他過，杖殺之。戊子，以李愬爲山南東道節度使，賜爵涼國公，加韓弘兼侍中，李光顏、烏重胤等各遷官有差。

續古文辭類纂卷十七

典志類

史記天官書

中宮天極星其一明者太一常居也旁三星三公或曰子屬後句四星末大星正妃餘三星後宮之屬也環之匡衞十二星藩臣皆曰紫宮前列直斗口三星隨北端兌若見若不曰陰德或曰天一紫宮左三星曰天槍右五星曰天棓後六星絕漢抵營室曰閣道北斗七星所謂旋璣玉衡以齊七政杓攜龍角衡殷南斗魁枕參首用昏建者杓杓自華以西南夜半建者衡衡殷中州河濟之閒平旦建者魁魁海岱以東北也斗爲帝車運于中央臨制四鄉分陰陽建四時均五行移節度定諸紀皆繫於斗斗魁戴匡六星曰文昌宮一曰上將二曰次將三曰貴相四曰司命五

曰司中六曰司祿在斗魁中貴人之牢魁下六星兩兩相比者名曰三能三能色齊君臣和不齊爲乖戾輔星明近輔臣親彊斥小疏弱杓端有兩星一內爲矛招搖一外爲盾天鋒有句圜十五星屬杓曰賤人之牢其牢中星實則囚多虛則開出天一槍棓矛盾動搖角大兵起

東宮蒼龍房心心爲明堂大星天王前後星子屬不欲直直則天王失計房爲府曰天駟其陰右驂旁有兩星曰衿北一星曰舝東北曲十二星曰旗旗中四星曰天市中六星曰市樓市中星衆者實其虛則秏房南衆星曰騎官左角李右角將大角者天王帝廷其兩旁各有三星鼎足句之曰攝提攝提者直斗杓所指以建時節故曰攝提格亢爲疏廟主疾其南北兩大星曰南門氐爲天根主疫尾爲九子曰君臣斥絕不和箕爲敖客曰口舌火犯守角

則有戰房心王者惡之也南宮朱鳥權衡衡太微三光之廷匡衛十二星藩臣西將東相南四星執法中端門門左右掖門門內六星諸侯其內五星五帝坐後聚一十五星蔚然曰郎位傍一大星將位也月五星順入軌道司其出所守天子所誅也其逆入若不軌道以所犯命之中坐成形皆羣下從謀也金火尤甚廷藩西有隋星五曰少微士大夫權軒轅軒轅黃龍體前大星女主象旁小星御者後宮屬月五星守犯者如衡占東井爲水事其西曲星曰鉞鉞北北河南南河兩河天闕閒爲關梁輿鬼鬼祠事中白者爲質火守南北河兵起穀不登故德成衡觀成潢傷成鉞禍成井誅成質柳爲鳥注主木草七星頸爲員官主急事張素爲廚主觴客翼爲羽翮主遠客軫爲車主風其旁有一小星曰長沙星星不欲明明與四星

等若五星入軫中兵大起軫南衆星曰天庫樓庫有五車車星角若益衆及不具無處車馬

西宮咸池曰天五潢五潢五帝車舍火入旱金兵水水中有三柱柱不具兵起奎曰封豕爲溝瀆婁爲聚衆胃爲天倉其南衆星曰廥積昴曰髦頭胡星也爲白衣會畢曰罕車爲邊兵主弋獵其大星旁小星爲附耳附耳搖動有讒亂臣在側昴畢閒爲天街其陰陰國陽陽國參爲白虎三星直者是爲衡石下有三星兌曰罰爲斬艾事其外四星左右肩股也小三星隅置曰觜觿爲虎首主葆旅事其南有四星曰天廁廁下一星曰天矢矢黃則吉青白黑凶其西有句曲九星三處羅一曰天旗二曰天苑三曰九游其東有大星曰狼狼角變色多盜賊下有四星曰弧直狼狼比地有大星曰南極老人老人見治安不見兵起常以秋分時候

之于南郊附耳入畢中兵起

北宮玄武虛危危爲蓋屋虛爲哭泣之事其南有衆星曰羽林天軍軍西爲壘或曰鉞旁有一大星爲北落北落若微亡軍星動角益希及五星犯北落入軍軍起火金水尤甚火軍憂水患木土軍吉危東六星兩兩相比曰司空營室爲清廟曰離宮閣道漢中四星曰天駟旁一星曰王良王良策馬車騎滿野旁有八星絶漢曰天潢天潢旁江星江星動人涉水杵臼四星在危南匏瓜有青黑星守之魚鹽貴南斗爲廟其北建星建星者旗也牽牛爲犧牲其北河鼓河鼓大星上將左右左右將婺女其北織女織女天女孫也

察日月之行以揆歲星順逆曰東方木主春日甲乙義失者罰出歲星歲星贏縮以其舍命國所在國不可伐可以罰人其趨舍而前曰贏退舍曰縮贏其國有兵不復縮其國有

憂將亡國傾敗其所在五星皆從而聚於一舍其下之國可以義致天下以攝提格歲歲陰左行在寅歲星右轉居丑正月與斗牽牛晨出東方名曰監德色蒼蒼有光其失次有應見柳歲早水晚旱歲星出東行十二度百日而止反逆行逆行八度百日復東行歲行三十度十六分度之七率日行十二分度之一十二歲而周天出常東方以晨入於西方用昏單閼歲歲陰在卯星居子以二月與婺女虛危晨出曰降入大有光其失次有應見張名曰降入其歲大水執徐歲歲陰在辰星居亥以三月居與營室東壁晨出曰青章青青甚章其失次有應見軫曰青章歲早旱晚水大荒駱歲歲陰在巳星居戌以四月與奎婁胃昴晨出曰跰踵熊熊赤色有光其失次有應見亢敦牂歲歲陰在午星居酉以五月與胃昴畢晨出曰開

明炎炎有光偃兵唯利公王不利治兵其失次有應
見房歲早旱晚水叶洽歲歲陰在未星居申以六月
與觜觿參晨出曰長列昭昭有光利行兵其失次有
應見箕涒灘歲歲陰在申星居未以七月與東井輿
鬼晨出曰大音昭昭白其失次有應見牽牛作鄂歲
歲陰在酉星居午以八月與柳七星張晨出曰爲長
王作作有芒國其昌熟穀其失次有應見危曰大章
有旱而昌有女喪民疾閹茂歲歲陰在戌星居巳以
九月與翼軫晨出曰天睢白色大明其失次有應見
東壁歲水女喪大淵獻歲歲陰在亥星居辰以十月
與角亢晨出曰大章蒼蒼然星若躍而陰出旦是謂
正平起師旅其率必武其國有德將有四海其失次
有應見婁困敦歲歲陰在子星居卯以十一月與氐
房心晨出曰天泉玄色甚明江池其昌不利起兵其

失次有應在昴赤奮若歲歲陰在丑星居寅以十二月與尾箕晨出曰天晧黫然黑色甚明其失次有應見參當居不居居之又左右搖未當去去之與他星會其國凶所居久國有德厚其角動乍小乍大若色數變人主有憂其失次舍以下進而東北三月生天棓長四丈末兌進而東南三月生彗星長二丈類彗退而西北三月生天欃長四丈末兌退而西南三月生天槍長數丈兩頭兌謹視其所見之國不可舉事用兵其出如浮如沈其國有土功如沈如浮其野亡色赤而有角其所居國昌迎角而戰者不勝星色赤黃而沈所居野大穰色青白而赤灰所居野有憂歲星入月其野有逐相與太白鬬其野有破軍歲星一曰攝提曰重華曰應星曰紀星營室爲清廟歲星廟也察剛氣以處熒惑曰南方火主夏日丙丁禮失罰

出熒惑熒惑失行是也出則有兵入則兵散以其舍
命國熒惑熒惑爲勃亂殘賊疾喪饑兵反道二舍以
上居之三月有殃五月受兵七月半亡地九月太半
亡地因與俱出入國絕祀居之殃還至雖大當小久
而至當小反大其南爲丈夫北爲女子喪若角動繞
環之及乍前乍後左右殃益大與他星鬭光相逮爲
害不相逮不害五星皆從而聚于一舍其下國可以
禮致天下法出東行十六舍而止逆行二舍六旬復
東行自所止數十舍十月而入西方伏行五月出東
方其出西方曰反明主命者惡之東行急一日行一
度半其行東西南北疾也兵各聚其下用戰順之勝
逆之敗熒惑從太白軍憂離之軍卻出太白陰有分
軍行其陽有偏將戰當其行太白逮之破軍殺將其
入守犯太微軒轅營室主命惡之心爲明堂營按營當作

熒惑廟也謹候此歷斗之會以定填星之位曰中央
土主季夏日戊己黃帝主德女主象也歲填一宿其
所居國吉未當居而居若已去而復還還居之其國
得土不乃得女若當居而不居既已居之又西東去
其國失土不乃失女不可舉事用兵其居久其國福
厚易福薄其一名曰地侯主歲歲行十二度百十二
分度之五日行二十八分度之一二十八歲周天其
所居五星皆從而聚于一舍其下之國可重致天下
禮德義殺刑盡失而填星乃爲之動搖贏爲王不寧
其縮有軍不復填星其色黃九芒音曰黃鍾宮其失
次上二三宿曰贏有主命不成不乃大水失次下二
三宿曰縮有后戚其歲不復不乃天裂若地動斗爲
文太室填星廟天子之星也木星與土合爲內亂饑
主勿用戰敗水則變謀而更事火爲旱金爲白衣會

若水金在南曰牝牡年穀熟金在北歲偏無火與水合爲焠與金合爲鑠爲喪皆不可舉事用兵大敗土爲憂主孽卿大饑戰敗爲北軍軍困舉事大敗土與水合穰而擁閼有覆軍其國不可舉事出亡地入得地金爲疾爲內兵亡地三星若合其宿地國外內有兵與喪改立公王四星合兵喪並起君子憂小人流五星合是謂易行有德受慶改立大人掩有四方子孫蕃昌無德受殃若亡五星皆大其事亦大皆小事亦小蚤出者爲贏贏者爲客晚出者爲縮縮者爲主人必有天應見於杓星同舍爲合相陵爲鬬七寸以內必之矣五星色白圜爲喪旱赤圜則中不平爲兵青圜爲憂水黑圜爲疾多死黃圜則吉赤角犯我城黃角地之爭白角哭泣之聲青角有兵憂黑角則水意行窮兵之所終五星同色天下偃兵百姓寧昌春

風秋雨冬寒夏暑動搖常以此填星出百二十日而
逆西行西行百二十日反東行見三百三十日而入
入三十日復出東方太歲在甲寅鎮星在東壁故在
營室察日行以處位太白曰西方秋司兵月行及天
矢日庚辛主殺殺失者罰出太白太白失行以其舍
命國其出行十八舍二百四十日而入入東方伏行
十一舍百三十日其入西方伏行三舍十六日而出
當出不出當入不入是謂失舍不有破軍必有國君
之篡其紀上元以攝提格之歲與營室晨出東方至
角而入與營室夕出西方至角而入與角晨出入畢
與角夕出入畢與畢晨出入箕與畢夕出入箕與箕
晨出入柳與箕夕出入柳與柳晨出入營室與柳夕
出入營室凡出入東西各五爲八歲二百二十日復
與營室晨出東方其大率歲一周天其始出東方行

遲率日半度一百二十日必逆行一二舍上極而反東行行日一度半一百二十日入其庳近日曰明星柔高遠日曰大囂剛其始出西行疾率日一度半百二十日上極而行遲日半度百二十日旦入必逆行一二舍而入其庳近日曰大白柔高遠日曰大相剛出以辰戌入以丑未當出不出未當入而入天下偃兵兵在外入未當出而出當入而不入下起兵有破國其當期出也其國昌其出東爲東入東爲北方出西爲西入西爲南方所居久其鄉利疾其鄉凶出西逆行至東正西國吉出東至西正東國吉其出不經天經天天下革政小以角動兵起始出大後小兵弱出小後大兵强出高用兵深吉淺凶庳淺吉深凶日方南金居其南日方北金居其北曰贏侯王不寧用兵進吉退凶日方南金居其北日方北金居其南曰

縮侯王有憂用兵退吉進凶用兵象太白太白行疾
疾行遲遲行角敢戰動搖躁躁圜以靜靜順角所指
吉反之皆凶出則出兵入則入兵赤角有戰白角有
喪黑圜角憂有水事青圜小角憂有木事黃圜和角
有土事有年其已出三日而復有微入入三日乃復
盛出是謂耎其下國有軍敗將北其已入三日又復
微出出三日而復盛入其下國有憂師有糧食兵革
遺人用之卒雖衆將爲人虜其出西失行外國敗其
出東失行中國敗其色大圜黃滜（集解音澤）可爲好事其
圜大赤兵盛不戰太白白比狼赤比心黃比參左肩
蒼比參右肩黑比奎大星五星皆從太白而聚乎一
舍其下之國可以兵從天下居實有得也居虛無得
也行勝色色勝位有位勝無位有色勝無色行得盡
勝之出而留桑榆閒疾其下國上而疾未盡其日過

參天疾其對國上復下下復上有反將其入月將僇金木星合光其下戰不合兵雖起而不鬬合相毀野有破軍出西方昏而出陰陰兵彊暮食出小弱夜半出中弱雞鳴出大弱是謂陰陷於陽其在東方乘明而出陽陽兵之彊雞鳴出小弱夜半出中弱昏出大弱是謂陽陷於陰太白伏也以出兵兵有殃其出卯南南勝北方出卯北北勝南方正在卯東國利出西北北勝南方出西南南勝北方正在西西國勝其與列星相犯小戰五星大戰其相犯太白出其南南國敗出其北北國敗行疾武不行文色白五芒出蚤爲月蝕晚爲天夭及彗星將發其國出東爲德舉事左之迎之吉出西爲刑舉事右之背之吉反之皆凶太白光見景戰勝晝見而經天是謂爭明彊國弱小國彊女主昌亢爲疏廟太白廟也太白大臣也其號上

公其他名殷星太正營星觀星宮星明星大衰大澤終星大相天浩序星月緯大司馬位謹候此

察日辰之會以治辰星之位曰北方水太陰之精主冬日壬癸刑失者罰出辰星以其宿命國是正四時仲春春分夕出郊奎婁胃東五舍爲齊仲夏夏至夕出郊東井輿鬼柳東七舍爲楚仲秋秋分夕出郊角亢氐房東四舍爲漢仲冬冬至晨出郊東方與尾箕斗牽牛俱西爲中國其出入常以辰戌丑未其蚤爲月蝕晚爲彗星及天夭其時宜效不效爲失追兵在外不戰一時不出其時不和四時不出天下大饑其當效而出也色白爲旱黃爲五穀熟赤爲兵黑爲水出東方大而白有兵於外解常在東方其赤中國勝其西而赤外國利無兵於外而赤兵起其與太白俱出東方皆赤而角外國大敗中國勝其與太白俱出西方皆

赤而角外國利五星分天之中積于東方中國利積
于西方外國用者利五星皆從辰星而聚于一舍其
所舍之國可以法致天下辰星不出太白為客其出
太白為主出而與太白不相從野雖有軍不戰出東
方太白出西方若出西方太白出東方為格野雖有
兵不戰失其時而出為當寒反温當温反寒當出不
出是謂擊卒兵大起其入太白中而上出破軍殺將
客軍勝下出客亡地辰星來抵太白太白不去將死
正旗上出破軍殺將客勝下出客亡地視旗所指以
命破軍其繞環太白若與鬬大戰客勝免過太白閒
可椷劍小戰客勝免居太白前軍罷出太白左小戰
摩太白有數萬人戰主人吏死出太白右去三尺軍
急約戰青角兵憂黑角水赤行窮兵之所終免七命
曰小正辰星天欃安周星細爽能星鉤星其色黃而

小出而易處天下之文變而不善矣免五色青圜憂白圜喪赤圜中不平黑圜吉赤角犯我城黃角地之爭白角號泣之聲其出東方行四舍四十八日其數二十日而反入于東方其出西方行四舍四十八日其數二十日而反入于西方其一候之營室角畢箕柳出房心閒地動辰星之色春青黃夏赤白秋青白而歲熟冬黃而不明即變其色其時不昌春不見大風秋則不實夏不見有六十日之旱月蝕秋不見有兵春則不生冬不見陰雨六十日有流邑夏則不長角亢氐兗州房心豫州尾箕幽州斗江湖牽牛婺女楊州虛危青州營室至東壁并州奎婁胃徐州昴畢冀州觜觿參益州東井輿鬼雍州柳七星張三河翼軫荊州七星爲員官辰星廟蠻夷星也

兩軍相當日暈暈等力鈞厚長大有勝薄短小無勝重抱大破無

抱爲和背不和爲分離相去直爲自立立侯王指暈若曰殺將負且戴有喜圍在中中勝在外外勝青外赤中以和相去赤外青中以惡相去氣暈先至而後去居軍勝先至先去前利後病後至後去前病後利後至先去前後皆病居軍不勝見而去其發疾雖勝無功見半日以上功大白虹屈短上下兌有者下大流血日暈制勝近期三十日遠期六十日其食食所不利復生生所利而食益盡爲主位以其直及日所宿加以日時用命其國也月行中道安寧和平陰閒多水陰事外北三尺陰星北三尺太陰大水兵陽閒驕恣陽星多暴獄太陽大旱喪也角天門十月爲四月十一月爲五月十二月爲六月水發近三尺遠五尺犯四輔輔臣誅行南北河以陰陽言旱水兵喪月蝕歲星其宿地饑若亡熒惑也亂填星也下犯上太

自也。彊國以戰敗。辰星也。女亂食。大角主命者惡之。
心則爲內賊亂也。列星其宿地憂。月食始日。五月者
六六月者五。五月復六。六月者一而五月者五。凡百
一十三月而復始。故月蝕常也。日蝕爲不臧也。甲乙
四海之外。日月不占。丙丁江淮海岱也。戊己中州河
濟也。庚辛華山以西。壬癸恆山以北。日蝕國君。月蝕
將相當之。國皇星大而赤。狀類南極。所出其下起兵。
兵彊其衝不利。昭明星大而白。無角。乍上乍下。所出
國起兵多變。五殘星出正東東方之野。其星狀類辰
星。去地可六丈。大賊星出正南南方之野。星去地可
六丈。大而赤。數動有光。司危星出正西西方之野。星
去地可六丈。大而白。類太白。獄漢星出正北北方之
野。星去地可六丈。大而赤。數動察之中青。此四野星
所出。出非其方。其下有兵。衝不利。四填星所出四隅。

去地可四丈地維咸光亦出四隅去地可二丈若月始出所見下有亂亂者亡有德者昌燭星狀如太白其出也不行見則滅所燭者城邑亂如星非星如雲非雲命曰歸邪歸邪出必有歸國者星者金之散氣本曰火星衆國吉少則凶漢者亦金之散氣其本曰水漢星多多水少則旱其大經也天鼓有音如雷非雷音在地而下及地其所往者兵發其下天狗狀如大奔星有聲其下止地類狗所墮及望之如火光炎炎衝天其下圜如數頃田處上兌者則有黃色千里破軍殺將格澤星者如炎火之狀黃白起地而上下大上兌其見也不種而穫不有土功必有大害蚩尤之旗類彗而後曲象旗見則王者征伐四方旬始出於北斗旁狀如雄雞其怒青黑象伏鼈枉矢類大流星蚍行而倉黑望之如有毛羽然長庚如一匹布著

天此星見兵起星墜至地則石也河濟之閒時有墜星天精而見景星景星者德星也其狀無常常出於有道之國凡望雲氣仰而望之三四百里平望在桑榆上千餘里二千里登高而望之下屬地者三千里雲氣有獸居上者勝自華以南氣下黑上赤嵩高三河之郊氣正赤恆山之北氣下黑上青勃碣海岱之閒氣皆黑江淮之閒氣皆白徒氣白土功氣黃車氣乍高乍下往往而聚騎氣卑而布卒氣摶前卑而後高者疾前方而後高者兌後兌而卑者卻其氣平者其行徐前高而後卑者不止而反氣相遇者卑勝高兌勝方氣來卑而循車通者不過三四日去之五六里見氣來高七八尺者不過五六日去之十餘里見氣來高丈餘二丈者不過三四十日去之五六十里見稍雲精白者其將悍其士怯其大根而前絕遠者

當戰青白其前低者戰勝其前赤而仰者戰不勝陣雲如立垣杼雲類杼軸雲摶兩端兌杓雲如繩者居前亙天其半半天其蛪者類闕旗故鉤雲句曲諸此雲見以五色合占而澤摶密其見動人乃有占兵必起合鬭其直王朔所候決於日旁日旁雲氣人主象皆如其形以占故北夷之氣如羣畜穹閭南夷之氣類舟船幡旗大水處敗軍場破國之虛下有積錢金寶之上皆有氣不可不察海旁蜄氣象樓臺廣野氣成宮闕然雲氣各象其山川人民所聚積故候息秏者入國邑視封疆田疇之正治城郭室屋門戶之潤澤次至車服畜產精華實息者吉虛秏者凶若煙非煙若雲非雲郁郁紛紛蕭索輪囷是謂卿雲卿雲見喜氣也若霧非霧衣冠而不濡見則其域被甲而趨天雷電蝦虹辟歷夜明者陽氣之動者也春夏則發

秋冬則藏故候者無不司之天開縣物地動坼絕山
崩及徙川塞谿垘水澹澤竭地長見象城郭門閭閨
臬枯槁宮廟邸第人民所次謠俗車服觀民飲食五
穀草木觀其所屬倉府廄庫四通之路六畜禽獸所
產去就魚鼈鳥鼠觀其所處鬼哭若呼其人逢俉化
言誠然凡候歲美惡謹候歲始歲始或冬至日產氣
始萌臘明日人眾卒歲一會飲食發陽氣故曰初歲
正月旦王者歲首立春日四時之卒始也四始者候
之日而漢魏鮮集臘明正月旦決八風風從南方來
大旱西南小旱西方有兵西北戎菽爲小雨趣兵北
方爲中歲東北爲上歲東方大水東南民有疾疫歲
惡故八風各與其衝對課多者爲勝多勝少久勝亟
疾勝徐旦至食爲麥食至日昳爲稷昳至餔爲黍餔
至下餔爲菽下餔至日入爲麻欲終日有雨有雲有

風有日日當其時者深而多實無雲有風日當其時淺而多實有雲風無日當其時深而少實有日無雲不風當其時者稼有敗如食頃小敗熟五斗米頃大敗則風復起有雲其稼復起各以其時用雲色占種其所宜其雨雪若寒歲惡是日光明聽都邑人民之聲聲宮則歲善吉商則有兵徵旱羽水角歲惡或從正月旦比數雨率日食一升至七升而極過之不占數至十二日日直其月占水旱爲其環城千里內占則其爲天下候竟正月月所離列宿日風雲占其國然必察太歲所在在金穰水毀木饑火旱此其大經也正月上甲風從東方宜蠶風從西方若旦黃雲惡冬至短極縣土炭炭動鹿解角蘭根出泉水躍略以知日至要決晷景歲星所在五穀逢昌其對爲衝歲乃有殃

太史公曰自初生民以來世主曷嘗不厤日月星辰
及至五家三代紹而明之內冠帶外夷狄分中國爲
十有二州仰則觀象於天俯則法類於地天則有日
月地則有陰陽天有五星地有五行天則有列宿地
則有州域三光者陰陽之精氣本在地而聖人統理
之幽厲以往尚矣所見天變皆國殊窟穴家占物怪
以合時應其文圖籍禨祥不法是以孔子論六經紀
異而說不書至天道命不傳傳其人不待告告非其
人雖言不著昔之傳天數者高辛之前重黎於唐虞
羲和有夏昆吾殷商巫咸周室史佚萇弘於宋子韋
鄭則裨竈在齊甘公楚唐昧趙尹皐魏石申夫天運
三十歲一小變百年中變五百載大變三大變一紀
三紀而大備此其大數也爲國者必貴三五上下各
千歲然后天人之際續備太史公推古天變未有可

考于今者蓋略以春秋二百四十二年之閒日蝕三十六彗星三見宋襄公時星隕如雨天子微諸侯力政五伯代興更爲主命自是之後衆暴寡大并小秦楚吳越夷狄也爲彊伯田氏篡齊三家分晉並爲戰國爭於攻取兵革更起城邑數屠因以饑饉疾疫焦苦臣主共憂患其察禨祥候星氣尤急近世十二諸侯七國相王言從衡者繼踵而臯唐甘石因時務論其書傳故其占驗淩雜米鹽二十八舍主十二州斗秉兼之所從來久矣秦之彊也候在太白占於狼弧吳楚之彊候在熒惑占於鳥衡燕齊之彊候在辰星占於虛危宋鄭之彊候在歲星占於房心晉之彊亦候在辰星占於參罰及秦幷吞三晉燕代自河山以南者中國中國於四海內則在東南爲陽陽則日歲星熒惑填星占於街南畢主之其西北則胡貉月氏

諸衣旃裘引弓之民爲陰陰則月太白辰星占於街
北昴主之故中國山川東北流其維首在隴蜀尾沒
於勃碣是以秦晉好用兵復占太白太白主中國而
胡貉數侵掠獨占辰星辰星出入躁疾常主夷狄其
大經也此更爲客主人熒惑爲孛外則理兵內則理
政故曰雖有明天子必視熒惑所在諸侯更彊時菑
異記無可錄者秦始皇之時十五年彗星四見久者
八十日長或竟天其後秦遂以兵滅六王并中國外
攘四夷死人如亂麻因以張楚並起三十年之閒兵
相駘藉不可勝數自蚩尤以來未嘗若斯也項羽救
鉅鹿枉矢西流山東遂合從諸侯西坑秦人誅屠咸
陽漢之興五星聚于東井平城之圍月暈參畢七重
諸呂作亂日蝕晝晦吳楚七國叛逆彗星數丈天狗
過梁野及兵起遂伏尸流血其下元光元狩蚩尤之

旗再見長則半天其後京師師四出誅夷狄者數十年而伐胡尤甚越之亡熒惑守斗朝鮮之拔星茀于河戍兵征大宛星茀招搖此其犖犖大者若至委曲小變不可勝道由是觀之未有不先形見而應隨之者也夫自漢之爲天數者星則唐都氣則王朔占歲則魏鮮故甘石厤五星法唯獨熒惑有反逆行逆行所守及他星逆行日月薄蝕皆以爲占余觀史記考行事百年之中五星無出而不反逆行反逆行嘗盛大而變色日月薄蝕行南北有時此其大度也故紫宮房心權衡咸池虛危列宿部星此天之五官坐位也爲經不移徙大小有差闊狹有常水火金木填星此五星者天之五佐爲經緯見伏有時所過行贏縮有度日變脩德月變省刑星變結和凡天變過度乃占國君彊大有德者昌弱小飾詐者亡太上脩德其

次脩政其次脩救其次脩禳正下無之夫常星之變希見而三光之占極用日月暈適雲風此天之客氣其發見亦有大運然其與政事俯仰最近大人之符此五者天之感動爲天數者必通三五終始古今深觀時變察其精粗則天官備矣

蒼帝行德天門爲之開赤帝行德天牢爲之空黃帝行德天夭爲之起風從西北來必以庚辛一秋中五至大赦三至小赦白帝行德以正月二十日二十一日月暈圍常大赦載謂有太陽也一曰白帝行德畢昴爲之圍圍三暮德乃成不三暮及圍不合德不成二曰以辰圍不出其旬黑帝行德天關爲之動天行德天子更立年不德風雨破石三能三衡者天廷也客星出天廷有奇令

史記封禪書

自古受命帝王曷嘗不封禪蓋有無其應而用事者

矣未有睹符瑞見而不臻乎泰山者也雖受命而功不至至梁父矣而德不洽洽矣而日有不暇給是以卽事用希傳曰三年不爲禮禮必廢三年不爲樂樂必壞每世之隆則封禪答焉及衰而息厥曠遠者千有餘載近者數百載故其儀闕然堙滅其詳不可得而記聞云（以上封禪希曠不擧）尚書曰舜在璇璣玉衡以齊七政遂類于上帝禋于六宗望山川徧羣神輯五瑞擇吉月日見四嶽諸牧還瑞歲二月東巡狩至于岱宗岱宗泰山也柴望秩于山川遂覲東后東后者諸侯也合時月正日同律度量衡修五禮五玉三帛二生一死贄五月巡狩至南嶽南嶽衡山也八月巡狩至西嶽西嶽華山也十一月巡狩至北嶽北嶽恆山也皆如岱宗之禮中嶽嵩高也五載一巡狩禹遵之後十四世至帝孔甲淫德好神神瀆二龍去之其後三

世湯伐桀欲遷夏社不可作夏社後八世至帝太戊有桑穀生於廷一暮大拱懼伊陟曰妖不勝德太戊修德桑穀死伊陟贊巫咸巫咸之興自此始後十四世帝武丁得傅說爲相殷復興焉稱高宗有雉登鼎耳雊武丁懼祖己曰修德武丁從之位以永寧後五世帝武乙慢神而震死後三世帝紂淫亂武王伐之由此觀之始未嘗不肅祇後稍怠慢也周官曰冬日至祀天於南郊迎長日之至夏日至祭地祇皆用樂舞而神乃可得而禮也天子祭天下名山大川五嶽視三公四瀆視諸侯諸侯祭其疆內名山大川四瀆者江河淮濟也天子曰明堂辟雍諸侯曰泮宮周公既相成王郊祀后稷以配天宗祀文王於明堂以配上帝自禹興而修社祀后稷稼穡故有稷祠郊社所從來尚矣（以上唐虞三代郊祀大略）自周克殷後十四世世益衰

禮樂廢諸侯恣行而幽王爲犬戎所敗周東徙雒邑秦襄公攻戎救周始列爲諸侯秦襄公旣侯居西垂自以爲主少皡之神作西畤祠白帝其牲用駵駒黃牛羝羊各一云其後十六年秦文公東獵汧渭之閒卜居之而吉文公夢黃蛇自天下屬地其口止於鄜衍文公問史敦敦曰此上帝之徵君其祠之於是作鄜畤用三牲郊祭白帝焉自未作鄜畤也而雍旁故有吳陽武畤雍東有好畤皆廢無祠或曰自古以雍州積高神明之隩故立畤郊上帝諸神祠皆聚云蓋黃帝時嘗用事雖晚周亦郊焉其語不經見縉紳者不道作鄜畤後九年文公獲若石云于陳倉北阪城祠之其神或歲不至或歲數來來也常以夜光輝若流星從東南來集于祠城則若雄雞其聲殷云野雞夜雊以一牢祠命曰陳寶作鄜畤後七十八年秦德

公既立卜居雍後子孫飲馬於河遂都雍雍之諸祠自此興用三百牢於鄜時作伏祠磔狗邑四門以禦蠱菑德公立二年卒其後六年秦宣公作密時於渭南祭青帝其後十四年秦繆公立病臥五日不寤寤乃言夢見上帝上帝命繆公平晉亂史書而記藏之府而後世皆曰秦繆公上天（以上秦作諸時及祠陳寶）秦繆公即位九年齊桓公既霸會諸侯於葵丘而欲封禪管仲曰古者封泰山禪梁父者七十二家而夷吾所記者十有二焉昔無懷氏封泰山禪云云虙羲封泰山禪云云神農封泰山禪云云炎帝封泰山禪云云黃帝封泰山禪亭亭顓頊封泰山禪云云帝俈封泰山禪云云堯封泰山禪云云舜封泰山禪云云禹封泰山禪會稽湯封泰山禪云云周成王封泰山禪社首皆受命然後得封禪桓公曰寡人北伐山戎過孤竹西

伐大夏涉流沙東馬懸車上卑耳之山南伐至召陵登熊耳山以望江漢兵車之會三而乘車之會六九合諸侯一匡天下諸侯莫違我昔三代受命亦何以異乎於是管仲睹桓公不可窮以辭因設之以事曰古之封禪鄗上之黍北里之禾所以爲盛江淮之閒一茅三脊所以爲藉也東海致比目之魚西海致比翼之鳥然后物有不召而自至者十有五焉今鳳凰麒麟不來嘉穀不生而蓬蒿藜莠茂鴟梟數至而欲封禪毋乃不可乎於是桓公乃止（以上管仲與齊桓公論封禪）是歲秦繆公內晉君夷吾其後三置晉國之君平其亂繆公立三十九年而卒其後百有餘年而孔子論述六蓺傳略言易姓而王封泰山禪乎梁父者七十餘王矣其俎豆之禮不章蓋難言之或問禘之說孔子曰不知知禘之說其於天下也視其掌詩云紂在位

文王受命政不及泰山武王克殷二年天下未寧而崩爰周德之洽維成王成王之封禪則近之矣及後陪臣執政季氏旅於泰山仲尼譏之是時萇弘以方事周靈王諸侯莫朝周周力少萇弘乃明鬼神事設射貍首貍首者諸侯之不來者依物怪欲以致諸侯諸侯不從而晉人執殺萇弘周人之言方怪者自萇弘以上孔子不言封禪萇弘以方怪見殺其後百餘年秦靈公作吳陽上時祭黃帝作下時祭炎帝後四十八年周太史儋見秦獻公曰秦始與周合合而離五百歲當復合合十七年而霸王出焉櫟陽雨金秦獻公自以爲得金瑞故作畦時櫟陽而祀白帝其後百二十歲而秦滅周周之九鼎入于秦或曰宋太丘社亡而鼎沒于泗水彭城下其後百一十五年而秦并天下秦始皇既并天下而帝或曰黃帝得土德黃龍地螾見夏得木

德青龍止於郊草木暢茂殷得金德銀自山溢周得火德有赤烏之符今秦變周水德之時昔秦文公出獵獲黑龍此其水德之瑞於是秦更命河曰德水以冬十月爲年首色上黑度以六爲名音上大呂事統上法卽帝位三年東巡郡縣祠騶嶧山頌秦功業於是徵從齊魯之儒生博士七十人至乎泰山下諸儒生或議曰古者封禪爲蒲車惡傷山之土石草木埽地而祭席用葅稭言其易遵也始皇聞此議各乖異難施用由此絀儒生而遂除車道上自泰山陽至巔立石頌秦始皇帝德明其得封也從陰道下禪於梁父其禮頗采太祝之祀雍上帝所用而封藏皆祕之世不得而記也始皇之上泰山中阪遇暴風雨休於大樹下諸儒生既絀不得與用於封事之禮聞始皇遇風雨則譏之（以上秦多異徵始皇封禪）於是始皇遂東游海上

行禮祠名山大川及八神求僊人羨門之屬八神將自古而有之或曰太公以來作之齊所以爲齊以天齊也其祀絕莫知起時八神一曰天主祠天齊天齊淵水居臨菑南郊山下者二曰地主祠泰山梁父蓋天好陰祠之必於高山之下小山之上命曰時地貴陽祭之必於澤中圜丘云三曰兵主祠蚩尤蚩尤在東平陸監鄉齊之西境也四曰陰主祠三山五曰陽主祠之罘六曰月主祠之萊山皆在齊北並勃海七曰日主祠成山成山斗入海最居齊東北隅以迎日出云八曰四時主祠琅邪琅邪在齊東方蓋歲之所始皆各用一牢具祠而巫祝所損益珪幣雜異焉(以上秦始皇因求僊而祠八神)

自齊威宣之時騶子之徒論著終始五德之運及秦帝而齊人奏之故始皇采用之而宋毋忌正伯僑充尚羨門高最後皆燕人爲方僊道形解

銷化依於鬼神之事騶衍以陰陽主運顯於諸侯而燕齊海上之方士傳其術不能通然則怪迂阿諛苟合之徒自此興不可勝數也自威宣燕昭使人入海求蓬萊方丈瀛洲此三神山者其傳在勃海中去人不遠患且至則船風引而去蓋嘗有至者諸僊人及不死之藥皆在焉其物禽獸盡白而黃金銀爲宮闕未至望之如雲及到三神山反居水下臨之風輒引去終莫能至云世主莫不甘心焉及至秦始皇并天下至海上則方士言之不可勝數始皇自以爲至海上而恐不及矣使人乃齎童男女入海求之船交海中皆以風爲解曰未能至望見之焉其明年始皇復游海上至琅邪過恆山從上黨歸後三年游碣石考入海方士從上郡歸後五年始皇南至湘山遂登會稽並海上冀遇海中三神山之奇藥不得還至沙丘

崩二世元年東巡碣石並海南歷泰山至會稽皆禮祠之而刻勒始皇所立石書旁以章始皇之功德其秋諸侯畔秦三年而二世弒死始皇封禪之後十二歲秦亡諸儒生疾秦焚詩書誅僇文學百姓怨其法天下畔之皆譌曰始皇上泰山爲暴風雨所擊不得封禪此豈所謂無其德而用事者邪以上神僊之所由起言始皇遣方士入海求僊秦卒速亡可見封禪不足貴昔三代之君皆在河洛之閒故嵩高爲中嶽而四嶽各如其方四瀆咸在山東至秦稱帝都咸陽則五嶽四瀆皆并在東方自五帝以至秦軼興軼衰名山大川或在諸侯或在天子其禮損益世殊不可勝記及秦并天下令祠官所常奉天地名山大川鬼神可得而序也於是自殽以東名山五大川祠二曰太室太室嵩高也恆山泰山會稽湘山水曰濟曰淮春以脯酒爲歲祠因泮凍秋涸凍冬

塞禱祠其牲用牛犢各一牢具珪幣各異自華以西名山七名川四曰華山薄山薄山者衰山也岳山岐山吳岳鴻冢瀆山瀆山蜀之汶山水曰河祠臨晉沔祠漢中湫淵祠朝那江水祠蜀亦春秋泮涸禱塞如東方名山川而牲牛犢牢具珪幣各異而四大冢鴻岐吳岳皆有嘗禾陳寶節來祠其河加有嘗醪此皆在雍州之域近天子之都故加車一乘騂駒四霸產長水灃澇涇渭皆非大川以近咸陽盡得比山川祠而無諸加汧洛二淵鳴澤蒲山嶽嶓山之屬爲小山川亦皆歲禱塞泮涸祠禮不必同〔以上秦所祀名山大川〕而雍有日月參辰南北斗熒惑太白歲星填星二十八宿風伯雨師四海九臣十四臣諸布諸嚴諸逑之屬百有餘廟西亦有數十祠於湖有周天子祠於下邽有天神灃滈有昭明天子辟池於社亳有三社主之祠

壽星祠。而雍菅廟亦有杜主。杜主故周之右將軍。其在秦中最小鬼之神者。各以歲時奉祠。唯雍四時上帝爲尊。其光景動人民唯陳寶。故雍四時春以爲歲禱。因泮凍。秋涸凍。冬塞祠。五月嘗駒。及四仲之月祠若月祠。陳寶節來一祠。春夏用騂。秋冬用駵。時駒四匹。木禺龍欒車一駟。木禺車馬一駟。各如其帝色。黃犢羔各四。珪幣各有數。皆生瘞埋。無俎豆之具。三年一郊。秦以冬十月爲歲首。故常以十月上宿郊見。通權火。拜於咸陽之旁。而衣上白。其用如經祠云。西時畦時祠如其故。上不親往。諸此祠皆太祝常主。以歲時奉祠之。至如他名山川諸鬼及八神之屬。上過則祠。去則已。郡縣遠方神祠者。民各自奉祠。不領於天子之祝官。祝官有祕祝。即有菑祥。輒祝祠移過於下。

以上秦所祀諸神祠。漢興。高祖之微時。嘗殺大蛇。有物曰蛇白

帝子也。而殺者赤帝子。高祖初起。禱豐枌榆社。徇沛
爲沛公。則祠蚩尤。釁鼓旗。遂以十月至灞上。與諸侯
平咸陽。立爲漢王。因以十月爲年首。而色上赤。二年。
東擊項籍而還入關。問故秦時上帝祠何帝也。對曰。
四帝。有白青黃赤帝之祠。高祖曰。吾聞天有五帝。而
有四。何也。莫知其說。於是高祖曰。吾知之矣。乃待我
而具五也。乃立黑帝祠。命曰北時。有司進祠。上不親
往。悉召故秦祝官。復置太祝太宰。如其故儀禮。因令
縣爲公社。下詔曰。吾甚重祠而敬祭。今上帝之祭及
山川諸神當祠者。各以其時禮祠之如故。後四歲。天
下已定。詔御史。令豐謹治枌榆社。常以四時春以羊
彘祠之。令祝官立蚩尤之祠於長安。長安置祠祝官。
女巫。其梁巫祠天地天社天水房中堂上之屬。晉巫
祠五帝東君雲中司命巫社巫祠族人先炊之屬。秦

巫祠社主巫保族纍之屬荆巫祠堂下巫先司命施
糜之屬九天巫祠九天皆以歲時祠宮中其河巫祠
河於臨晉而南山巫祠南山秦中秦中者二世皇帝
各有時月其後二歲或曰周興而邑邰立后稷之祠
至今血食天下於是高祖制詔御史其令郡國縣立
靈星祠常以歲時祠以牛高祖十年春有司請令縣
常以春三月及時臘祠社稷以羊豕民里社各自財
以祠制曰可以上高帝所祠之神其後十八年孝文帝即位即
位十三年下詔曰今祕祝移過于下朕甚不取自今
除之始名山大川在諸侯諸侯祝各自奉祠天子官
不領及齊淮南國廢令太祝盡以歲時致禮如故是
歲制曰朕即位十三年于今賴宗廟之靈社稷之福
方內艾安民人靡疾閒者比年登朕之不德何以饗
此皆上帝諸神之賜也蓋聞古者饗其德必報其功

欲有增諸神祠有司議增雍五時路車各一乘駕被具西時畦時禺車各一乘禺馬四匹駕被具其河湫漢水加玉各二及諸祠各增廣壇場珪幣俎豆以差加之而祝釐者歸福於朕百姓不與焉自今祝致敬毋有所祈魯人公孫臣上書曰始秦得水德今漢受之推終始傳則漢當土德土德之應黃龍見宜改正朔易服色色上黃是時丞相張蒼好律厤以爲漢乃水德之始故河決金隄其符也年始冬十月色外黑內赤與德相應如公孫臣言非也罷之後三歲黃龍見成紀文帝乃召公孫臣拜爲博士與諸生草改厤服色事其夏下詔曰異物之神見于成紀無害於民歲以有年朕祈郊上帝諸神禮官議無諱以勞朕有司皆曰古者天子夏親郊祀上帝於郊故曰郊於是夏四月文帝始郊見雍五時祠衣皆上赤其明年趙

人新垣平以望氣見上言長安東北有神氣成五采若人冠絻焉或曰東北神明之舍西方神明之墓也天瑞下宜立祠上帝以合符應於是作渭陽五帝廟同宇帝一殿面各五門各如其帝色祠所用及儀亦如雍五畤夏四月文帝親拜霸渭之會以郊見渭陽五帝五帝廟南臨渭北穿蒲池溝水權火舉而祠若光煇然屬天焉於是貴平上大夫賜累千金而使博士諸生刺六經中作王制謀議巡狩封禪事文帝出長門若見五人於道北遂因其直北立五帝壇祠以五牢具其明年新垣平使人持玉杯上書闕下獻之平言上曰闕下有寶玉氣來者已視之果有獻玉杯者刻曰人主延壽平又言臣候日再中居頃之日卻復中於是始更以十七年爲元年令天下大酺平言曰周鼎亡在泗水中今河溢通泗臣望東北汾陰直

有金寶氣意周鼎其出乎兆見不迎則不至於是上使使治廟汾陰南臨河欲祠出周鼎人有上書告新垣平所言氣神事皆詐也下平吏治誅夷新垣平自是之後文帝怠於改正朔服色神明之事而渭陽長門五帝使祠官領以時致禮不往焉明年匈奴數入邊興兵守禦後歲少不登數年而孝景即位十六年祠官各以歲時祠如故無有所興至今天子（以上文帝景帝所祠之神）今天子初即位尤敬鬼神之祀元年漢興已六十餘歲矣天下艾安縉紳之屬皆望天子封禪改正度也而上鄉儒術招賢良趙綰王臧等以文學爲公卿欲議古立明堂城南以朝諸侯草巡狩封禪改厤服色事未就會竇太后治黃老言不好儒術使人微伺得趙綰等姦利事召案綰臧綰臧自殺諸所興爲皆廢後六年竇太后崩其明年徵文學之士公孫弘

等明年今上初至雍郊見五時後常三歲一郊是時
上求神君舍之上林中蹏氏觀神君者長陵女子以
子死見神於先後宛若宛若祠之其室民多往祠平
原君往祠其後子孫以尊顯及今上卽位則厚禮置
祠之內中聞其言不見其人云是時李少君亦以祠
竈穀道卻老方見上上尊之少君者故深澤侯舍人
主方匿其年及其生長常自謂七十能使物卻老其
游以方徧諸侯無妻子人聞其能使物及不死更饋
遺之常餘金錢衣食人皆以爲不治生業而饒給又
不知其何所人愈信爭事之少君資好方善爲巧發
奇中嘗從武安侯飲坐中有九十餘老人少君乃言
與其大父游射處老人爲兒時從其大父識其處一
坐盡驚少君見上上有故銅器問少君少君曰此器
齊桓公十年陳於柏寢已而案其刻果齊桓公器一

宮盡駭以爲少君神數百歲人也少君言上曰祠竈則致物致物而丹沙可化爲黃金黃金成以爲飲食器則益壽益壽而海中蓬萊僊者乃可見見之以封禪則不死黃帝是也臣常游海上見安期生安期生食巨棗大如瓜安期生僊者通蓬萊中合則見人不合則隱於是天子始親祠竈遣方士入海求蓬萊安期生之屬而事化丹沙諸藥齊爲黃金矣居久之李少君病死天子以爲化去不死而使黃錘史寬舒受其方求蓬萊安期生莫能得而海上燕齊怪迂之方士多更來言神事矣以上武帝好異術求神僊而得李少君亳人謬忌奏祠太一方曰天神貴者太一太一佐曰五帝古者天子以春秋祭太一東南郊用太牢七日爲壇開八通之鬼道於是天子令太祝立其祠長安東南郊常奉祠如忌方其後人有上書言古者天子三年壹用

太牢祠神三一天一地一太一天子許之令太祝領祠之於忌太一壇上如其方後人復有上書言古者天子常以春解祠祠黃帝用一梟破鏡冥羊用羊祠馬行用一青牡馬太一澤山君地長用牛武夷君用乾魚陰陽使者以一牛令祠官領之如其方而祠於忌太一壇旁其後天子苑有白鹿以其皮爲幣以發瑞應造白金焉其明年郊雍獲一角獸若麃然有司曰陛下肅祗郊祀上帝報享錫一角獸蓋麟云於是以薦五時時加一牛以燎錫諸侯白金風符應合于天也於是濟北王以爲天子且封禪乃上書獻太山及其旁邑天子以他縣償之常山王有罪遷天子封其弟於真定以續先王祀而以常山爲郡然后五岳皆在天子之邦（以上武帝祀太一諸神）其明年齊人少翁以鬼神方見上上有所幸王夫人夫人卒少翁以方蓋夜

致王夫人及竈鬼之貌云天子自帷中望見焉於是乃拜少翁爲文成將軍賞賜甚多以客禮禮之文成言曰上卽欲與神通宮室被服非象神神物不至乃作畫雲氣車及各以勝日駕車辟惡鬼又作甘泉宮中爲臺室畫天地太一諸鬼神而置祭具以致天神居歲餘其方益衰神不至乃爲帛書以飯牛詳不知言曰此牛腹中有奇殺視得書書言甚怪天子識其手書問其人果是僞書於是誅文成將軍隱之其後則又作柏梁銅柱承露仙人掌之屬矣文成死明年天子病鼎湖甚巫醫無所不致不愈游水發根言上郡有巫病而鬼神下之上召置祠之甘泉及病使人問神君神君言曰天子無憂病病少愈彊與我會甘泉於是病愈遂起幸甘泉病良已大赦置壽宮神君壽宮神君最貴者太一其佐曰大禁司命之屬皆從

之非可得見聞其言言與人音等時去時來來則風肅然居室帷中時晝言然常以夜天子祓然后入因巫爲主人關飲食所以言行下又置壽宮北宮張羽旗設供具以禮神君神君所言上使人受書其言命之曰畫法其所語世俗之所知也無絕殊者而天子心獨喜其事祕世莫知也（以上武帝事神君）其後三年有司言元宜以天瑞命不宜以一二數一元曰建二元以長星曰光三元以郊得一角獸曰狩云其明年冬天子郊雍議曰今上帝朕親郊而后土無祀則禮不答也有司與太史公祠官寬舒議天地牲角繭栗今陛下親祠后土后土宜於澤中圜丘爲五壇壇一黃犢太牢具已祠盡瘞而從祠衣上黃於是天子遂東始立后土祠汾陰脽丘如寬舒等議上親望拜如上帝禮禮畢天子遂至滎陽而還過雒陽下詔曰三代邈

絕。遠矣難存。其以三十里地封周後。爲周子南君。以奉其先祀焉。是歲。天子始巡郡縣。侵尋於泰山矣。上以武帝親祠汾陰后土。因巡郡縣。其春。樂成侯上書言欒大。欒大。膠東宮人。故嘗與文成將軍同師。已而爲膠東王尚方。而樂成侯姊爲康王后。無子。康王死。他姬子立爲王。而康后有淫行。與王不相中。相危以法。康后聞文成已死。而欲自媚於上。乃遣欒大因樂成侯求見言方。天子既誅文成。後悔其蚤死。惜其方不盡。及見欒大。大說。大爲人長美。言多方略。而敢爲大言。處之不疑。大言曰。臣常往來海中。見安期羨門之屬。顧以臣爲賤。不信臣。又以爲康王諸侯耳。不足與方。臣數言康王。康王又不用臣。臣之師曰。黃金可成。而河決可塞。不死之藥可得。僊人可致也。然臣恐效文成。則方士皆奄口。惡敢言方哉。上曰。文成食馬肝死耳。子誠能脩其方我何愛乎大曰臣師非有求人人者求之陛下必欲致之則貴其使者令有親屬以客禮待之勿卑使各佩其信印乃可使通言於神人神人尚肯邪不邪致尊其使然后可致也於是上使驗小方鬭棊棊自相觸擊是時上方憂河決而黃金不就乃拜大爲五利將軍居月餘得四印佩天士將軍地士將軍大通將軍印制詔御史昔禹疏九江決四瀆閒者河溢皋陸隄繇不息朕臨天下二十有八年天若遺朕士而大通焉乾稱蜚龍鴻漸于般朕意庶幾與焉其以二千戶封地士將軍大爲樂通侯賜列侯甲第僮千人乘轝斥車馬帷幄器物以充其家又以衛長公主妻之齎金萬斤更命其邑曰當利公主天子親如五利之第使者存問供給相屬於道自大主將相以下皆置酒其家獻遺之於是天子又刻玉印曰天道將

軍使使衣羽衣夜立白茅上五利將軍亦衣羽衣夜立白茅上受印以示不臣也而佩天道者且爲天子道天神也於是五利常夜祠其家欲以下神神未至而百鬼集矣然頗能使之其後裝治行東入海求其師云大見數月佩六印貴震天下而海上燕齊之閒莫不搤捥而自言有禁方能神僊矣以上武帝體遇五利將軍其夏六月中汾陰巫錦爲民祠魏脽后土營旁見地如鉤狀掊視得鼎鼎大異於衆鼎文鏤無款識怪之言吏吏告河東太守勝勝以聞天子使使驗問巫得鼎無姦詐乃以禮祠迎鼎至甘泉從行上薦之至中山曣晅有黃雲蓋焉有麃過上自射之因以祭云至長安公卿大夫皆議請尊寶鼎天子曰閒者河溢歲數不登故巡祭后土祈爲百姓育穀今歲豐廡未報鼎曷爲出哉有司皆曰聞昔泰帝興神鼎一一者壹統

天地萬物所繫終也黃帝作寶鼎三象天地人禹收九牧之金鑄九鼎皆嘗亨鬺上帝鬼神遭聖則興鼎遷于夏商周德衰宋之社亡鼎乃淪沒伏而不見頌云自堂徂基自羊徂牛鼐鼎及鼒不吳不驁胡考之休今鼎至甘泉光潤龍變承休無疆合茲中山有黃白雲降蓋若獸爲符路弓乘矢集獲壇下報祠大享唯受命而帝者心知其意而合德焉鼎宜見於祖禰藏於帝廷以合明應制曰可（以上武帝迎汾陰寶鼎）

入海求蓬萊者言蓬萊不遠而不能至者殆不見其氣上乃遣望氣佐候其氣云其秋上幸雍且郊或曰五帝太一之佐也宜立太一而上親郊之上疑未定齊人公孫卿曰今年得寶鼎其冬辛巳朔旦冬至與黃帝時等卿有札書曰黃帝得寶鼎宛朐問於鬼臾區鬼臾區對曰黃帝得寶鼎神策是歲己酉朔旦冬至得天之

紀終而復始於是黃帝迎日推策後率二十歲復朔旦冬至凡二十推三百八十年黃帝僊登于天卿因所忠欲奏之所忠視其書不經疑其妄書謝曰寶鼎事已決矣尚何以爲卿因嬖人奏之上大說乃召問卿對曰受此書申公申公已死上曰申公何人也卿曰申公齊人與安期生通受黃帝言無書獨有此鼎書曰漢興復當黃帝之時曰漢之聖者在高祖之孫且曾孫也寶鼎出而與神通封禪封禪七十二王唯黃帝得上泰山封申公曰漢主亦當上封上封則能僊登天矣黃帝時萬諸侯而神靈之封居七千天下名山八而三在蠻夷五在中國中國華山首山太室泰山東萊此五山黃帝之所常游與神會黃帝且戰且學僊患百姓非其道者乃斷斬非鬼神者百餘歲然後得與神通黃帝郊雍上帝宿三月鬼臾區號大

鴻死葬雍故鴻冢是也其後黃帝接萬靈明廷明廷
者甘泉也所謂寒門者谷口也黃帝采首山銅鑄鼎
於荊山下鼎既成有龍垂胡頿下迎黃帝黃帝上騎
羣臣後宮從上者七十餘人龍乃上去餘小臣不得
上乃悉持龍頿龍頿拔墮墮黃帝之弓百姓仰望黃
帝既上天乃抱其弓與胡頿號故後世因名其處曰
鼎湖其弓曰烏號於是天子曰嗟乎吾誠得如黃帝
吾視去妻子如脫躧耳乃拜卿為郎東使候神於太
室以上公孫卿為武帝言黃帝成仙事上遂郊雍至隴西西登崆峒幸
甘泉令祠官寬舒等具太一祠壇祠壇放薄忌太一
壇壇三垓五帝壇環居其下各如其方黃帝西南除
八通鬼道太一其所用如雍一時物而加醴棗脯之
屬殺一貍牛以為俎豆牢具而五帝獨有俎豆醴進
其下四方地為醊食羣神從者及北斗云已祠胙餘

皆燎之。其牛色白。鹿居其中。彘在鹿中。水而洎之。祭日以牛。祭月以羊彘特。太一祝宰則衣紫及繡。五帝各如其色。日赤。月白。十一月辛巳。朔旦冬至。昧爽。天子始郊拜太一。朝朝日。夕夕月。則揖。而見太一如雍郊禮。其贊饗曰。天始以寶鼎神策授皇帝。朔而又朔。終而復始。皇帝敬拜見焉。而衣上黃。其祠列火滿壇。壇旁亨炊具。有司云祠上有光焉。公卿言皇帝始郊見太一雲陽。有司奉瑄玉嘉牲薦饗。是夜有美光。及晝黃氣上屬天。太史公祠官寬舒等曰。神靈之休。祐福兆祥。宜因此地光域立太時壇以明應。令太祝領秋及臘閒祠。三歲天子一郊見。其秋。爲伐南越。告禱太一。以牡荊畫幡日月北斗登龍。以象太一三星。爲太一鋒。命曰靈旗。爲兵禱。則太史奉以指所伐國。而五利將軍使不敢入海。之泰山祠。上使人隨驗。實毋所見。五利妄言見其師。其方盡多不讎。上乃誅五利。
其冬。公孫卿候神河南。言見僊人跡緱氏城上。有物
如雉。往來城上。天子親幸緱氏城。視跡。問卿得毋效
文成五利乎。卿曰。僊者非有求人主。人主者求之。其
道非少寬假。神不來。言神事。事如迂誕。積以歲乃可
致也。於是郡國各除道。繕治宮觀。名山神祠。所以望
幸也。其春。既滅南越。上有嬖臣李延年。以好音見。上
善之。下公卿議曰。民閒祠。尚有鼓舞樂。今郊祀而無
樂。豈稱乎。公卿曰。古者祠天地。皆有樂。而神祇可得
而禮。或曰。太帝使素女鼓五十弦瑟。悲。帝禁不止。故
破其瑟為二十五弦。於是塞南越。禱祠太一后土。始
用樂舞。益召歌兒。作二十五弦。及空侯琴瑟自此起。
以上武帝巡狩郊雍。拜太一。視緱氏迹。并作音樂。
其來年冬。上議曰。古者先
振兵澤旅。然后封禪。乃遂北巡朔方。勒兵十餘萬。還

祭黃帝冢橋山。釋兵須如。上曰。吾聞黃帝不死。今有冢何也。或對曰。黃帝已僊上天。羣臣葬其衣冠。既至甘泉。爲且用事泰山。先類祠太一。自得寶鼎。上與公卿諸生議封禪。封禪用希曠絕。莫知其儀禮。而羣儒采封禪尚書周官王制之望祀射牛事。齊人丁公年九十餘。曰。封禪者合不死之名也。秦皇帝不得上封。陛下必欲上。稍上即無風雨。遂上封矣。上於是乃令諸儒習射牛。草封禪儀。數年至且行。天子既聞公孫卿及方士之言。黃帝以上封禪。皆致怪物與神通。欲放黃帝以上接神僊人蓬萊士。高世比德於九皇。而頗采儒術以文之。羣儒既已不能辨明封禪事。又牽拘於詩書古文而不能騁。上爲封禪祠器示羣儒。羣儒或曰不與古同。徐偃又曰。太常諸生行禮不如魯善。周霸屬圖封禪事。於是上絀偃霸。而盡罷諸儒不用三月遂東幸緱氏禮登中嶽太室從官在山下聞若有言萬歲云問上上不言問下下不言於是以三百戶封太室奉祠命曰崇高邑東上泰山泰山之草木葉未生乃令人上石立之泰山巔上遂東巡海上行禮祠八神齊人之上疏言神怪奇方者以萬數然無驗者乃益發船令言海中神山者數千人求蓬萊神人公孫卿持節常先行候名山至東萊言夜見大人長數丈就之則不見見其跡甚大類禽獸云羣臣有言見一老父牽狗言吾欲見巨公已忽不見上卽見大跡未信及羣臣有言老父則大以爲僊人也宿留海上予方士傳車及閒使求僊人以千數四月還至奉高上念諸儒及方士言封禪人人殊不經難施行天子至梁父禮祠地主乙卯令侍中儒者皮弁薦紳射牛行事封泰山下東方如郊祠太一之禮封廣

丈二尺高九尺其下則有玉牒書書祕禮畢天子獨與侍中奉車子侯上泰山亦有封其事皆禁明日下陰道丙辰禪泰山下阯東北肅然山如祭后土禮天子皆親拜見衣上黃而盡用樂焉江淮閒一茅三脊爲神藉五色土益雜封縱遠方奇獸蜚禽及白雉諸物頗以加禮兕牛犀象之屬不用皆至泰山祭后土封禪祠其夜若有光晝有白雲起封中天子從禪還坐明堂羣臣更上壽於是制詔御史朕以眇眇之身承至尊兢兢焉懼不任維德菲薄不明于禮樂脩祠太一若有象景光屑如有望震於怪物欲止不敢遂登封泰山至于梁父而後禪肅然自新嘉與士大夫更始賜民百戶牛一酒十石加年八十孤寡布帛二匹復博奉高蛇丘歷城無出今年租稅其大赦天下如乙卯赦令行所過毋有復作事在二年前皆勿聽

治。又下詔曰。古者天子五載一巡狩。用事泰山。諸侯有朝宿地。其令諸侯各治邸泰山下。（以上武帝巡狩。勤兵朔方。東禮中嶽。遂封泰山。禪梁父。）天子既已封泰山。無風雨災。而方士更言蓬萊諸神若將可得。於是上欣然庶幾遇之。乃復東至海上望。冀遇蓬萊焉。奉車子侯暴病。一日死。上乃遂去。並海上。北至碣石。巡自遼西。歷北邊。至九原。五月。反至甘泉。有司言寶鼎出為元鼎。以今年為元封元年。其秋。有星茀于東井。後十餘日。有星茀于三能。望氣王朔言候獨見填星出如瓜。食頃復入焉。有司皆曰。陛下建漢家封禪。天其報德星云。其來年冬。郊雍五帝。還拜祝祠太一。贊饗曰。德星昭衍。厥維休祥。壽星仍出。淵耀光明。信星昭見。皇帝敬拜太祝之享。其春。公孫卿言見神人東萊山。若云欲見天子。天子於是幸緱氏城。拜卿為中大夫。遂至東萊。宿留之數日無所見見大人跡云復遣方士求神怪采芝藥以千數是歲旱於是天子既出無名乃禱萬里沙過祠泰山還至瓠子自臨塞決河留二日沈祠而去使二卿將卒塞決河徙二渠復禹之故跡焉（以上武帝再出巡狩郊雍至東萊海上還塞決河）是時既滅兩越越人勇之乃言越人俗鬼而其祠皆見鬼數有效昔東甌王敬鬼壽百六十歲後世怠慢故衰秏乃令越巫立越祝祠安臺無壇亦祠天神上帝百鬼而以雞卜上信之越祠雞卜始用公孫卿曰僊人可見而上往常遽以故不見今陛下可爲觀如緱城置脯棗神人宜可致也且僊人好樓居於是上令長安則作蜚廉桂觀甘泉則作益延壽觀使卿持節設具而候神人乃作通天莖臺置祠具其下將招來僊神人之屬於是甘泉更置前殿始廣諸宮室夏有芝生殿房內中天子爲塞河興通

天臺若見有光云乃下詔甘泉房中生芝九莖赦天下毋有復作（以上武帝信用越巫更興臺觀）其明年伐朝鮮夏旱公孫卿曰黃帝時封則天旱乾封三年上乃下詔曰天旱意乾封乎其令天下尊祠靈星焉其明年上郊雍通回中道巡之春至鳴澤從西河歸其明年冬上巡南郡至江陵而東登禮灊之天柱山號曰南岳浮江自尋陽出樅陽過彭蠡禮其名山川北至琅邪並海上四月中至奉高脩封焉初天子封泰山泰山東北阯古時有明堂處處險不敞上欲治明堂奉高旁未曉其制度濟南人公玊帶上黃帝時明堂圖明堂圖中有一殿四面無壁以茅蓋通水圜宮垣爲複道上有樓從西南入命曰昆侖天子從之入以拜祠上帝焉於是上令奉高作明堂汶上如帶圖及五年脩封則祠太一五帝於明堂上坐令高皇帝祠坐對之祠

后土於下房以二十太牢天子從昆侖道入始拜明堂如郊禮禮畢燎堂下而上又上泰山自有祕祠其巔而泰山下祠五帝各如其方黃帝并赤帝而有司侍祠焉山上舉火下悉應之其後二歲十一月甲子朔日冬至推厤者以本統天子親至泰山以十一月甲子朔日冬至日祠上帝明堂毋脩封禪其贊饗曰天增授皇帝太元神策周而復始皇帝敬拜太一東至海上考入海及方士求神者莫驗然益遣冀遇之十一月乙酉柏梁烖十二月甲午朔上親禪高里祠后土臨勃海將以望祀蓬萊之屬冀至殊廷焉上還以柏梁烖故朝受計甘泉公孫卿曰黃帝就青靈臺十二日燒黃帝乃治明廷明廷甘泉也方士多言古帝王有都甘泉者其後天子又朝諸侯甘泉甘泉作諸侯邸勇之乃曰越俗有火烖復起屋必以大用勝

服之於是作建章宮度爲千門萬戶前殿度高未央其東則鳳闕高二十餘丈其西則唐中數十里虎圈其北治大池漸臺高二十餘丈命曰太液池中有蓬萊方丈瀛洲壺梁象海中神山龜魚之屬其南有玉堂璧門大鳥之屬乃立神明臺井幹樓度五十丈輦道相屬焉（以上武帝復出巡狩至泰山修封拜祠明堂還作建章宮）夏漢改厤以正月爲歲首而色上黃官名更印章以五字爲太初元年是歲西伐大宛蝗大起丁夫人雒陽虞初等以方詞詛匈奴大宛焉（以上詞詛匈奴大宛）其明年有司上言雍五時無牢熟具芬芳不備乃令祠官進時犢牢具色食所勝而以木禺馬代駒焉獨五月嘗駒行親郊用駒及諸名山川用駒者悉以木禺馬代行過乃用駒他禮如故（以上省用牲牢）其明年東巡海上考神僊之屬未有驗者方士有言高帝時爲五城十二樓以候神人

於執期命曰逆年上許作之如方命曰明年上親禮祠上帝焉公玉帶曰黃帝時雖封泰山然風后封巨岐伯令黃帝封東泰山禪凡山合符然后不死焉天子既令設祠具至東泰山泰山卑小不稱其聲乃令祠官禮之而不封禪焉其後令帶奉祠候神物夏遂還泰山脩五年之禮如前而加以禪祠石閭石閭者在泰山下阯南方方士多言此僊人之閭也故上親禪焉其後五年復至泰山脩封還過祭恆山（以上武帝屢次修封）今天子所興祠太一后土三年親郊祠建漢家封禪五年一脩封薄忌太一及三一冥羊馬行赤星五寬舒之祠官以歲時致禮凡六祠皆太祝領之至如八神諸神明年凡山他名祠行過則祠行去則已方士所興祠各自主其人終則已祠官不主他祠皆如其故（以上總記武帝所興之祠）今上封禪其後十二歲而還偏於

五岳四瀆矣。而方士之候祠神人入海求蓬萊終無有驗。而公孫卿之候神者。猶以大人之跡爲解無有效。天子益怠厭方士之怪迂語矣。然羈縻不絕。冀遇其真。自此之後。方士言神祠者彌衆。然其效可睹矣。

以上言方士求仙無效。

太史公曰。余從巡祭天地諸神名山川而封禪焉。入壽宮侍祠神語。究觀方士祠官之意。於是退而論次自古以來用事於鬼神者。具見其表裏。後有君子。得以覽焉。若至俎豆珪幣之詳。獻酬之禮。則有司存。

方望溪書封禪書後。是書所譏武帝事。義皆顯著。獨雜引古事。則意各有指。武帝名爲敬鬼神之祀。而以封禪合不死。郊時祕祝。不過與祠神君竈鬼同意耳。蓋好神而實比於慢矣。故首載夏孔甲好神。三世而亡殷武乙慢神。三世而亡。復大書始皇封禪後十二歲秦亡。示無德而瀆於神。爲亡之徵也。殷二宗遇物變懼而修德。國以興。歷年以永。示寶鼎一角獸。不足爲符應也。其詳秦先世事。及史敦史儋語。以雍之諸祠興於秦。而敦儋妄稱符命。以啓二君之汰。爲方士怪迂語之徵兆也。萇弘欲以物怪致諸侯。無救於周之衰。而身爲僇則以方詞詛匈奴大宛者可知矣秦穆公病寤而世傳爲上天穆公死年有徵則黃帝鼎湖之事乃此類耳管仲能設事以止桓公之欲而漢公卿乃徇方士以從君於昏是可歎也夫孔子論述六藝無及封禪者則非古帝王之典祀明矣傳所言易姓而王封禪者七十餘君姑無論其有無信曰有之亦功至德洽而告成於天如成王乃近之耳豈以是爲合不死之名接僊人蓬萊士之術乎所謂羣儒不能辨明封禪事者此也故其發端即曰自古受命帝王曷嘗不封禪蓋謂非以是致怪物與神通耳天官書論曰自生民以來世主曷嘗不厤日月星辰蓋以太初改厤乃辛巳朔旦冬至合公孫卿札書所云黃帝合而不死故用此贊饗而頌厤之詔復布告天下使明知之不古之厤日月星辰者固如是乎其義蓋與是書相發也又書封禪書後是書意義尤隱深者其稱或問禘之說蓋謂禘雖典祀然不知其義禮不虛行況以封禪致怪物與神通乎禮之瀆季氏嘗旅於泰山孔子譏之謂神弗享也則以封禪合不死者神其享之乎漢興六十餘年天下乂安薦紳之屬皆望天子封禪改正度者謂經禮雅樂宜以時興也豈謂其中於方士之怪迂哉世言黃帝嘗用事於雍時以語不經見搢紳者尚不道況天子贊饗郊壇制詔海內而用黃帝得寶鼎神策合而不死之說乎夫封禪之儀雖湮滅不可詳而事則可辨以爲合不死之名雖秦皇帝之世未嘗有此惜乎諸儒不能辨明其事也然猶幸其束於詩書古文孔子所論述不至如方士之騁其誕耳篇中著孔子論述六藝不及封禪又曰維成王近之蓋謂傳所稱封禪者七十二君本無

稽之言。但以是致怪物。與神通。則舉之不以其事。而上古封禪之有無。又不足辨矣。此子長之微指也。

史記平準書

漢興。接秦之弊。丈夫從軍旅。老弱轉糧饟。作業劇而財匱。自天子不能具鈞駟。而將相或乘牛車。齊民無藏蓋。於是爲秦錢重難用。更令民鑄錢。一黃金一斤。約法省禁。而不軌逐利之民。蓄積餘業。以稽市物。物踊騰糶。米至石萬錢。馬一匹則百金。天下已平。高祖乃令賈人不得衣絲乘車。重租稅以困辱之。孝惠高后時。爲天下初定。復弛商賈之律。然市井之子孫亦不得仕宦爲吏。量吏祿度官用。以賦於民。而山川園池市井租稅之入。自天子以至于封君湯沐邑。皆各爲私奉養焉。不領於天下之經費。漕轉山東粟。以給中都官。歲不過數十萬石。至孝文時。莢錢益多輕。乃更鑄四銖錢。其文爲半兩。令民縱得自鑄錢。故吳諸侯也。以卽山鑄錢。富埒天子。其後卒以叛逆。鄧通。大夫也。以鑄錢財過王者。故吳鄧氏錢布天下。而鑄錢之禁生焉。匈奴數侵盜北邊。屯戍者多。邊粟不足給食當食者。於是募民能輸及轉粟於邊者。拜爵。爵得至大庶長。孝景時。上郡以西旱。亦復脩賣爵令。而賤其價以招民。及徒復作。得輸粟縣官以除罪。益造苑馬以廣用。而宮室列觀輿馬。益增脩矣。至今上卽位數歲。漢興七十餘年之閒。國家無事。非遇水旱之災。民則人給家足。都鄙廩庾皆滿。而府庫餘貨財。京師之錢累巨萬。貫朽而不可校。太倉之粟。陳陳相因。充溢露積於外。至腐敗不可食。衆庶街巷有馬。阡陌之閒成羣。而乘字牝者。儐而不得聚會。守閭閻者食粱肉。爲吏者長子孫。居官者以爲姓號。故人人自愛而重犯法。先行義而後絀恥辱焉。當此之時。網疏而民富役財驕溢或至兼并豪黨之徒以武斷於鄉曲宗室有土公卿大夫以下爭于奢侈室廬輿服僭於上無限度物盛而衰固其變也自是之後嚴助朱買臣等招來東甌事兩越江淮之閒蕭然煩費矣唐蒙司馬相如開路西南夷鑿山通道千餘里以廣巴蜀巴蜀之民罷焉彭吳賈滅朝鮮置滄海之郡則燕齊之閒靡然發動及王恢設謀馬邑匈奴絕和親侵擾北邊兵連而不解天下苦其勞而干戈日滋行者齎居者送中外騷擾而相奉百姓抏獘以巧法財賂衰秏而不贍入物者補官出貨者除罪選舉陵遲廉恥相冒武力進用法嚴令具興利之臣自此始也（以上言先富盛而後漸貧因貧而進興利之臣）其後漢將歲以數萬騎出擊胡及車騎將軍衛青取匈奴河南地築朔方當是時漢通西南夷道作者數萬人千里負擔饋糧率十餘鍾致一

石散幣於邛僰以集之數歲道不通蠻夷因以數攻吏發兵誅之悉巴蜀租賦不足以更之乃募豪民田南夷入粟縣官而內受錢於都內（以上田南夷入粟與利之事一）東至滄海之郡人徒之費擬於南夷又興十萬餘人築衛朔方轉漕甚遼遠自山東咸被其勞費數十百巨萬府庫益虛乃募民能入奴婢得以終身復為郎增秩及入羊為郎始於此（以上募民入奴婢入羊與利之事二）其後四年而漢遣大將將六將軍軍十餘萬擊右賢王獲首虜萬五千級明年大將軍將六將軍仍再出擊胡得首虜萬九千級捕斬首虜之士受賜黃金二十餘萬斤虜數萬人皆得厚賞衣食仰給縣官而漢軍之士馬死者十餘萬兵甲之財轉漕之費不與焉於是大農陳藏錢經秏賦稅既竭猶不足以奉戰士有司言天子曰朕聞五帝之教不相復而治禹湯之法不同

道而王所由殊路而建德一也北邊未安朕甚悼之
日者大將軍攻匈奴斬首虜萬九千級留蹛無所食
議令民得買爵及贖禁錮免減罪請置賞官命曰武
功爵級十七萬凡直三十餘萬金諸買武功爵官首
者試補吏先除千夫如五大夫其有罪又減二等爵
得至樂卿以顯軍功軍功多用越等大者封侯卿大
夫小者郎吏吏道雜而多端則官職秏廢（以上賣爵與利之事）
三自公孫弘以春秋之義繩臣下取漢相張湯用峻
文決理爲廷尉於是見知之法生而廢格沮誹窮治
之獄用矣其明年淮南衡山江都王謀反迹見而公
卿尋端治之竟其黨與而坐死者數萬人長吏益慘
急而法令明察當是之時招尊方正賢良文學之士
或至公卿大夫公孫弘以漢相布被食不重味爲天
下先然無益於俗稍騖於功利矣（以上因言利而峻法文中樞紐其）

明年驃騎仍再出擊胡獲首四萬其秋渾邪王率數萬之衆來降於是漢發車二萬乘迎之既至受賞賜及有功之士是歲費凡百餘巨萬初先是往十餘歲河決觀梁楚之地固已數困而緣河之郡隄塞河輒決壞費不可勝計其後番係欲省厎柱之漕穿汾河渠以爲溉田作者數萬人鄭當時爲渭漕渠回遠鑿直渠自長安至華陰作者數萬人朔方亦穿渠作者數萬人各歷二三朞功未就費亦各巨萬十數天子爲伐胡盛養馬馬之來食長安者數萬匹卒牽掌者關中不足乃調旁近郡而胡降者皆衣食縣官縣官不給天子乃損膳解乘輿駟出御府禁藏以贍之其明年山東被水菑民多飢乏於是天子遣使者虛郡國倉廥以振貧民猶不足又募豪富人相貸假尚不能相救乃徙貧民於關以西及充朔方以南新秦中

七十餘萬口衣食皆仰給縣官數歲假予產業使者
分部護之冠蓋相望其費以億計不可勝數於是縣
官大空而富商大賈或蹛財役貧轉轂百數廢居居
邑封君皆低首仰給冶鑄煑鹽財或累萬金而不佐
國家之急黎民重困（以上凡伐胡塞河穿渠養馬振災五者皆耗財之事）於是
天子與公卿議更錢造幣以贍用而摧浮淫并兼之
徒是時禁苑有白鹿而少府多銀錫自孝文更造四
銖錢至是歲四十餘年從建元以來用少縣官往往
即多銅山而鑄錢民亦閒盜鑄錢不可勝數錢益多
而輕物益少而貴有司言曰古者皮幣諸侯以聘享
金有三等黃金爲上白金爲中赤金爲下今半兩錢
法重四銖而姦或盜摩錢裏取鋊錢益輕薄而物貴
則遠方用幣煩費不省乃以白鹿皮方尺緣以藻繢
爲皮幣直四十萬王侯宗室朝覲聘享必以皮幣薦

壁然后得行又造銀錫爲白金以爲天用莫如龍地用莫如馬人用莫如龜故白金三品其一曰重八兩圜之其文龍名曰白選直三千二曰以重差小方之其文馬直五百三曰復小撱之其文龜直三百令縣官銷半兩錢更鑄三銖錢文如其重盜鑄諸金錢罪皆死而吏民之盜鑄白金者不可勝數以上造鹿皮幣白金三品興利之事四於是以東郭咸陽孔僅爲大農丞領鹽鐵事桑弘羊以計算用事侍中咸陽齊之大煑鹽孔僅南陽大冶皆致生累千金故鄭當時進言之弘羊雒陽賈人子以心計年十三侍中故三人言利事析秋豪矣法既益嚴吏多廢免兵革數動民多買復及五大夫徵發之士益鮮於是除千夫五大夫爲吏不欲者出馬故吏皆通適令伐棘上林作昆明池其明年大將軍驃騎大出擊胡得首虜八九萬級賞賜五十萬

金漢軍馬死者十餘萬匹轉漕車甲之費不與焉是時財匱戰士頗不得祿矣有司言三銖錢輕易姦詐乃更請諸郡國鑄五銖錢周郭其下令不可磨取鋊焉大農上鹽鐵丞孔僅咸陽言山海天地之藏也皆宜屬少府陛下不私以屬大農佐賦願募民自給費因官器作煮鹽官與牢盆浮食奇民欲擅管山海之貨以致富羨役利細民其沮事之議不可勝聽敢私鑄鐵器煮鹽者釱左趾沒入其器物郡不出鐵者置小鐵官便屬在所縣使孔僅東郭咸陽乘傳舉行天下鹽鐵作官府除故鹽鐵家富者爲吏吏道益雜不選而多賈人矣以上舉行鹽鐵與利之事五商賈以幣之變多積貨逐利於是公卿言郡國頗被菑害貧民無產業者募徙廣饒之地陛下損膳省用出禁錢以振元元寬貸賦而民不齊出於南畝商賈滋衆貧者畜積無有

皆仰縣官異時算軺車賈人緡錢皆有差請算如故諸賈人末作貰貸賣買居邑稽諸物及商以取利者雖無市籍各以其物自占率緡錢二千而一算諸作有租及鑄率緡錢四千一算非吏比者三老北邊騎士軺車以一算商賈人軺車二算船五丈以上一算匿不自占占不悉戍邊一歲沒入緡錢有能告者以其半畀之賈人有市籍者及其家屬皆無得籍名田以便農敢犯令沒入田僮（以上算緡錢興利之事六）天子乃思卜式之言召拜式爲中郎爵左庶長賜田十頃布告天下使明知之初卜式者河南人也以田畜爲事親死式有少弟弟壯式脫身出分獨取畜羊百餘田宅財物盡予弟式入山牧十餘歲羊致千餘頭買田宅而其弟盡破其業式輒復分予弟者數矣是時漢方數使將擊匈奴卜式上書願輸家之半縣官助邊天子

使使問式欲官乎式曰臣少牧不習仕宦不願也使問曰家豈有寃欲言事乎式曰臣生與人無分爭式邑人貧者貸之不善者教順之所居人皆從式式何故見寃於人無所欲言也使者曰苟如此子何欲而然式曰天子誅匈奴愚以爲賢者宜死節於邊有財者宜輸委如此而匈奴可滅也使者具其言入以聞天子以語丞相弘弘曰此非人情不軌之臣不可以爲化而亂法願陛下勿許於是上久不報式數歲乃罷式式歸復田牧歲餘會軍數出渾邪王等降縣官費衆倉府空其明年貧民大徙皆仰給縣官無以盡贍卜式持錢二十萬予河南守以給徙民河南上富人助貧人者籍天子見卜式名識之曰是固前而欲輸其家半助邊乃賜式外繇四百人式又盡復予縣官是時富豪皆爭匿財唯式尤欲輸之助費天子於

是以式終長者故尊顯以風百姓初式不願爲郎上曰吾有羊上林中欲令子牧之式乃拜爲郎布衣屩而牧羊歲餘羊肥息上過見其羊善之式曰非獨羊也治民亦猶是也以時起居惡者輒斥去毋令敗羣上以式爲奇拜爲緱氏令試之緱氏便之遷爲成皋令將漕最上以爲式朴忠拜爲齊王太傅（以上貴卜式以風天下。）而孔僅之使天下鑄作器三年中拜爲大農列於九卿而桑弘羊爲大農丞筦諸會計事稍稍置均輸以通貨物矣始令吏得入穀補官郎至六百石（以上入穀補官興利之事七。）自造白金五銖錢後五歲赦吏民之坐盜鑄金錢死者數十萬人其不發覺相殺者不可勝計赦自出者百餘萬人然不能半自出天下大抵無慮皆鑄金錢矣犯者衆吏不能盡誅取於是遣博士褚大徐偃等分曹循行郡國舉兼并之徒守相爲吏者

而御史大夫張湯方隆貴用事減宣杜周等爲中丞
義縱尹齊王温舒等用慘急刻深爲九卿而直指夏
蘭之屬始出矣而大農顏異誅初異爲濟南亭長以
廉直稍遷至九卿上與張湯既造白鹿皮幣問異異
曰今王侯朝賀以蒼璧直數千而其皮薦反四十萬
本末不相稱天子不說張湯又與異有郤及人有告
異以它議事下張湯治異異與客語客語初令下有
不便者異不應微反脣湯奏當異九卿見令不便不
入言而腹誹論死自是之後有腹誹之法以此而公
卿大夫多諂諛取容矣天子既下緡錢令而尊卜式
百姓終莫分財佐縣官於是楊可告緡錢縱矣以上顏異
以議皮幣事被誅郡國多姦鑄錢錢多輕而公卿請令京師
鑄鍾官赤側一當五賦官用非赤側不得行白金稍
賤民不寶用縣官以令禁之無益歲餘白金終廢不

行是歲也張湯死而民不思其後二歲赤側錢賤民巧法用之不便又廢於是悉禁郡國無鑄錢專令上林三官鑄錢既多而令天下非三官錢不得行諸郡國所前鑄錢皆廢銷之輸其銅三官而民之鑄錢益少計其費不能相當唯眞工大姦乃盜爲之（以上廢赤側錢輸銅三官與利之事八）卜式相齊而楊可告緡徧天下中家以上大抵皆遇告杜周治之獄少反者乃分遣御史廷尉正監分曹往卽治郡國緡錢得民財物以億計奴婢以千萬數田大縣數百頃小縣百餘頃宅亦如之於是商賈中家以上大率破民偷甘食好衣不事畜藏之產業而縣官有鹽鐵緡錢之故用益饒矣益廣關置左右輔（以上卽郡國治緡與利之事九）初大農筦鹽鐵官布多置水衡欲以主鹽鐵及楊可告緡錢上林財物衆乃令水衡主上林上林既充滿益廣是時越欲與漢用

船戰逐乃大修昆明池列觀環之治樓船高十餘丈旗幟加其上甚壯於是天子感之乃作柏梁臺高數十丈宮室之修由此日麗乃分緡錢諸官而水衡少府大農太僕各置農官往往即郡縣比沒入田田之其沒入奴婢分諸苑養狗馬禽獸及與諸官諸官益雜置多徒奴婢衆而下河漕度四百萬石及官自糴乃足（以上言官多奴婢衆耗財）所忠言世家子弟富人或鬭雞走狗馬弋獵博戲亂齊民乃徵諸犯令相引數千人命曰株送徒入財者得補郎郎選衰矣（以上株送徒入財興利之事十）是時山東被河菑及歲不登數年人或相食方一二千里天子憐之詔曰江南火耕水耨令飢民得流就食江淮閒欲留留處遣使冠蓋相屬於道護之下巴蜀粟以振之（以上振災耗財）其明年天子始巡郡國東度河河東守不意行至不辦自殺行西踰隴隴西守以行

往卒天子從官不得食隴西守自殺於是上北出蕭關從數萬騎獵新秦中以勒邊兵而歸新秦中或千里無亭徼於是誅北地太守以下而令民得畜牧邊縣官假馬母三歲而歸及息什一以除告緡用充仞新秦中既得寶鼎立后土太一祠公卿議封禪事而天下郡國皆豫治道橋繕故宮及當馳道縣縣治官儲設供具而望以待幸（以上巡幸耗財）其明年南越反西羌侵邊爲桀於是天子爲山東不贍赦天下因南方樓船卒二十餘萬人擊南越數萬人發三河以西騎擊西羌又數萬人度河築令居初置張掖酒泉郡而上郡朔方西河河西開田官斥塞卒六十萬人戍田之中國繕道餽糧遠者三千近者千餘里皆仰給大農邊兵不足乃發武庫工官兵器以贍之（以上擊南越西羌戍田四郡耗財）車騎馬乏絕縣官錢少買馬難得乃著令令封

君以下至三百石以上吏以差出牝馬天下亭亭有
畜牸馬歲課息以上出牝馬課息與利之事十一齊相卜式上書曰
臣聞主憂臣辱南越反臣願父子與齊習船者往死
之天子下詔曰卜式雖躬耕牧不以爲利有餘輒助
縣官之用今天下不幸有急而式奮願父子死之雖
未戰可謂義形於內賜爵關內侯金六十斤田十頃
布告天下天下莫應列侯以百數皆莫求從軍擊羌
越至酎少府省金而列侯坐酎金失侯者百餘人乃
拜式爲御史大夫式既在位見郡國多不便縣官作
鹽鐵鐵器苦惡賈貴或彊令民賣買之而船有算商
者少物貴乃因孔僅言船算事上由是不悅卜式以上
再貴卜式以風天下漢連兵三歲誅羌滅南越番禺以西至蜀
南者置初郡十七且以其故俗治毋賦稅南陽漢中
以往郡各以地比給初郡吏卒奉食幣物傳車馬被

具而初郡時時小反殺吏漢發南方吏卒往誅之閒歲萬餘人費皆仰給大農大農以均輸調鹽鐵助賦故能贍之然兵所過縣爲以訾給毋乏而已不敢言擅賦法矣〔以上供初郡耗財〕其明年元封元年卜式貶秩爲太子太傅而桑弘羊爲治粟都尉領大農盡代僅筦天下鹽鐵弘羊以諸官各自市相與爭物故騰躍而天下賦輸或不償其僦費乃請置大農部丞數十人分部主郡國各往往縣置均輸鹽鐵官令遠方各以其物貴時商賈所轉販者爲賦而相灌輸置平準于京師都受天下委輸召工官治車諸器皆仰給大農大農之諸官盡籠天下之貨物貴卽賣之賤則買之如此富商大賈無所牟大利則反本而萬物不得騰踊故抑天下物名曰平準天子以爲然許之〔以上置平準興利之事十二〕於是天子北至朔方東到太山巡海上並北

邊以歸所過賞賜用帛百餘萬匹錢金以巨萬計皆取足大農弘羊又請令吏得入粟補官及罪人贖罪令民能入粟甘泉各有差以復終身不告緡他郡各輸急處而諸農各致粟山東漕益歲六百萬石一歲之中太倉甘泉倉滿邊餘穀諸物均輸帛五百萬匹民不益賦而天下用饒（以上入粟補官贖罪給復興利之事十三）於是弘羊賜爵左庶長黃金再百斤焉是歲小旱上令官求雨卜式言曰縣官當食租衣稅而已今弘羊令吏坐市列肆販物求利亨弘羊天乃雨

太史公曰農工商交易之路通而龜貝金錢刀布之幣興焉所從來久遠自高辛氏之前尚矣靡得而記云故書道唐虞之際詩述殷周之世安寧則長庠序先本絀末以禮義防于利事變多故而亦反是是以物盛則衰時極而轉一質一文終始之變也禹貢九

州各因其土地所宜人民所多少而納職焉湯武承
獘易變使民不倦各兢兢所以爲治而稍陵遲衰微
齊桓公用管仲之謀通輕重之權徼山海之業以朝
諸侯用區區之齊顯成霸名魏用李克盡地力爲彊
君自是之後天下爭於戰國貴詐力而賤仁義先富
有而後推讓故庶人之富者或累巨萬而貧者或不
厭糟糠有國彊者或并羣小以臣諸侯而弱國或絕
祀而滅世以至於秦卒并海內虞夏之幣金爲三品
或黃或白或赤或錢或布或刀或龜貝及至秦中一
國之幣爲二等黃金以溢名爲上幣銅錢識曰半兩
重如其文爲下幣而珠玉龜貝銀錫之屬爲器飾寶
藏不爲幣然各隨時而輕重無常於是外攘夷狄內
興功業海內之士力耕不足糧饟女子紡績不足衣
服古者嘗竭天下之資財以奉其上猶自以爲不足

也無異故云事勢之流相激使然曷足怪焉惜抱軒筆記柯維騏論平準書後太史公曰農工商交易之路通至何足怪焉四百餘字謂是平準書之發端非其後贊其說極爲的當無可疑者惟云其文止於烹弘羊天乃雨爲敘事未竟而遷死死不得成就則非是太史公此書以平準爲題敘至此年置平準則事究矣載卜式之言以論平準之失義亦盡矣無可復益以爲長語矣此書止於元封元年封禪書止於天漢三年較平準過十年以報任安書少卿抱不測之罪語推之是征和二年太史公尚在見任安之及禍又過封禪書十年矣豈因其死而有未竟哉太史公本文謂至是可以止耳若太初二年籍吏民補車騎馬太始二年鑄麟趾褭蹏之類此在漢書食貨志似當續入乃爲前後相備而班氏於元封元年之下遂入昭帝事則爲疏漏甚耳○曾文正公云凡興利之事十三分條敘之秏財之事十一併作兩處敘之興利之事以桑弘羊平準均輸爲最失政體故末引卜式之言以鳴其憤而以平準名篇

續古文辭類纂卷十九　下編之一

論辨類

朱竹垞秦始皇論

朱彝尊字錫鬯號竹垞浙江秀水人舉康熙己未博學鴻辭官檢討有曝書亭集

法制禁令所以防民之姦而非化民成俗之具也惟秦之爲國不本于道德而一任乎法衞鞅曰法之不行自上始也刑則加于太子之師傅而范雎爲相弃逐君之母弟秦之君以爲法在焉師傅可刑母弟可逐而法不可易也其甚者荊軻以匕首劫始皇幾揕其胸環柱而走人情孰不急其君左右之臣至寧視其君之死不敢操尺寸之兵上殿其與寇讎何異自當時視之以爲于法宜然無足怪也嗟夫方其初用事之臣惟知任法積之既久雖萬乘之尊爲法所制寧以身殉法而不敢易上下相殘甘爲衆惡之所歸

以至于亡豈不哀哉蓋吾觀于始皇之焚詩書而深有感於其際也當周之衰聖王不作處士橫議孟氏以爲邪說誣民近于禽獸更數十年歷秦必有甚于孟氏所見者又從人之徒素以擯秦爲快不曰嫚秦則曰暴秦不曰虎狼秦則曰無道秦所以詬詈之者靡不至六國既滅秦方以爲傷心之怨隱忍未發而諸儒復以事不師古交訕其非禍機一動李斯上言百家之說熸而詩書亦與之俱燼矣嗟乎李斯者荀卿之徒亦常習聞仁義之說豈必以焚詩書爲快哉彼之所深惡者百家之邪說而非聖人之言彼之所坑者亂道之儒而非聖人之徒也特以爲詩書不熸則百家有所附會而儒生之紛綸不止勢使法不能出于一其忿然焚之不顧者懼黔首之議其法也彼始皇之初心豈若是其忍哉蓋其所重者法激而治

之甘爲衆惡之所歸而不悔也烏呼邪說之禍其存也無父無君使人陷于禽獸其發也至合聖人之書燼焉然則非秦焚之處士橫議者焚之也後之儒者不本乎聖賢之旨文其私說雜出乎浮屠老氏之學以眩於世天下任法之君多有使激而治之可不深慮也哉

劉大山太學生伏闕上書論康熙二十六年劉巖號無垢原名大山江南江浦人康熙癸未進士官編修有匪莪堂文集

丁卯冬　上有　太皇太后之服欲行三年喪禮詔下公卿百執事議之大司成等率太學之士五百有四人伏闕上書言三年喪必不可行請從易月之令竊以爲太學生伏闕上書非古也記曰國有學遂有序黨有庠家有塾漢太常博士曰教化之行建首善自京師始蓋自三代之盛禮樂宣明而其時之爲

士者。釋奠釋菜、游居講習於學之中。將以蓄其材、爲公卿大夫之用。而至於朝廷之政事。則各有司存。士或越其職而冒言之。則必蒙出位而謀之罪。迄乎漢宋之世。太學生率其羣、而以書上者。乃數數見。而史必謹書之。如劉陶之訟李膺朱穆也。數千人上書陳東之請誅蔡京等、而用李綱也。率諸生及都民數萬人上書。徐揆之請帝還宮也。上書汪安仁之請朝重華宮也。二百一十八人上書。楊宏中等六人上書黃愷伯等上書。蔡德潤等百七十有三人上書陳宜中等六人上書陳著率諸生上書及有明之季太學生亦凡三上書。夫自三公九卿以至一命之吏。而獨至於太學生。其人無官守也。無言責也。又至卑且微者也。然史必謹書之。蓋由其時之公論。必大有所不伸。或大臣不能言。小臣不敢言。或大臣言小臣言、而堅不聽。然後章甫縫掖之士。服先王之法服。執先王之法言。帥其徒數千百人之衆。以伏於闕下。而力爭之。其勢蓋出於人心之所不得已。然猶可因此以見先王養士之遺。而禮義教化之風。尚未至於澌滅殆盡也。是以太學之言出。而聽不聽必書之。凡以其所言者。先王之法言也。今三年喪。天地之常經。古今之通誼。自天子達於庶人。無貴賤一者也。自漢文帝遺詔吏民三日皆釋服。而儒者有小仁害大義之譏。晉武既除服。復疏素終三年。司馬溫公以爲不世出之君。而目裴秀傅元爲庸陋。其後魏孝文宋孝宗皆致喪三年。可謂卓越千古者矣。且宋世世喪服之制。外廷雖已易月。宮中實服三年。而以日易月之論。實自應劭發之。而世世俗沿之。而不能變。其悖於先王之法也明矣。今 皇上天縱至孝。卓然有千古之志。 詔欲行

三年喪而司成司業迺率太學之士謂三年喪必不
可行吁太學何地司成何職司業何官太學生何人
伏闕上書何事而憒憒行之此真可爲流涕而太息
也夫先王之法其出於人心天理之公者雖興廢有
時然虛存其義於天地之閒者未嘗非告朔餼羊繫
纓名器之意而迺三年喪必不可行之論竟發之於
太學之中則是一舉而廢彝倫也一舉而廢彝倫則
是一舉而廢太學也太學廢則天下之學校無不廢
矣夫爲天下人材之師表者而於　國家根本之所
係如弁髦視乎哉且夫上書者將以匡時之缺也假
使主上有復古之志而公卿大臣持漢唐之陋說太
學生仰承　詔旨引古誼以折之而爲此舉也此所
謂匡其闕者也今行三年喪美也非闕也迺尼止其
美而反以爲闕而匡之此不責難於君而謂吾君爲

不能孟子之所謂賊也且凡咨大義必協衆心即使義屬當陳亦必召諸生集議今乃爲首者不自知其名爲從者不預知其事大司成誘之以小利脅之以必從夫彊諸生之不欲而脅之以師而欺其弟子且不可不顧諸生之不從而上之以臣而欺其君可乎哉歐陽公與高司諫書謂其不復知人間羞恥事今大司成固不自恤也乃率五百有四人而謂無一人有羞惡之心嗚呼何其甚也故吾舉先王所以立學與不得已而上書之義所以存太學也此余之不得已也

李穆堂原教

李紱字巨來號穆堂江西臨川人康熙己丑進士官至直隸總督禮部侍郎有穆堂稟稾

教之說何昉乎中庸言修道之謂教道惡在君臣父子夫婦昆弟朋友是也道在於是則教在於是矣教

莫古於唐虞其使契爲司徒敬敷五教也亦曰父子有親君臣有義夫婦有別長幼有序朋友有信而已孟子敘述三代之教謂設爲庠序學校以教之皆所以明人倫也人倫明於上小民親於下然則舍五達道弃人倫無所謂教也魯論稱子以四教文行忠信文者修五倫之禮節也行者踐五倫之實事也忠信者以親義序別信之實心而修其禮踐其事也周禮大司徒以鄉三物教萬民而賓興之一曰六德智仁聖義中和卽中庸之知仁勇所以行此五達道者也二曰六行孝友睦婣任卹孝卽父子友卽兄弟睦者兄弟之推婣者夫婦之黨任卹者朋友之交其教之而興之者君而承其教而升焉者皆臣也三曰六藝禮樂射御書數皆五倫之所有事所以相治相養而遂其親義序別信之心者也聖人繼作其教遞詳教

之以佃以漁焉教之以耒耨焉教之以懋遷交易焉教之以衣冠焉教之以舟楫焉服牛乘馬焉斷木爲杵掘地爲臼焉教之以重門擊柝以待暴客弧矢之利以威天下焉教之以上棟下宇焉教之以葬以封以樹喪期有數焉教之以書契百官治萬民察焉其爲教甚繁而總其藝之類則曰禮樂射御書數皆五倫之所有事而已其人之等雖有君卿大夫士庶人之分其人之業雖有士農工商賈之別而總其人之類則曰君臣父子夫婦昆弟朋友皆五倫之所綴屬而已是故天下無倫外之道卽無道外之人天下無道外之人卽無人外之教自二帝三王以來莫之或易也沿及後世乃獨目聖人之教爲儒而又有異端邪說與儒者之道分行畸立而多爲教之名者何也曰二帝三王之時教主於上作之師者卽作之君者

也至周文武而下道在周公則移而之臣矣然猶行其道於朝廷之上也至孔子而移於士矣儒者士之別稱不必皆能爲聖人者也故孔子謂子夏曰汝爲君子儒無爲小人儒儒行出於漢不必實爲孔子之言然哀公問儒服而孔子猶不以儒自居至戰國時有楊墨之言然後以學周公孔子之道者爲儒墨者夷之所稱儒者之道是也而孟子亦曰逃墨必歸於楊逃楊必歸於儒而儒之名於是乎乃立楊氏爲我墨氏兼愛未嘗遺棄五倫也而推其流弊之所極至於無父無君孟子以其有害於人倫也故辭而闢之至後世乃有所謂道與釋者出焉而後天下乃有倫外之道乃有道外之人乃有人外之教。夫所謂倫外之道者何也人之一身有理有神有氣有形仁義禮智信者理也知覺運動者神也屈伸呼吸者氣也耳目口鼻四肢者形也以理宰神以神運氣以氣運形施之身措之世而人倫出焉所謂道也若釋之道則靜守其神而已知有神不知有理惟恐一物之擾吾神故空諸所有雖遺棄五倫之人而不顧也極其靜之明可以彰往察來而動則昏道之道專致其氣而已知有氣不知有理惟恐一事之損吾氣故清淨無爲雖遺棄五倫之事而不顧也極其專之用可以卻病延年而勞則敗是所謂倫外之道也倫外之道無與於家國天下故曰道外之人道外之人無與於修齊治平故曰人外之教昌黎韓子欲塞而止之則孟子放距之說也歐陽子欲修其本以勝之則孟子反經之說也然吾謂不必塞而止之也彼不塞而吾之教無不流也彼不止而吾之教無不行也亦不必修其本以勝之也不修而吾本自在也吾本在而無不

可以勝之也何也吾儒之教聖人之教也聖人之教修五達道之教也聖人之教而有一日不流不行不修焉則不足以爲聖何也無君臣焉則彊淩弱衆暴寡而天下亂矣無父子夫婦焉則生人之道滅而乾坤或幾乎息矣有父子夫婦自不能無兄弟而朋友則亦彼之所不能無也是吾儒之道固萬古流行於天地何必取彼二氏者塞而止之而後流且行哉或謂聖人之教後世未必能如二帝三王之修之也本之不足則從彼者衆烏在其能必勝也曰本固未嘗不修也後世之修之雖實心實政亦與時爲盛衰然未有舍五倫之說而可以治天下者也是吾之本無日而不修也本無日而不修則儒者之教無人而不遵而勝不勝不足道矣子疑二氏之衆而守儒教者之少耶儒不必冠章甫而衣逢掖也凡南面而臨天

下者君也卽儒者也承流宣化於下者公卿大夫士也卽儒者也趨走而在官者府史胥徒也卽儒者也耕且斂者農也卽儒者也懋遷有無執藝事以食其力者商也工也卽儒者也何也彼皆有君臣父子夫婦昆弟朋友之道者卽皆聖人之教也彼遺棄五達道而爲道與釋者特養神養氣之一術蓋千萬人而一二人者也千萬人而一二亦焉能爲有無而又何勝不勝之足言乎吾故曰天下無倫外之道卽無道外之人天下無道外之人卽無人外之教也

李穆堂青苗社倉議

朱子社倉之法與青苗同相沿至今近六百年後人以爲朱子之所爲也輒欲仿而行之然往往暫行而輒廢未見其利而先受其弊者徒知法爲朱子之法不自量其人非朱子之人則亦青苗之法也蓋奉行

其法非一手足之爲烈有監官有鄉官有社首有保正保副有隊長保頭有人吏斗子朱子之始行於崇安也任事之人皆其門生故舊學道君子也今首事者之公正卽無媿於朱子而分任其事者非朱子門生故舊之比則其法亦不可得而行也且不獨後之效之者未嘗量度其人卽朱子之䟽請下其法於諸路亦未嘗量度天下任事之人不能盡如己而分任其事者不能盡如己之門生故舊也則無怪乎其不能行也蓋有治人無治法者古今之通病社倉初行息取十二夏放而冬收與荆公青苗之法無異荆公治鄞嘗自行青苗之法矣鄞之人至今俎豆而尸祝之荆公以其爲身所嘗試者他日執政遂欲施諸天下亦猶朱子請行社倉於諸路而不知奉行者之不能盡如荆公也是故奉行而得其人則青苗亦社倉

矣。奉行而非其人。則社倉卽青苗矣。且青苗之法、後人畏其名而不敢行。社倉之法。後人慕其名而亦不能行。非獨利之所在。任事者難其人。卽民亦不能盡如吾意也。蘇子由論青苗之弊。謂財入民手。雖貧民不免妄用。及其收也。雖富民不免後期。如是而敲撲之事煩矣。今社倉開報支米漏落增添。必送縣斷罪。其收米也。如有走失。必保人均賠。是亦不能已於敲撲。其與青苗有以異乎。且社倉之法。與青苗相似。此非獨余之私言也。朱子爲金華社倉記。嘗及之矣。其言以爲世俗所以病乎此者。不過以王氏青苗爲說耳。以余觀於前賢之論。而以今日之事驗之。則青苗者。其立法之本意。固未爲不善也。子程子嘗論之。而不免於悔其已甚而有激云云。然則當時固有以青苗疑社倉者。而朱子於青苗之法。固亦取之矣。至謂青苗之所以異於社倉者以其給之也以金而不以穀其處之也以縣而不以鄉其職之也以官吏而不以鄉人士君子其行之也以聚斂亟疾之意而不以慘怛忠利之心是以王氏能以行於一邑而不能以行於天下斯言信耶以余平心觀之則亦未見其爲必然也凡事欲其有擧而無廢非主之以官不可凡官民相出納則金易而穀難惟給之以金故可以於縣而不必於鄉惟不在於鄉故止可給金而不能與穀至於社倉之法漏落增添必送縣斷罪其有走失必保人均賠則亦不能終用鄉人士君子而必歸之官吏其送官必斷罪走失必追賠也則亦不能全用慘怛忠利之心而究亦歸於亟疾推求利害始終之故未見爲此得而彼失也雖然金可以濟民用而不可以救民饑則必以積穀爲主以積穀爲主則必兼

用常平之法。余己丑禮闈試策。嘗備言之。又嘗爲家居二倉條約。頗可施行。然非得任事之人。亦不能如志。要歸於有治人無治法之二言而已矣。

姚姬傳李斯論（姚鼐。字姬傳。安徽桐城人。乾隆癸未進士。官禮部郎中。有惜抱軒集。）

蘇子瞻謂李斯以荀卿之學亂天下。是不然。秦之亂天下之法。無待于李斯。斯亦未嘗以其學事秦。當秦之中葉。孝公卽位。得商鞅任之。商鞅教孝公燔詩書。明法令。設告坐之過。而禁遊宦之民。因秦國地形便利。用其法。富彊數世。兼并諸侯。迄至始皇。始皇之時。一用商鞅成法而已。雖李斯助之。言其便利。益成秦亂。然使李斯不言其便。始皇固自爲之而不厭。何也。秦之甘於刻薄而便於嚴法久矣。其後世所習以爲善者也。斯逆探始皇二世之心。非是不足以中侈君而張吾之寵。是以盡舍其師荀卿之學。而爲商鞅之

學掃去三代先王仁政而一切取自恣肆以爲治焚
詩書禁學士滅三代法而尚督責斯非行其學也趨
時而已設所遭值非始皇二世斯之術將不出於此
非爲仁也亦以趨時而已君子之仕也進不隱賢小
人之仕也無論所學識非也卽有學識甚當見其君
國行事悖謬無義疾首嚬蹙于私家之居而矜夸導
譽於朝廷之上知其不義而勸爲之者謂天下將諒
我之無可奈何於吾君而不吾罪也知其將喪國家
而爲之者謂當吾身容可以免也且夫小人雖明知
世之將亂而終不以易目前之富貴而以富貴之謀
貽天下之亂固有終身安享榮樂禍遺後人而彼宴
然無與者矣嗟乎秦未亡而斯先被五刑夷三族也
其天之誅惡人亦有時而信也邪易曰眇能視跛能
履履虎尾咥人凶其能視且履者倖也而卒於凶者

蓋其自取邪且夫人有爲善而受教於人者矣未聞爲惡而必受教於人者也荀卿述先王而頌言儒效雖間有得失而大體得治世之要而蘇氏以李斯之害天下罪及於卿不亦遠乎行其學而害秦者商鞅也舍其學而害秦者李斯也商君禁遊宦而李斯諫逐客其始之不同術也而卒出於同者豈其本志哉宋之世王介甫以平生所學建熙寧新法其後章惇曾布張商英蔡京之倫曷嘗學介甫之學邪而以介甫之政促亡宋與李斯事頗相類夫世言法術之學足亡人國固也吾謂人臣善探其君之隱一以委曲變化從世好者其爲人尤可畏哉尤可畏哉

章實齋知難

章學誠號實齋浙江會稽人乾隆戊戌進士有章氏遺書

爲之難乎哉知之難乎哉夫人之所以謂知者非知其姓與名也亦非知其聲容之與笑貌也讀其書知

其言。知其所以為言而已矣。知其名者。天下比比矣。知其言者。千不得百焉。知其言者。天下寥寥矣。知其所以為言者。百不得一焉。然而天下皆曰我知言。我知所以為言矣。此知之難也。人知易為卜筮之書矣。夫子讀之。而知作者有憂患。是聖人之知聖人也。人知離騷為辭賦之祖矣。司馬遷讀之。而知悲其志。是賢人之知賢人也。夫不具司馬遷之志。而欲知屈原之志。不具夫子之憂。而欲知文王之憂。則幾乎罔矣。然則古之人有其憂與其志者。不得後之人有能憂其憂志其志。而因以湮沒不彰者。蓋不少矣。劉彥和曰。儲說始出。子虛初成。秦皇漢武。恨不同時。既同時矣。韓囚馬輕。蓋悲同時之知音不足恃也。夫李斯之嚴畏韓非。孝武之俳優司馬。乃知之深。處之當。而出於勢之不得不然。所謂迹似不知。而心相知也。賈生遠謫長沙其後召對宣室文帝至云久不見生自謂過之見之乃知不及君臣之際可謂遇矣然不知其治安之奏而知其鬼神之對所謂迹似相知而心不知也劉知幾以卓絶之學見輕時流及其三爲史臣再入東觀可謂遇矣然而語史才則千里降追議史事則一言不合所謂迹相知而心不知也夫迹相知者非如賈之知而不用卽如劉之用而不信矣心相知者非如馬之狎而見輕卽如韓之讒而遭戮矣丈夫求知於世得如韓馬賈劉亦云盛矣然而其得如彼其失如此若可恃若不可恃若可知若不可知此遇合之知所以難言也莊子曰天下之治方術者皆以其有爲不可加矣夫耳目口鼻皆有所明而不能相通而皆以己之所治爲不可加是不自知之過也天下鮮自知之人故相知者少也世世傳蕭穎士能識

李華古戰場文以謂文章有真賞夫言根於心其不同也如面穎士不能一見而知其爲華而漫云華足以及此是未得謂之真知也而世之能具穎士之識者已萬不得一若夫人之學固有不止於李華者於世奚賴焉凡受成形者不能無殊致也凡稟血氣者不能無爭心也有殊致則入主出奴黨同伐異之弊出矣有爭心則挾恐見破嫉忌詆毀之端開矣惠子曰奔者東走追者亦東走東走雖同其東走之心則異今同業者衆矣豈能皆出於同心若可恃若不可恃若可知若不可知此同道之知所以難言也歐陽修嘗慨七略四部目存書亡以謂其人之不幸蓋傷文章之不足恃也然自獲麟以來著作之業得如馬遷班固斯爲盛矣遷則藏之名山而傳之其人固則女弟卒業而馬融伏閤以受其書於今猶日月也然

讀史漢之書而察徐廣裴駰服虔應劭諸家之注釋其閎不得遷固之意者十常四五焉以專門之攻習猶未達古人之精微況泛覽所及愛憎由己耶夫不傳者有部目空存之慨其傳者又有推求失旨之病與愛憎不齊之數若可恃若不可恃若可知若不可知此身後之知所以難言也人之所以異於木石者情也情之所以可貴者相悅以解也賢者不得達而相與行其志亦將窮而有與樂其道不得生而隆遇合於當時亦將沒而俟知己於後世然而有其理者不必有其事接以迹者不必接以心若可恃若不可恃若可知若不可知後之視今亦猶今之視昔此伯牙之所以絕絃不鼓而卞生之所以抱玉而悲號者也夫鷃鵲啁啾和者多也茅葦黃白靡者衆也鳳高翔於千仞桐孤生於百尋知其寡和無偶而不能曲

折以從衆者亦勢也是以君子發憤忘食闇然自修不知老之將至所以求適吾事而已安能以有涯之生而逐無涯之毀譽哉

吳殿麟天子七廟攷

吳定字殿麟安徽歙縣人歲貢生舉嘉慶元年孝廉方正有紫石泉山房集

王制天子七廟三昭三穆與太祖之廟而七諸侯五廟二昭二穆與太祖之廟而五大夫三廟一昭一穆與太祖之廟而三士一廟庶人祭於寢此虞夏以來之典祀而周人因之左氏謂自上以下降殺以兩禮也故曾子問禮器荀卿書穀梁傳皆曰天子七廟惟祭法有廟祧壇墠月祭享嘗禱之分先儒嘗疑其為衰世之法然其所謂天子七諸侯五大夫三者未之有改也至喪服小記乃曰王者禘其祖之所自出以其祖配之而立四廟康成宗禮緯及韋元成之說謂

王者祖廟一•親廟四•凡五廟•殷增契爲六廟•周七廟者•有文武二祧也•烏呼•此言出而千古天子之廟制紊矣•小記言禘祭•非言立廟而立四廟云者•先儒謂有脫簡•愚竊意其爲衍文•未可援之以爲證也•祭法•遠廟爲祧•祧祧者處高祖之父若祖也•非處文武也•周公制禮•宗祀文王於明堂•以配上帝•又特建文武二廟於東都•則文武不祧之制•豈必委之六七傳之後王而後定哉•顧必待祧廟當遷•乃能別爲世室•遷而奉之•不曰廟而曰世室•正以廟數不得減七而五之•亦不得增七而九之也•康成豈不知文武之廟不名之曰祧•而名之曰世室也哉•御史大夫貢禹•曰王者宗有德•廟不毀•康成從其言•故其論宗無常數•與劉歆•王肅同•其意以爲五廟正也•宗變也•殷之三宗•不妨別立廟也•然則殷何以六廟•周何以七廟哉•噫•惑

矣顧康成之誤釋經者太祖以下之廟數也而後世廟制之失則又在太祖之位不定遂至變亂紛紜而成一代之聚訟古者祖有功宗有德竊意功莫大於創業開國也祖有功者祖是人也繼世之賢縱建功莫克有踰此者故略功而稱德德統功也周之祖文宗武者文受命之王也然始封有邰者稷也故尊稷爲太祖此周所以有二祖而不可爲後王之常制也後之君天下者或奮起草萊或業由篡竊然其巍然開一代王業之功則一也雖世世祖之以擬周之文王可也漢以高帝爲祖善矣唐之獻懿宋之僖順翼宣何爲乎追而上之唐之元元皇帝宋之聖祖更何爲乎推其意蓋欲求其祖之可以擬后稷者遂茫昧至斯極也今必謂后稷之功德不可擬則爲人子孫未有肯斥其祖之功德不逮人者告之曰周之祖后

稷者非必以其德爲聖人功及萬世也以其爲始封胙土之君澤流數十傳而得以有天下也禮所謂祖有功者蓋如此此卽別子爲祖之義也卽公子之子孫爲國君世世祖是人之義也唐宋之臣苟以此義陳之君以議當祧之祖吾知英明之主必翻然華慮欣然悅從而一代宗廟之禮正矣唐祖神堯可也景帝始封唐公以景帝爲太祖亦可也景帝而上皆親盡當祧也宋祖藝祖可也藝祖而上亦皆親盡當祧也太祖之位定則七廟之制定而羣臣紛紛之議胥可寢矣

周星叔趙孝成王論

周樹槐字星叔湖南長沙人嘉慶己巳進士官江西吉水知縣有壯學齋文集

趙孝成王四年秦攻韓取野王上黨路絕守馮亭以上黨歸趙趙豹謂王勿受平原君謂王受之其後三

年秦阬趙卒四十餘萬衆長平趙王悔不聽趙豹計太史公亦以爲平原君貪馮亭邪說故至此壯學子曰趙王可謂巧於謝過者矣阬趙卒者趙括也信秦閒違衆論使括代廉頗者王也是安往不見阬何必上黨王不此之悔而悔上黨之受徒以將括出於王之獨斷而上黨有平原君爲之分過也奈何論者因以上黨爲平原君罪韓不能有上黨上黨不能爲韓守憤秦之暴而入之趙蘄韓趙爲一以當秦爲韓亦爲趙也安得謂馮亭邪說而疑韓嫁禍哉雖嫁禍趙安所避之趙豹曰聖人甚禍無故之利太史公曰利令智昏余以利之與禍小言之相倚也大言之相絕也是以智者擇焉是故存士之機決而趣舍之計審惜夫趙王平原之智不足以及此城市邑十七何足道也秦非有愛於趙也量秦之心豈徒坐而受上黨

之地而已秦之攻趙有二道若道河內指邯鄲邯鄲未易拔則恐魏之擬其後也將北窺晉陽上黨蔽之上黨入秦而後偷次三十七城拔而晉陽舉趙之士自此矣趙誠逆知其禍之至此何假言利利又孰大於此然則雖上黨願入之秦猶將急起爭之况其自歸也哉趙豹之所謂禍者以秦且爭之也發兵據之擇將守之秦若上黨何守上黨扞晉陽秦若趙何當是時趙未爲無人也且夫秦師未至上黨民未走趙既已失之矣廉頗軍長平猶足以支秦挑戰不肯久亦倦而解耳天奪之鑒妖夢是踐置將不善壹敗塗地惜哉趙有萬全之利王禍上黨非上黨之爲禍也六國時凡言秦不可與爲難者非秦閒則辱之首也今人不幸鄰於虎避之萬不可得則奮梃當鬭與虎爭一日之命耳重足屏息以胥虎之入誠毋攖虎以

冀虎之見哀是趙豹之智也學子瞻志林

梅伯言刑論 梅曾亮字伯言江南上元人道光壬午進士官戶部郎中有柏梘山房集

天下之法未有久而無弊者也法之簡者其弊淺法之密者其弊深惟其法之良而守之不敢稍變通其法以得罪於天下後世故其弊遂成而不可返夫殺人不忌爲賊昏墨賊殺皐陶之刑也後世近古者莫如漢亦曰殺人者死傷人及盜抵罪此皆法之整齊簡易者也古之人非不知殺人之情事萬有不齊而一切之法不足以悉其變也然甯從其略者以爲法貴易知而難犯決一人之死而可使千萬人之不敢入於死則易知而難犯之故也而後人曰是其法猶未詳於是同一殺也而有謀殺故殺鬬殺誤殺有戲殺有過失殺有下手加功之殺因是同一死罪也而有入情實有不入情實者有立決有緩決又有緩決

數次而從末減者蓋一死罪之成其文書之反覆詰難積盈尺之紙而不足也而後得由州縣以上於刑部而之人也如是猶或不至於死噫何立法之密而如此其難知也是法也良法也苟其變之則受不仁之名而得罪於天下後世雖心知其非曰姑從衆從衆而失是天下之公失也議法者曰有濫生者卽有枉死者是救生不救死也執法者曰死者已矣生者亦猶是民命也已死死而枉究與吾殺死者殊而吾救生之心亦足以自解於天下嗚呼是非徒不救生也且益民之死也非徒益民被殺者之死且益民殺人者之死也今里巷之中有殺人者民驚相告矣某殺人者死某殺人者不死民亦驚相告矣死生者民之所知也曰鬬殺曰誤殺曰戲殺曰過失殺則民所不知也民不知一殺人之例如是之委曲分別也而惟

見殺人者。有時而不死也。夫使殺人者。畢出於死之一途。以懾其勃然不可遏之氣。猶能忍有不能忍。今使介於可生可死。而先快心一挺刃之下。亦何憚而不洶洶哉。腊有毒食之立死。一人死而無有繼者矣。三人食而一人生。則繼死者將不止三人。是非民之不畏死也。法誤之也。故曰非徒益民被殺者之死也。而并益殺人者之死。烏呼。計較於一罪之輕重而鹵莽於千萬人之死生。循其法之弊。其勢固不至乎此而不得也。而人且曰必如是。而長吏始不得以誤殺人固也。長吏之不得以誤殺人也。而其弊則使平民皆可以故殺人。天下之爲長吏者少。而爲平民者多。則法之生人者少。而殺人者多。梅氏文最能窮盡筆勢之妙。磬控縱送。無不如志。此殆諸家所無。

梅伯言臣事論

天下之患非事勢盤根錯節之爲患也非法令不素具之爲患也非財力不足之爲患也居官者有不事事之心而以其位爲寄汲汲然去之是之爲大患今夫四民之中士之貴於農工商賈也較然明矣使農工商賈皆汲汲然有爲士之心則方其爲農也田萊必不能闢其爲工也藝事必不能精其爲商賈也有無必不能遷然天下之民卒自樂其農工商賈之業而以士爲畏途者彼士也有考試場屋之苦有文字聲病之學違其程度則又有褫奪扑責之刑以隨其後凡士之所深憂以爲大辱者民皆脫然而無患彼民也度其身而苦其事有萬不可以嘗試者故甘心絕意樂其業而不遷今之爲仕者則不然無愚知賢不肖也而皆有必爲公卿大夫之心夫吏之遷除或以年計或以十數年計非可朝拜官而夕遷擢也然

其身靡於此。而其心去此職而上者。不可以曆累計。人有仕宦十年而不遷調者，則鄉里笑之，而親友爲之減色，志分苟得，相師成風，夫爵祿者，廉恥之藥石也，善用之則起，不善用之則廢，廉恥者，聰明之隄防也，固其防則盈，而潰其防則竭，聰明竭矣，雖勉强爲作，施令布政，與吾民相酬對者，特具文焉而已，故曰有不事事之心，而以其位爲寄，汲汲然去之，是之謂大患，雖然。是患也。不成於賤。而成於貴。不成於貴賤之懸殊。而成於治貴賤之不公。大臣者，將帥也，屬吏者，士卒也，大軍之沮敗，非爲將者之獨奔，而法之加必自將者始，今夫大吏，其日造請問起居者，屬吏也，供芻薪米炭者，屬吏也，加聲色頤指者，屬吏也，聽參覈遷調者，又屬吏也，有罪則曰是屬吏所承辦也，承審也，大臣者不知，同有罪，則曰是大臣也，不可與小臣同科科其罪矣而或降級或罰俸不旋踵而復其故其罪同而位卑者則一蹶不可復振用法如此固賤者之不能心服也心不服而隱忍以爲之此其身有不能安而其職有不能盡者矣則宜其以位爲寄而汲汲然去之也然則如之何而可也曰善爲治者所慎重而專任之者大臣而已使小臣之事統責之大臣而大臣之罪不可分之於小吏其大小之罪均法必自貴者始蓋任重而責之者厚厚不爲刻也任輕而責之者薄薄不爲私也夫如是貴者難其事而不敢有以位爲樂之心賤者量其力而無皇皇於冒進之意樂其職故其心安安其心故其事成傳不云乎厚味實腊毒高位實疾顛古之人自一命以上其憂患遞相增也以至於卿相惟庶人則無憂悲夫自三代而下士之畏富貴而不居者何少也使士也無

考試場屋之苦文字聲病之學褫奪扑責之刑而又無農工商賈之瘁以獲高世之名則天下有一不爲士者其心必不服人主尚安得四民而用之哉或曰如此則非所以貴賢賤不肖之心且無以磨厲人於功名之途者也曰今之貴賤非如古之世其貴賤也以爲不賢乎則固有時而爲公卿大夫矣以爲賢乎則公卿大夫皆自小臣始矣且夫人棄賤就貴之心如水之就下如丸之走阪雖賁育之勇不能抑之聖人不得已而分利害之數與貴賤參之而聽人能不能者之自處政之失也則專其利於所貴而專其害於所賤夫避賤而趨貴罪之可也然使卑賤之憂患甚於貴富人孰不避憂而趨樂是人臣之利非國家之利也然有公忠體國之大臣則亦不利乎此矣

梅伯言鼂錯論

鼂錯以術數授景帝景帝悅之用其計削七國七國反景帝乃誅錯君子曰術不可不愼哉以盜之術授人而保其不我盜且曰是必不疑我爲盜雖至愚者不出此錯之智曾是不愚人若也哀哉若范蠡以計然之術教句踐滅吳曰越王爲人可與共患難不可與共安樂乃扁舟逃於五湖始皇用尉繚之計十六國尉繚曰秦王居約易爲人下得志亦輕食人遂逃去方其說之行也若石之投水若丸之走阪其君不惜出肺肝相結如左右手而二子獨汲汲不可終日豈好爲過計哉彼知非雄猜深阻之人不能行吾術而不怍其能行吾術者必不容他人之有其術故先有棄富貴之志而成功名彼鼂錯之智乃不知此今以受特知蒙貴幸無比者入一人之言衣朝衣斬東市目不得反顧足不得旋踵雖商鞅韓非之行法未

至是也而景帝能之錯教之也錯之術盜術也而恃
所授者之不我盜哉或曰帝之削七國也志甚壯反
書聞乃惶遽自誅其大臣且吳王白首舉事不因一
錯而解兵豈帝而不知此曰帝詔諸將以深入多殺
爲功比三百石以上皆殺無赦有議詔及不如詔者
皆腰斬帝之志苟得亡吳不憚以國爲功豈冀幸於
兵之一解而息事哉然則其誅錯者何曰兵之微權
也夫亂臣賊子之首事必以名劫其衆故王敦以周
顗戴淵蘇峻以庾亮李懷光以盧杞而七國則以鼂
錯晉不去周顗戴淵庾亮而王敦蘇峻之禍成漢與
唐去盧杞鼂錯而懷光七國之勢挫雖勝敗之數不
全出於此然彼所恃以爲名者吾舉而空之亦所以
怒我而怠寇也鄧公見景帝言誅錯是爲七國報仇
也帝曰然吾亦悔之烏呼帝特以錯爲餌敵具耳何

悔之可生或曰審如是則七國不反錯固可免於禍乎曰不然臨江王適長太子也栗姬廢而臨江王死於吏吏亞夫功臣也七國平而亞夫死於吏吏錯之親不及臨江王而勳舊又非亞夫比也然則始所以用錯者何曰削七國者帝之素志也而不欲居其名故假錯以爲之用帝固不足怪也世之擇術者亦擇其可以授人者而自處哉

龔定盦論私

龔自珍字璱人浙江仁和人道光己丑進士官禮部主事有定盦文集

朝大夫有受朋友之請謁翌晨訐其友於朝獲直聲者矜其同官曰某甲可謂大公無私也已龔子聞之退而與龔子之徒縱論私義問曰敢問私者何所始也告之曰天有閏月以處贏縮之度氣盈朔虛夏有涼風冬有燠日天有私也地有畸零華離爲附庸閒田地有私也日月不照人牀闥之內日月有私也聖

帝哲后明詔大號劬勞於在原咨嗟於在廟史臣書之究其所爲之實亦不過曰庇我子孫保我國家而已何以不愛他人之國家而愛其國家何以不庇他人之子孫而庇其子孫且夫忠臣憂悲孝子涕淚寡妻守雌扞門戶保家世聖哲之所哀古今之所懿史冊之所紀詩歌之所作忠臣何以不忠他人之君而忠其君孝子何以不慈他人之親而慈其親寡妻貞婦何以不公此身於都市乃私自貞私自葆也且夫子噲天下之至公也以八百年之燕欲予子之漢哀帝天下之至公也高皇帝之艱難二百祀之增功累胙帝不愛之欲以予董賢由斯以譚此二主者其視文武成康周公豈不聖哉由斯以譚孟子車氏其言天下之私言也乃曰人人親其親長其長而天下平且夫墨翟天下之至公無私也兼愛無差等孟子以

爲無父楊朱天下之至公無私也拔一毛利天下不爲豈復有干以私者豈復舍我而徇人之謁者孟氏以爲無君且今之大公無私者有楊墨之賢耶楊不爲墨墨不爲楊乃今以墨之理濟楊之行乃宗子噲肖漢哀乃議武王周公斥孟軻乃別闢一天地日月以自處且夫貍交禽媾不避人於白晝無私也若人則必有閨闥之蔽房帷之設枕席之匿頳顏之拒矣禽之相交徑直何私孰疏孰親一視無差尚不知父子何有朋友若人則必有孰薄孰厚之氣誼因有過從讌游相援相引款曲燕私之事矣今曰大公無私則人耶則禽耶七月之詩人曰言私其豵獻豜于公先私而後公也大田之詩人曰雨我公田遂及我私楚茨之詩人曰備言燕私先公而後私也采蘋之詩人曰被之僮僮夙夜在公被之祁祁薄言還歸公私

並舉之也羔羊之詩人曰羔羊之皮素絲五紽退食自公委蛇委蛇公私互舉之也論語記孔子之私覿乃如吾大夫言則魯論以私覿誣孔氏乃如吾大夫言羔羊之大夫可以誅采蘋之夫人可以廢大田楚茨之詩人可以流七月之詩人可以服上刑周自庵云文雖不甚純正而橫恣透快足以褫鬼魅之魄而讋訐激之奸

朱伯韓辨學中朱琦字濂甫號伯韓廣西桂林人道光乙未進士由給事中擢道員候補浙江殉難有怡志堂集

或曰子之言學而惡夫近利似矣其曰學不病其雜者得毋惑於卑近之說而不繇其統乎曰非謂是也夫雜者乃所以爲一者也孔子曰天下同歸而殊途一致而百慮傳曰窮鄉多異曲學多辯不知而不疑異於己而不非公焉而求衆善者也今夫京師衣冠之所會也中國政教之所出也遠方百賈之所觀赴

也天下輻輳而至者有二塗焉一自東一自西二者皆大道也苟循其塗雖以萬里之遠山砠水涯車輦舟挽而可以至焉是故均之至京師也出於東與出於西無以異也此不待智者而決也今使東道者必與西道者爭曰彼所由之塗非也西者亦復之曰彼所由之塗非也可乎不可乎夫道猶京師也學者所從入之塗或義理或考訂猶塗有東西之分其可以適於京師一也今之人不知從入之有殊塗也執其所先入者而爭之是東西交鬨之類也且今之爭者吾異焉彼義理考訂猶其顯殊者也程朱陸王同一義理同師孔孟奚不相悅如是爲朱之徒者未必俯首讀陸之書也而曰與陸之徒爭爲陸之徒者未必斂己讀朱之書也而曰與朱之徒爭夫不考其實但惡其異己而與之爭使他塗者得以抵巇非第交鬨

之爲患也又如遠適者未涉其塗但執日程指曰某至某所若干里而已某地所經某山某水其閒形狀險夷弗之悉也其有歧路弗之知也而況京都宮闕之壯百官之富覩所繪之圖而遙揣焉其庸有當乎古人有言義雖相反猶並置之黨同門妒道真最學者大患又曰道一而已自其異者觀之不獨傳記殊也即書有伏生歐陽大小夏侯易有施孟梁丘詩則齊魯韓毛鄭皆各爲說而唐宋以後之箋注者悉數不能終也自其同者觀之則義理考訂即識大識小之謂程朱陸王與分道接軫而至都邑者何異哉朱子亦言某與彼常集其長非判然立異者也是故善學者不獨陸王可合漢宋可合即世所謂旁徑曲說如申商老莊之說其書多傳古初遺制聖人復起必不盡取其籍而廢之也故曰無病其雜也然則學將

安從曰予固已言之矣以聖人之道爲歸而已然此又非始學所能知也此又向者塗人交輿者之所笑也

曾滌生原才 曾國藩號滌生湖南湘鄉人道光甲午舉人戊戌進士官至武英殿大學士一等毅勇侯諡文正有曾文正公全集

風俗之厚薄奚自乎自乎一二人之心之所嚮而已民之生庸弱者戢戢皆是也有一二賢且智者則衆人君之而受命焉尤智者所君尤衆焉此一二人者之心向義則衆人與之赴義一二人者之心向利則衆人與之赴利衆人所趨勢之所歸雖有大力莫之敢逆故曰撓萬物者莫疾乎風風俗之於人之心始乎微而終乎不可禦者也先王之治天下使賢者皆當路在勢其風民也皆以義故道一而俗同世教既衰所謂一二人者不盡在位彼其心之所向勢不能

不騰爲口說而播爲聲氣而衆人者勢不能不聽命而蒸爲習尚於是乎徒黨蔚起而一時之人才出焉有以仁義倡者其徒黨亦死仁義而不顧有以功利倡者其徒黨亦死功利而不返水流溼火就燥無感不讎所從來久矣今之君子之在勢者輒曰天下無才彼自尸於高明之地不克以己之所嚮轉移習俗而陶鑄一世之人而翻謝曰無才謂之不誣可乎否也十室之邑有好義之士其智足以移十人者必能拔十人中之尤者而材之其智足以移百人者必能拔百人中之尤者而材之然則轉移習俗而陶鑄一世之人非特處高明之地者然也凡一命以上皆與有責焉者也有國家者得吾說而存之則將慎擇與共天位之人士大夫得吾說而存之則將惴惴乎謹其心之所嚮恐一不當而壞風俗而賊人才循是爲

之數十年之後萬有一收其效者乎非所逆睹已

魯通甫秦論魯一同字通甫江蘇山陽人道光十五年舉人有通甫類稿

秦之得志於天下也我知之矣周室衰王綱廢五霸力征經營天下秦嘗從事其閒矣以穆公之賢百里蹇叔爲之輔由余孟明主其謀西乞白乙效其力然嘗四戰於晉三敗而一勝茅津之役僅霸西戎未嘗逞志東諸侯也康桓以降令狐河曲輔氏麻隧屢挫於晉至十三國之伐遂泯然無聞而山東之國方日從事干戈會盟晉人世爲盟主盛於悼而衰於平楚人繼之共康靈平咆哮中國晉楚告退吳越代興天下諸侯如蓬從風宛轉委靡未有底止秦人拱手事外不發一兵不與一會天下憪然不以爲意後數十年而三家分晉田氏代齊驅除掃滅竝爲六國秦人一出其師以撓山東諸侯莫能支鯨吞蛇噬不及百

年天下席捲而入於秦矣豈秦衰於前而盛於後與抑諸侯彊於昔而弱於今與推原其故天下諸侯皆好動而秦人能靜動而不已則疲靜而不用故全天下皆疲而秦獨全故秦一動而不可止方晉楚之盛出其獨力足以制秦之死命故以穆康之彊不能踰焦瑕而有尺寸之土者東諸侯未疲秦力未全也二百年來冠帶之國無歲不會無日不爭小國困誅求大國倦摟伐小國困而滅大國倦而分八姓十二國之侯王展轉蹂躪卒至於不可用秦人奮其百年不試之威以無道行之諸侯相顧錯愕負十倍之彊百萬之衆而不足當秦之一怒今有十人分曹而鬭一人袖手而觀焉及有困敗夷傷則十人必就斃於一人之手而後世之士方咎六國不合力擯秦不知擯亦滅不擯亦滅六國空有彊大之名而不悟其力之

不可用也秦既以力取天下動而不已於是北卻彊胡南取百越力既竭矣山東豪傑待其敝而取之由是論之秦之彊不彊於惠孝之耕戰而彊於哀景之息民秦之士不亡於二世之荒淫而亡於始皇之雄武曩令始皇守之以靜則秦不可滅令景哀以前日與晉楚驅逐中原則亦敝矣而秦何自大哉嗟乎楚之橫也天下莫與抗動而不已而吳乘之吳之彊也天下莫與抗動而不已而越乘之苻堅伐晉慕容中興隋氏營遼唐宗受命皆好動自疲其力爲人所乘者也有天下國家者愼勿自疲而爲靜者之所乘哉

鄭子尹說士昏禮夫婦之名

鄭珍字子尹貴州遵義人道光丁酉舉人徵用知縣有巢經巢文鈔此篇載經說中

孔子曰名不正則言不順夫婦非名之大者乎今有夫婦於此共牢而食未久也或問之則卽應曰是某

也夫是某也婦言之正者名順故也未然者或言相及道相遇心固知其爲夫婦而口不可得名也强名之匪惟人哂之己必內恧焉此天下之同情也聖人緣情以制禮制禮以定名名正而夫婦之道乃順而無若矣壻之迎婦也女次而純衣已居然婦矣名婦可乎聖人曰未受夫之鴈無從夫義則仍女也壻之迎女歸也御車授綏揖入寢門已居然夫矣名夫可乎聖人曰未入室對筵坐無匹配義則仍壻也故士昏禮奠鴈以前婦止稱女入室以前夫止稱壻至奠鴈再拜稽首壻於女若曰吾已執摯授汝矣女於壻若曰吾受若摯則從汝矣經至是乃謹變女名婦曰婦從降自西階於是婦之名定而壻猶不與以夫之名者此其際聖人之慮深矣及壻入於寢室婦於夫若曰苟非吾夫者而焉入此室也夫於婦若曰吾非

若夫者而焉有此室也經至是乃謹變昏名夫曰夫入於室卽席於是夫之名定聖人之於名其不稍苟假若此故夫婦之道順世之未婚守節於三代或未之有乎卽有之殆聖人之所難言乎雖然當世教衰時一邑一州多得若人八九輩以恥紛紛之定名夫婦與居生子且老而朝曰乃暮卽袵他與者其羞惡之媿發視與之論周孔禮制或必有易入者乎孔子曰苦節不可貞其道窮也一受其聘終身不改此於女子之道誠窮極不可爲常正聖人之教夫婦亦斷不若是其難而人且若是其難則盡人可爲而且不爲者於夫婦之名何居也謹嚴醇實能探見聖人正名制禮之精

龍翰臣伊尹五就桀解

龍啓瑞字翰臣廣西臨桂人道光二十一年進士官至江西布政使有經德堂文集

余讀孟子書嘗疑伊尹五就桀之說及觀柳子所爲

贊以爲是伊尹之大心乎生民而欲速其功蓋知尹之深者莫柳子若也既思而疑之以爲尹苟如是則無以處湯湯一見尹之賢必舉之爲相而與共天祿位豈肯令其栖栖皇皇爲是席不暇煖者耶尹於桀爲五就於湯必有五去謂湯不知其去耶不足以爲明謂湯爲知其去而不留烏在其爲任賢也然則孟子之說爲果無其事歟曰非也尹之去蓋湯使之爲之而冀桀之終能一用耳一薦之不已而至於再再薦之不已而至於三三薦之不已而至於四五湯於是知命之不可易尹於是知事之不可爲遂決然舍桀就湯而無疑是尹之於湯也未嘗去而其於桀也則疑若五就焉尹之明非不知桀之終不可爲而必往復焉回翔焉若有所戀而不忍去者湯愛桀之深望桀之切以爲一旦能聽尹之說而用其身則天下

可不至於亡己亦無樂乎放伐之事湯之心即文王三分有二以服事之心而其薦尹於桀者亦文王薦膠鬲於殷之意古聖人忠於所事而不利天下之人才以私己也漢末有荀彧者曹操辟之以比張子房司馬昭壽春之役亦引鍾會爲謀主而寄以腹心之任向使操與昭有湯文之志則當引二子而立於漢魏之朝獻髦之惡不若桀紂操昭之柄重於湯文天下雖危未必無救於敗也惟後人不能心聖人之心以無負其所事爲之佐者亦樂居於俊傑識時務者之名而以尹之去湯就桀爲藉口則安知不以心乎生民欲速其功之說移而用之於其主豈非柳子之言階之厲耶然則孟子何以不言湯使之曰孟子之意將以明尹之自任言湯則尹之自任者不見且於辭亦不應爾也否則伊尹亦管氏之流矣王益吾云用意深折

李佐周六國論

李楨號佐周湖南善化人歲貢生有畹蘭齋文集

宋二蘇氏何氏論六國徒事割地賂秦自弱取夷滅不知堅守縱約齊楚燕趙不知佐韓魏以擯秦以爲必如是而后秦患可紓夫後世之所以惡秦者豈非以其暴邪以余觀之彼六國者皆欲爲秦所爲未可專以罪秦也當是時東諸侯之立國也非有能愈於秦者也其溺於攻伐習於詐虞强食而弱肉者視秦無異也兵連禍結曾無虛歲鄉使有擅形便之利如秦者而又得天助焉未必不復增一秦也惟其終不克爲秦之所爲是以卒自弱而取夷滅當蘇秦之始出也固嘗欲用秦而教之吞天下矣誠知其易也使秦果用之彼其所以爲秦謀者壹猶夫張儀也惟其不用而轉而說六國以從親彼豈不逆知夫從約之不可保哉其心特苟以弋一時之富貴倖終吾身而

約不敗其激怒張儀而入之於秦意可見也洹水之盟曾未逾年而齊魏之師已爲秦出矣夫張儀之辯說雖欲以散從而就衡顧其言曰親昆弟同父母尚有爭錢財而欲恃詐僞反覆所以狀衰世之人情非甚謬也彼六國相圖以攻取相尚以詐力非有昆弟骨肉之親其事又非特財用之細也而衡人方日挾强秦之威柄張喙而恐喝之卽賢智如燕昭者猶且俛首聽命謝過不遑迺欲責以長保從親與相佐助豈可得哉所以然者何也則以誤於欲爲秦之所爲也六國皆欲爲秦之所爲而秦獨爲之而遂焉者所謂得天助云爾嗟夫自春秋來兵禍日熾迄乎戰國而生民之荼毒有不忍言者天之愛民甚矣豈其使六七君者肆於人上日驅無辜之民駢首抵足暴骸中野以終劉於虐乎其必不爾矣是故秦不極强不

能以滅六國而帝。不帝。則其惡未極。其毒未盈。亦不能以速亡。凡此者皆天也。亦秦與六國之自爲之也。後之論者。何厚於六國而必爲之圖存也哉。曰若是。則六國無術以自存乎。曰奚爲其無術也。焉獨存。雖王可也。孟子嘗以仁義說梁齊之君矣。而彼不用也。可慨也夫。

序跋類

陳午亭史蕉飲過江詩集序

陳廷敬。號說巖。山西澤州人。順治戊戌進士。官至文淵閣大學士。諡文貞。有午亭文編。

比在直廬。 上遣中使傳問。今之詩人。孰與爾等比。今或未然。其後可冀有成者爲誰。悉以聞。維時以綸音優異。惶恐幾不能對。有頃乃言。今之大官才士。皆爲 上所深知。臣皆弗能如。後進之士。臣交遊絕少。以今所僅而知者。則翰林史某。周某。其人也。蓋桐埜之詩其始聞於韓慕盧宗伯而蕉飲則惠然既我以篇章者也予以才小任重退居深念蕭然閉門不能盡交天下之賢豪至如二子者或聞而知之或惠然既我以篇章則固予所欣然自慶樂從之游將賴其劘切討論以自策勵使不至於耄老而無成者也夫詩之爲物發乎情止乎禮義其至者足以動天地而格神祇窮性命而明道德雖不能至然心竊嚮往焉豈不亦甚盛矣乎而終以窘陋少暇坐荒如此然二子果天下之賢豪閒出者也桐埜久在翰林而蕉飲改官給事中掌垣事今請急將歸維揚示我以前後所爲詩洋洋乎風人雅頌之遺音矣其氣淵若本乎性也其言藹如約乎情也可以字句求而不可以字句盡　上嘗有是言矣賜廷敬詩序有曰清醇雅厚非積句累字之學所能窺也於戲此風雅之本原詩

人之極致廷敬何足以當之其惟吾蕉飲乎昔周之盛以文王周公之聖化行俗美其時名卿賢士賡揚雅頌播諸朝廟下至兔罝考槃之野人逸民莫不能詩太史采之順其音節被之管絃蓋詩之爲教宏矣今者運值休明人思復古風人之遺未嘗不在兔罝考槃閒也蕉飲歸而涉逵林探澗谷與野人逸民咏吟嘯歌以適其樂而余且歸老於田間茅簷竹簟以其餘日引觴點筆遙爲屬和用以忘老至之憂亦以見友朋遭際之隆皆 上之明賜將永矢勿替焉而前所云窮性命而達天人者於蕉飲乎望之予老矣弗能幾及已和平淵雅有歐陽氏之遺風　史申義江都人字蕉飲康熙二十七年進士官至給事中有蕪城使滇過江等集周起渭貴陽人字漁璜康熙三十三年進士官至詹事府詹事有桐埜詩集均入國史文苑傳

朱竹垞秋水集序

錫山之泉居水品第二自揚子中泠水莫得其真而衆水皆出是泉之下縣治萬家負郭之廛相比富者飾樓榭亭池以恣游衍士雖貧山茨水檻亦必有竹樹交映清江淡淹演漾門戶之外其人多簡秀自好所爲詩文每以真意取勝無凌厲叫囂之習信夫山水之足以益人情性也處士嚴蓀友生于其鄉以工詩聞書畫兼臻其妙來游京師公卿薦紳爭爲矜譽予特愛其古文辭澹然而平盎然而和雍容紆裕而不迫庶幾可入古人之域視世之鏤琢字句以眩人耳目者遠矣蓀友聞予言欿然不足既而曰子曷爲我序之曰子之以秋水名集也何所取諸取諸有源也與源之見於地也下則湧而爲濫上則懸而爲沃仄者沈旋者過辨順道而行空明而不滯小波淪大波瀾石激之而鳴風盪之而怒雷霆車馬神物怳忽

水豈有意爲奇變哉決之不得不趨鼓之不得不作亦隨所遇而已文之有源者無畔于經無窒于理本乎自得抒中心所欲言固不在襲古人以求同離古人以自異也蓀友其可與言文也矣譬諸水近乎海則鹹近乎鹵則苦甘者爲醴濁者爲膠火可以然而湯可以浴夫人皆能辨之至投以茗荈別其上下析及苗髮之微則必山林寂寞之士若陸羽者而後知之蓀友無取乎公卿薦紳之言獨命予爲序其有意也夫

朱竹垞宋院判詞序

商丘宋之南京也東都盛時由汴水浮舟達通津門三百里而近車徒之轚互冠蓋之絡繹妖童光妓自露臺瓦市而至樂府之流傳朝倚聲而夕句隊于照碧堂上蓋流風雖遠遺響宜有傳者故言詞于汴宋

若燕函秦盧夫人而能之者也然自金源變而爲曲中州言韻者四聲乃去其一按以大晟之律呂不能無誤生于是土者又必游覽四方交友之往來審音于南北清濁之辨用心專一而後可無憾焉理藩院判宋君牧仲倜儻好結客其談論古今袞袞不倦至爲長短句虛懷討論一字未安輒歷繙古今體製按其聲之清濁必盡善乃已故其所作咸可上擬北宋雖東南以詞名者或有遜焉不觀夫函乎必先爲容乃以制革權其上下旅衣之始可無齘至于盧摩鐧矣又置而搖之使其無蜎灸諸牆以眡其橈之均横而搖之以眡其勁蓋專且審如是然後謂之國工則非燕秦夫人之所能善矣君之詞殆類是與

朱竹垞王文成公文鈔序

由孔子而前爲之君師者聖人繼起由孔子而後逾

千載無有焉。豈千載之人。無一可入聖人之域者哉。
則儒者之過也。夫伯夷之隘。柳下惠之不恭。孟氏以
爲君子不由。至論聖人。則以百世之師歸之。蓋生民
以來。未有盛於孔子。其餘爲清爲任爲和。道之至者。
統謂之聖。後世儒者之論。務求其全。世無孔子。千載
無一聖人焉。宜也。荀卿揚雄。吾無論矣。唐之韓愈。明
聖人之學。於舉世不講之時。儒者猶訾之不已。以爲
守道不篤。致有大顛往來之書。自昔言虛無清淨者
宗老氏。言神仙者首萇弘。而孔子或問以禮。或問以
樂。彼潮州之書。果足爲韓子玷。與。嗚呼。大道之不明。
釋老之言。充塞乎天下。幸而有講聖賢之學者。其門
人弟子同異之辨。復紛呶不置。舉同室之人日事爭
鬭。我道無全人。無惑乎異學之日盛矣。文成王先生。
揭良知之學。投荒裔。禦大敵。平大難。文章卓然成一

家之言傳所稱三不朽者蓋兼有之世儒講學率寖之空言先生則見諸行事者也議者或肆詆譏謂近於禪學夫弃去人倫事物之常而謂之學者禪也使禪之學能發於事業又何病乎禪也耶因輯其文之尤者若干篇以示同好

茅鈍叟近思錄集註後序 茅星來號鈍叟浙江歸安人生員有鈍叟文集

近思錄集註既成或疑名物訓詁非是書所重胡考訂援據之不憚煩為曰此正愚註之所以作也自宋史分道學儒林為二而後之言程朱之學者往往但求之身心性命之閒而不復以通經學古為事於是彼稍稍知究心學古者輒用是為詬病以謂道學之說興而經學寖微噫何其言之甚歟夫道者所以為儒之具也而學也者所以治其具者也故人不學則不知道不知道則不可以為儒而不通知古今則不

可以言學夫經其本也不通經則雖欲博觀今古亦泛濫而無所歸也宋史離而二之過矣伊川分學者爲三曰文章曰訓詁曰儒者夫六經皆文章也其異同疑似爲之博考而詳辨之卽訓詁也子曰有德者必有言非儒者之文章乎孟子曰不以文害辭不以辭害志以意逆志是爲得之非儒者之訓詁乎然則文章也訓詁也而儒之所以爲儒者要未始不存乎其閒然而伊川且必欲別儒於文章訓詁之外者何也蓋謂求儒者之道於文章訓詁中則可而欲以文章訓詁盡儒者之道則不可其本末先後之閒固有辨也奈之何進訓詁章句之學於儒林而反別道學於儒之外其無識可謂甚也夫道學與政術判爲二事橫渠猶病之況離道學於儒而二之耶甚矣其蔽也蓋嘗竊論之馬鄭賈孔之說經譬則百貨之所聚

也。程朱諸先生之說經。譬則操權度以平百貨之長短輕重者也。微權度則貨之長短輕重不見。而非百貨所聚。則雖有權度亦無所用之矣。故愚嘗竊以謂欲求程朱之學者。其必自鄭孔諸傳疏始。愚故於是編備著漢唐諸家之說以見程朱諸先生學之有本。俾彼空疎寡學者。無得以藉口焉。

朱梅崖谿音序 朱仕琇。字斐瞻。號梅崖。福建建甯人。乾隆戊辰進士。山東夏津縣知縣。有梅崖文集。

楊林谿水。出百丈嶺。嶺界於南豐建甯二邑。水初出小泉也。南迤十里。合衆流。谿石阤之。水始怒轟。歷日夜或作霹靂聲。人立谿上。恆惴慄。稍南。益夷。臨谿居人亦益衆。未至楊林數里許。水遂無聲。然谿道益回多曲。里人名之曰巧洋。建甯方言。呼水曲曰洋。楊林在巧洋南三里。谿水三面抱村。如環。筠園世居其地。

村多楊木故曰楊林而谿上羣山多松櫧雜他果卉彌望鬱然中夜風雨四至水潦聲與羣木聲相亂悲壯激越中雜希微如鐘鼓旣闋而奏筦絃絲竹之音時或晨露淅瀝居人未起籜隕沙頹蕭屑有無緣谿獨遊其音轉靜至於春秋朝夕蟲鳥之號平林幽澗樵採之響里巷謳吟和答舂抌機杼雞犬之鳴吠遠近續斷隨風高下一切可喜可愕之音咸會於谿篘園家谿上授徒谿西之草堂往來谿側輒聞谿音感而寫之於是其詩愈富篘園方壯時以詩名天下嘗遊太學觀京師之鉅麗所涉黃河長江澎漫洶湧駴耳盪心足以震發詩之意氣顧以不得志困而歸年幾五十回翔谿上其誠有所樂耶昔之學藝者患志不精乃竄之無人之地以求其所爲寂寞專一者一日得之遂能役物以明其志今谿之幽僻而篘園樂

珍倣宋版印

之意豈異此耶余嘗序篘園詩以爲得高岸深谷之理今讀所補琴操古歌益淵邃正變備具至效陶諸什則無懷葛天之遺風猶有存者其更世變深日息其志邁迹於古殆將往而不可知也其涵澹蕭瑟抑亦得於谿之所助者多也昔孔子教人學詩之旨審於興觀羣怨而末不遺夫名物篘園詩益富不自名歸功於谿集既成以是名篇故余得詳其原委云

朱梅崖櫪園詩序

三百篇士而離騷作傳騷者稱其志潔行廉蟬蛻世之垢濁先後騷之興有伯夷叔齊孫卿子者古賢人也避世疾讒作歌其辭偃蹇寥戾類哀怨者之爲也迄漢之衰士益激亢遠去以郭林宗之高節士猶有鄙之者魏晉之交嵇康阮籍之流皆負儁才輕世肆志余讀康幽憤詩所稱煌煌靈芝一年三秀余獨何

爲有志不就者。擬删所稱以下十九字。而深悲之。以彼負青霞之奇意。嬰世網不能自脫。雖欲曳尾泥中。以全其天。豈可得哉。陶潛、謝靈運、皆世公子也。或隱以全。或仕以禍。然夷考其志。皆欲違世遠去。而有得有不得者。讀其詩可知也。唐風之盛。有劉眘虛者。史不著其人。與孟浩然、王昌齡、遊。其詩孤迥特絕。因其志以考其行。殆莊周所謂陸沈者。或謂眘虛卽迅也。迅與元德秀、蕭穎士、齊名。所著六說不傳。然至今皆以王佐目之。或之說未必然。然讀後漢逸民傳。梁鴻主者皐伯通。又有高恢伯通。鴻思恢詩曰。感念恢兮爰集茲皐與高音近。疑卽一人而史兩存之者。蓋以恢亦鴻之徒。其迹旣遠。姓名本末荒略沒滅。不著于世。此所以爲逸民而陸沈者也。夫如此人遠世而與汗漫者友。其高風峻節。激于詩歌。往往驚絕。讀者慕之。雖在百世而後。如親追逐其人。而軼出埃壒之外。此夫子所謂可以興者也。近世士方熏灼利祿。雖在簞食豆羹之細。然變節者有之。其言委瑣猥俗。無足怪者。同里李君千人。束髮讀書。慕梁鴻范丹之爲人。少與徐文學荀力爲激亢之行。余早聞其名。意謂崖岸一切戛然遠去。不可得而近者。既而來與余及筠園爲兄弟交。君好古學。以余兄弟所爲近古。故相追逐不厭。爲歌詩閎瞻超邈。有騷人之遺風。君不喜制義。以先人蘭亭先生遺命。始勉爲之。食餼諸生。貢入太學。親友勸詣京師求仕。不應。家貧。竟日無炊。聚徒講誦不輟。君嘗乞余爲文學立傳。比令夏津。來徵詩序。蓋近世邢布衣昉。徐徵君夜。皆以處士工詩。施學士閏章。王尚書士正。亟稱之。君雖入太學。其高風峻節。與二處士無異。詩格亦相上下。故余類論古騷人以來高節

之士綴君書首庶四方讀君詩者想見其爲人云效漢書王貢兩龔鮑傳敘而未極其至

羅臺山東莊遺集序 羅有高字臺山江西瑞金人優貢生有尊聞居士集

南郭子綦曰我悲人之自喪者我又悲夫悲人者我又悲夫悲人之悲者其後而日遠矣是言也予嘗載讀而疑之悲人也悲人之悲也宜無若聖人然聖人日與萬物酬酢往還撫摩噢咻之若慈父兄於子弟涫涫同同以萬物爲體而萬物自莫之及豈不遠哉必也離萬物以自潔寶獨畏羣是不能於物思逃空虛休息而已先自物也何遠之有然曰遯世無悶不見是而無悶論語偁不知不慍記偁依乎中庸其意與荷蓧丈人晨門接輿長沮桀溺荷蕢之倫同邪不邪聖門諸賢其文章政事達之天下皆有匡濟斯民之實非虛談者鼓瑟浴沂與轍環天下之指其果同

邪不邪而聖人歎之所謂日遠者殆是與去聖久遠微言寂寥千有餘載有志之士抱質而趨各就其所明以自爲方藐然未覩憂樂之原人己通合不貳之故其夢夢於宮室妻妾文藻聲歌醉飽瑣屑之耑者不足言矣君子博觀古今得失之林又頗習聞聖人吉凶與民同患之說有動於中薄走匿沈冥不返之徒爲非奮然思建功名於當世所如不偶退無聖人爲之依歸則怵惕煩懣自傷往往不免焉能無令人益思聖人乎哉彭子允初輯東莊陳先生遺集成以授其友羅生有高且曰吾子昔慕先生惟子能知先生子其敘之予讀其文其詞往往與宋之能者埒其志深而味隱其子綦所謂悲人者與悲人之悲者與昔予受業翠庭雷公嘗從問當世豪傑賢人公輒言先生曉世務食貧著書有節概欲見先生上下其

議論及予至吳矣而先生沒已五年矣所欲誦於先生者僅乃發之簡耑也李祖陶云意旨高邈妙只用一筆寫出亦所謂志深而味隱者也此等文卽出韓昌黎手不過如是吾又惜先生不純用此手筆爲文而必故爲艱苦癖澀之音以駭人目而澀人口夫何爲者

姚姬傳老子章義序

天下道一而已賢者識大不賢者識小賢者之性又有高明沈潛之分行而各善其所樂於是先王之道有異統遂至相非而不容竝立於天下夫惡知其始之一也子曰述而不作信而好古竊比於我老彭老彭者老子也孔子告曾子子夏述所聞老耼論禮之說及老子書言以喪禮處戰之義其於禮精審非信而好古能之乎南行者久而不見冥山求之過也夫老耼之言禮蓋所謂求之過者矣方其好學深思以求先生制禮之本意得先王制禮之本意而觀末世

爲禮者循其迹而謬其意苟其說而益其煩假其名而悖其實則不勝悁忿而惡之禮云禮云玉帛云乎哉夫禮貴有誠也老子之初志亦如孔子而用意之過貶末世非禮之禮其辭偏激而不平則所謂君子駟不及舌者與且孔子固重禮之本然使人甯儉甯戚下學上達而已庸言之必謹逮七十子之徒推孔子之義極言之固多高遠失中此亦聖門好古達於禮者之言失也夫老子特又甚焉耳孔子遇老耼問禮於其中年而老子書成於晚歲孔子蓋不及知也老子書所云絕聖棄智蓋謂聖智仁義之僞名若臧武仲之聖耳非毀聖人也而莊子乃曰聖人不死大盜不止老子云貴以身爲天下者言不以天下之奉加於吾身爲快雖有榮觀燕處超然以是爲自貴愛也而楊朱乃曰不拔一毛以利天下皆因其說而益

甚爲謬。夫老子言誠有過焉。雖舉其末學益謬。推原及老子。以爲害天下之始。老子亦有所不得辭。然是又豈老子所及料哉。世乃謂老子之言固已及是。而儒者遂不冒以述而不作信而好古爲老子之行。夫孔子於老子。不可謂非授業解惑者。以有師友之誼甚親。故曰我老彭。解論語者顧說爲商之大夫不亦遠乎。其說出於大戴禮記。吾意其辭託於孔子而實非。殆不足據耶。抑所舉別有是人耶。若論語之老彭。非商大夫可決也。老子書六朝以前解者甚衆。今竝不見。獨有所謂河上公章句者。蓋本流俗人所爲託於神仙之說。其分章尤不當理。而唐宋以來莫敢易獨劉知幾識其非耳。余更求其實。少者斷數字。多則連字數百。爲章而其義乃明。又頗爲訓其旨於下。夫著書者。欲人達其義。故言之首尾曲折。未嘗不明貫必不故爲深晦也。然而使之深晦。迂而難通者。人好以己意亂之也。莊子天下篇引老子語。有今文所無。則知傳本今有脫謬。其前後錯失甚明者。余少正之。竝以待世好學君子論焉。

太史公書不甚知姓氏之別。又自唐以前讀者。差不若漢書之詳。故文多舛誤。夫老子老其氏也。聃其字也。太史公文蓋曰老子者。楚苦縣厲鄉曲仁里人也。姓李氏。名耳。字聃。周守藏室之史也。漢末妄以老子爲仙人不死。故唐固注國語。以爲即伯陽父。流俗妄書。乃謂老子字伯陽。此君子所不宜道。當唐之興。自謂老子之裔。於是移史記列傳。以老子爲首而媚者遂因俗說以改司馬之舊文。乃有字伯陽諡曰聃之語。吾決知其妄也。老子、匹夫耳。固無諡。苟弟子欲以諡尊之。則必舉其令德。烏得曰聃。孔子舉所嚴事之賢士大夫皆舉氏字晏平仲蘧伯玉老聃子產其稱一也陸德明音義註老子兩處皆引史記曰字聃河上公曰字伯陽不謂爲史記之語陸氏書最在唐初所言史記眞本蓋如此則後傳本之非明矣老子所生太史公曰楚苦縣或曰陳國相人莊子載孔子陽子朱皆南之沛見老子夫宋國有老氏而沛者宋地言老子所生三者說異而莊子尤古宜得其眞然則老子其宋人子姓耶子之爲李語轉而然猶姒姓之或以爲弋也彭城近沛意聃嘗居之故曰老彭猶展禽稱柳下也皆時人尊有道而氏之晉穆帝名聃字彭子漢晉舊儒必有知老彭爲聃之氏之說者矣後世失之乃不能明也乾隆四十八年夏六月桐城姚鼐序

原注後漢書桓帝紀章懷注史記曰老子者楚苦縣厲鄉曲仁里人也名耳字聃姓李氏吾作此序未及檢引然則改此文疑元宗以後事

姚姬傳莊子章義序

漢藝文志莊子五十二篇陸德明音義載晉宋注莊子者七家惟司馬彪孟氏載其全書其餘惟內七篇皆同外篇雜篇各以意爲去取自唐宋以後諸家之本盡亡今惟有郭象注本凡三十三篇其十九篇經象刪去不可見矣昔孔子以詩書六藝教弟子而性與天道不可得聞其得聞者必弟子之尤賢也然而道術之分蓋自是始夫子游之徒述夫子語子游謂人爲天地之心五行之端聖人制禮以達天道順人情其意善矣然而遂以三代之治爲大道既隱之事也子夏之徒述夫子語子夏者以君子必達於禮樂之原禮樂原於中之不容已而志氣塞乎天地其言禮樂之本亦至矣然林放問禮之本夫子告以甯儉甯戚而已聖人非不欲以禮之出於自然者示人而

懼其知和而不以禮節也由是言之子游子夏之徒所述者未嘗無聖人之道存焉而附益之不勝其弊也夫言之弊其始固存乎七十子而其末遂極乎莊周之倫也莊子之書言明於本數及知禮意者固卽所謂達禮樂之原而配神明醇天地與造化爲人亦志氣塞乎天地之旨韓退之謂莊周之學出於子夏殆其然與周承孔氏之末流乃有所窺見於道而不聞中庸之義不知所以裁之遂恣其猖狂而無所極豈非知者過之之爲害乎其末天下一篇爲其後序所云其在詩書禮樂者鄒魯之士縉紳先生多能明之意謂是道之末焉爾若道之本則有不離於宗謂之天人者周蓋以天人自處故曰上與造物者遊而序之居至人聖人之上其辭若是之不遜也而蘇子瞻王介甫乃謂其推尊聖人自居於不該不徧一曲

之士其於莊生抑何遠哉若郭象之注昔人推爲特會莊生之旨余觀之特正始以來所謂清言耳於周之意十失其四五夫莊子五十二篇固有後人雜入之語今本經象所刪猶有雜入其辭義可決其必非莊生所爲者然則其十九篇恐亦有真莊生之書而爲象去之矣余惜莊生之旨爲說者所晦乃稍論之爲章義凡若干卷

姚姬傳禮箋序

有入江海之深廣欲窮探其藏使後之人將無所復得者非至愚之人不爲是心也六經之書其深廣猶江海也自漢以來經賢士鉅儒論其義者爲年千餘爲人數十百其卓然獨著爲百世所宗仰者則有之矣然而後之人猶有能補其闕而糾其失焉非其好與前賢異經之說有不得悉窮古人不能無待於今

今人亦不能無待於後世。此萬世公理也。吾何私於一人哉。大丈夫甯犯天下之所不韙。而不爲吾心之所不安。其治經也。亦若是而已矣。歙金蕊中修撰。自少篤學不倦。老始成書。其於禮經博稽而精思。慎求而能斷。修撰所最奉者康成。然於鄭義所未衷糾舉之至數四。夫其所服膺者。眞見其善而後信也。其所疑者。必核之以盡其眞也。豈非通人之用心烈士之明志也哉。鼐取其書讀之。有竊幸於愚陋夙所持論差相合者。有生平所未聞。得此而俛首悅懌以爲不可易者。亦有尚不敢附者。要之修撰爲今儒之魁俊。治經之善軌。前可以繼古人。俯可以待後世。則於是書足以信之矣。嘉慶三年五月桐城姚鼐序

姚姬傳南園詩存序

昆明錢侍御灃既喪。子幼。詩集散亡。長白法祭酒式

善趙州師令君範爲蒐輯僅得百餘首錄之成二卷侍御嘗自號南園故名之曰南園詩存當乾隆之末和珅秉政自張威福朝士有恥趨其門下以希進用者已可貴矣若夫立論侃然能訟言其失於奏章者錢侍御一人而已 今上既收政柄除慝掃姦屢進疇昔不爲利誘之士而侍御獨不幸前喪不與褒錄豈不哀哉君始以御史奏山東巡撫國泰穢亂 高宗命和珅偕君往治之君在道衣敝和珅持衣請君易君卒辭和珅知不可私干故治獄無敢傾陂得伸國法其後君擢至通政副使督學湖南時和珅已大貴媒蘖其短不得乃以湖北鹽政有失鐫君級君旋遭艱歸服終補部曹 高宗知君直更擢爲御史使直軍機處君奏和珅及軍機大臣常不在直之咎有詔飭責謂君言當和珅益嗛君而 高宗知君賢

不可譜則凡軍機勞苦事多以委君君家貧衣裘薄嘗夜入暮出積勞感疾以殞方　天子仁明綱紀猶在大臣雖有所怨惡不能逐去第勞辱之而已而君遭其困顧不獲遷延數寒暑留其身以待公論大明之日俾國得盡其才用士得盡瞻君子之有爲也悲夫悲夫余於辛卯會試分校得君四年而余歸遂不見君余所論詩古文法君聞之獨喜君詩尤蒼鬱勁厚得古人意士立身如君誠不待善詩乃貴然觀其詩亦足以信其人矣余昔聞君喪旣作詩哭之今得其集乃復爲序以發余痛云

姚姬傳程緜莊文集序

鼐往昔在京師聞江甯有程緜莊先生今世一學者也乾隆庚戌余來主鍾山書院則緜莊已死求所著書亦不得見今歲楊存齋令君乃持緜莊集見示遂

獲卒讀乃究論曰孔子之道一而已孔子沒而門弟子各以性之所近爲師傳之眞有舛異交爭者矣況後世不及孔子之門而求遺言以自奮於聖緒墜絕之後者與其互相是非固亦其理然而天下之學必有所宗論繼孔孟之統後世君子必歸於程朱者非謂朝廷之功令不敢違也以程朱生平行己立身固無愧於聖門而其論說所闡發上當於聖人之旨下合乎天下之公心者爲大且多使後賢果能篤信遵而守之爲無病也若其他欲與程朱立異者縱於學者有所得焉而亦不免賢智者之過其下則肆焉爲邪說以自飾其不肖者而已今觀綿莊之立言可謂好學深思博聞強識者矣而顧惜其好非議程朱蓋其始厭惡科舉之學而疑世之尊程朱者皆束於功令未必果當於道及其久意見益偏不復能深思孰

玩於程朱之言而其辭遂流於蔽陷之過而不自知近世如休甯戴東原其才本超越乎流俗而及其爲論之僻則過有甚於流俗者綿莊所見大抵有似東原東原晚以修四庫書得官禁林其書亦皆刻行於世而綿莊再應徵車卒不用而歸老死其所撰著僅有留本不傳於世世將憂泯沒斯則所遭或幸或不幸也綿莊書中所論周禮爲東周人書及解六宗辨古文尚書之僞皆與鄙說不謀而合若其他如解易詩所論則余未敢以爲是其文辭明辨可喜固亦近世之傑而爲人代作應酬文字則不足存錄後有得綿莊書而觀之必有能取其所當取者嘉慶十五年十二月十八日姚鼐序

姚姬傳揚雄太元目錄序

揚雄太元漢藝文志以爲十九篇今傳晉范望注本

爲十卷蓋雄本書爲八十一家以擬易六十四卦家有九贊以擬易六爻又爲八十一首以擬象傳爲元測以擬爻傳爲元衝元錯以擬雜卦傳元攡元瑩元棿元圖元告皆以擬易繫辭傳元數以擬說卦傳元文以擬文言傳惟無擬彖者耳自范望分元首冠贊之上分元測附贊之下於是其本爲十九篇者亂矣昔侯芭張衡之倫推太元比於聖經然世或謂其非聖而作經如吳楚之僭王宋蘇軾尤詆之至謂以艱深文其淺陋竊以爲是二者皆過也蓋謂聖人之道原本盛大以仁義中正順播於萬事惟變所適而物得其理於是作易以教世錯綜萬端經緯人事雖庸愚不肖苟筮之而見所以處事應物者皆合乎聖人之道也故曰吉凶者言乎其失得也得義爲吉失義爲凶故易者導民於義者也自孔子之時老聃之說

興其道以觀乎陰陽運行屈伸循環制爲用舍進退之度因時而爲業若有同於易者然而古之聖人當隆盛治平之世居位則裁成輔相乎天地而維天下萬世之安非第不居盛滿功成身退而已易曰勿憂宜日中是也當否遯之日有濟天下之心有進德修業及時之志又不幸所遭禍亂必不可避則致命遂志非第全身遠害之爲善也故有休否幹蠱者又有過涉滅頂凶无咎者以老子之懦弱謙下而終不涉乎世患視世之鶩於功利名譽之徒其賢則多矣及以聖人之道揆之然後知老氏之爲陋也孔子沒七十子之徒傳誦六藝轉相爲說或得或否瞀亂本真其時雜家並興仁義蒙塞而漢世尤重黃老之書蓋至元成之閒蜀嚴君平以老子爲教揚雄少而學焉故雄嘗美君平之湛冥及自著書覃思竭精貫律厤

之數究萬物之情而旨不出乎老氏而已蓋彼不備知聖人之道而以所窺於老氏者爲同乎易於是作太元以擬易而無慙也其晦家上九贊辭曰晦冥冥利於不明之貞測曰晦冥之利不得獨明也此特老氏之和光同塵於易箕子之貞明不可息之訓不亦遠乎其他蓋多類是夫孔子之道及雄之世幾乎熄矣求於道熄之後得其髣髴而不盡通其旨夫亦時使之然也當時著書與雄先後者莫如劉向向之爲書其精深或不逮雄而平生忠直之節則逾雄矣夫雄非特始學不當於聖人亦以其行不能自副其言是以君子輕之也然而雄爲是書亦可謂好學深思言之近道者矣孔子譏臧文仲不仁不知而文仲卒以立言不朽夫雄蓋亦其倫與范望之注因漢末宋衷吳陸績之解而損益之然而於雄之旨亦未能盡

得也。又有釋文一卷。蓋范望之前已有爲之者。其後遞相益。今其中有引及唐韻者。陳振孫云。司封郎吳祕有太元音義。此其祕之爲與。又按太元占法。用贊不用家。非如易之占兼用彖也。故九贊有辭而家無辭。其八十一首乃擬彖傳。非擬彖也。自司馬光誤謂易有彖。元有首。政和中有許良肱者。遂別增首測一卷。以擬大象。既複而無謂矣。後人不悟其失。反以良肱首測。雜入雄所作八十一首之中。則其謬益甚矣。故悉削去不錄。唐王涯有說元五篇。別一卷。今以附其末。

姚姬傳左仲郛浮渡詩序

江水既合彭蠡。過九江而下。折而少北。益漫衍浩汗。而其西自壽春合肥以傳淮陰。地皆平原曠野。與江淮極望。無有瑰偉幽邃之奇觀。獨吾郡潛霍司空龍眠浮渡各以其勝名於三楚而浮渡瀕江倚原登陟者無險峻之阻而幽深奧曲覽之不窮是以四方來而往遊者視他山爲尤衆常隱然與人之心相通必有放志形骸之外冥合於萬物者乃能得其意焉今以浮渡之近人而天下往遊者之衆則未知日暮而歷者凡皆能得其意而相遇於眉睫閒耶抑今其意抑遏幽隱榛莽土石之閒寂歷空濛更數千百年直寄焉以有待而後發耶余嘗疑焉以質之仲郛仲郛曰吾固將往遊焉他日當與君俱余曰諾及今年春仲郛爲人所招邀而往不及余迨其歸出詩一編余取觀之則凡山之奇埶異態水石摩蕩煙雲林谷之相變滅悉見於其詩使余怳惚若有遇也蓋仲郛所云得山水之意者非耶昔余嘗與仲郛以事同舟中夜乘流出濡須下江北過鳩茲積虛浮素雲水鬱藹

中流有微風擊於波上其聲浪浪磯碕薄涌大魚皆書然而躍諸客皆歌呼舉酒更醉余乃慨然曰他日從容無事當裹糧出遊北渡河東上泰山觀乎滄海之外循塞上而西歷恆山大行大岳嵩華而臨終南以弔漢唐之故墟然後登岷峨攬西極浮江而下出三峽濟乎洞庭窺乎廬霍循東海而歸吾志畢矣客有戲余者曰君居里中一出戶輒有難色尚安盡天下之奇乎余笑而不應今浮渡距余家不百里而余未嘗一往誠有如客所譏者嗟乎設余一旦而獲攬宇宙之大快平生之志以閉執言者之口舍仲郛吾誰共此哉前半幅有蒼莽之觀結束亦雋

姚姬傳讀司馬法六韜

世所有論兵書誠爲周人作者惟孫武子耳而不必爲武自著若其餘皆僞而已任宏以司馬法百五十

五篇入兵權謀班固出之以入禮經太史公歎其閎廓深遠則其書可知矣世所傳者泛論用兵之意其辭庸甚不足以言禮經亦不足言權謀也且僅有卷三耳漢藝文志吳起四十八篇在兵權謀尉繚子三十一篇在兵形勢今吳子僅三篇尉繚子二十四篇魏晉以後乃以笳笛爲軍樂彼吳起安得云夜以金鼓笳笛爲節乎蘇明允言起功過於孫武而著書顧卅略不逮武不悟其書僞也尉繚之書不能論兵形勢反雜商鞅形名之說蓋後人雜取苟以成書而已莊子載女商曰橫說之則以詩書禮樂從說之則以金版六弢然則六弢之文必約於詩書禮樂者也劉向班固皆列周史六弢於儒家且云惠襄之閒或云顯王時或曰孔子問焉然其爲周史之辭若周任史佚之言無疑也非言兵亦無與於太公也今六韜徵

取兵家之說附之太公而彌鄙陋周之權曰鈞不曰斤其於色曰元曰黑曰緇不曰烏晉宋齊梁閒市井乃有烏衣烏帽語耳而今六韜乃曰斤曰烏余嘗謂周秦以降文辭高下差別頗易見世所謂古文尚書者以他書事實證之其僞已不可逃然直不必論此取其文展讀不終卷而決知非古人所爲矣蓋古書亡失多在漢獻晉惠愍閒而好爲僞者東晉以後人也唐修隋書作藝文志不知古書之逸舉司馬法之類悉載之顏師古注漢書於六韜直以謂即今書此皆不足以言識至韓退之乃識古書之正僞惜其於此數者未及詳言之也漢書刑法志所載古井田出車之法甚詳其文蓋出於司馬法與包咸注論語辭同也刑法志引其文備故以六十四井出車一乘別以三十六井地當山川沈斥城池邑居園囿術路合

之則百井包咸引其辭略故第言成出車一乘耳其原出一也作僞者其所見書寡於爲古文尚書者故舉此及他經史明載之司馬法而併遺之

姚姬傳書貨殖傳後

世言司馬子長因己被罪於漢不能自贖發憤而傳貨殖余謂不然蓋子長見其時天子不能以寧靜淡薄先海內無校於物之盈絀而以制度防禮俗之末流乃令其民仿效淫侈去廉恥而逐利資賢士困於窮約素封僭於君長又念里巷之徒逐取十一行至猥賤而鹽鐵酒酤均輸以帝王之富親細民之役爲足羞也故其言曰善者因之其次利道之又次教誨之整齊之夫以無欲爲心以禮教爲術人胡弗寧國奚不富若乃懷貪欲以競黠首恨恨焉思所勝之用刻剝聚斂無益習俗之靡使人徒自患其財懷促促

不終日之慮。戶士積貯。物力凋敝。大亂之故由此始也。故譏其賤以繩其貴。察其俗以見其政。觀其靡以知其敝。此蓋子長之志也。且夫人主之求利者固曷極哉。方秦始皇統一區夏。鞭箠夷蠻。雄略震乎當世。及其伺睨牧長寡婦之貲。奉匹夫匹婦而如恐失其意。促訾毀汁之行。士且羞之。矧天子之貴乎。嗚呼。蔽於物者。必逆於行。其可慨矣夫。

鄧湘皐船山遺書目錄序（鄧顯鶴。號湘皐。湖南新化人。嘉慶庚午舉人。官教諭。有南村草堂集。）

右衡陽王先生著書五十二種。已見三十八種。都三百二十三卷。著錄於　四庫者。曰周易稗疏四卷考異一卷。曰尚書稗疏四卷。曰詩稗疏四卷考異一卷曰春秋稗疏二卷。凡六種。存目於　四庫者。曰尚書引義六卷。曰春秋家說三卷。凡二種。舊已刊者。曰周易大象解一卷。曰春秋世論二卷。曰四書稗疏一卷。考異一卷。曰老子衍一卷。曰莊子解三十三卷。曰楚辭通釋十四卷。曰正蒙註四卷。曰思問錄二卷。曰俟解一卷。凡十種。外文集詩集詩餘詩話復有數卷皆奇零不成部帙。餘俱鈔本。其未見者。存佚不可知舊刊之本類坊刻且日久漫漶。顯鶴病之。嘗慨然發憤。思購求先生全書。精審鋟木。嘉惠來學。以是强聒於人。無應者。道光己亥。寓長沙。時方輯沅湘耆舊集。徵求先生遺詩。一日。先生族裔有居湘潭名世全者。介其友歐陽君兆熊。訪余於城南旅寓以先生詩集來。且具道先生六世孫承佺。具藏先生各種遺書於家。世全將謀壽諸梨棗。余大喜過望。次年春。遂開雕於長沙。以校讎之役。屬吾邑人鄒漢勛。其後二年。次第刊成周易內傳十二卷。周易大象解一卷。周易稗疏二卷、考異一卷、周易外傳七卷、書經稗疏四卷、尚書引義六卷、詩經稗疏五卷、考異一卷、詩廣傳五卷、禮記章句四十九卷、春秋稗疏二卷、春秋家說七卷、春秋世論五卷、續春秋左氏傳博議二卷、四書授義三十八卷、四書稗疏二卷、考異一卷、大凡十八種、都百五十卷、書成、以全書目錄寄示顥鶴、乃僭書其後曰、班史有言、古之儒者、博學虖六藝之文、六藝者、王教之典籍、先聖所以明天道、正人倫、致至治之成法、自孔子歿而大道微、七十子之徒、遺言墜緒、不絕如縷、遭秦燔滅、蕩然無存、漢興收拾餘燼、始立專門、各抱一經、私相授受、亦互相嫉妒、馬鄭諸儒、始貫穿羣籍、鑽研訓詁、迄其蔽也、雜於讖緯、墮於支離破碎、魏晉以後、崇尚虛無、流爲佛老、學術紛歧、世運榛塞、聖人之道晞矣、唐代義疏之作、具有端緒、而是非得失未有折衷宋世眞儒出羣經乃有定論至於近代學者疾陋儒空談心性逸於考古遂至厭薄程朱專考求古人制度名物以爲博甚則剌取先儒刪落踳駁謬悠之論以爲異而一二天資高曠之士又往往誤於良知之說敢爲高論狂瞽一世著書愈多聖道愈蔀先生不然生平論學以漢儒爲門戶以宋五子爲堂奧而學道淵源尤在正蒙一書以爲張子之學上承孔孟之志下救來茲之失如皎日麗天無幽不燭聖人復起未之能易惟其門人未有殆庶者而當時鉅公如富文司馬諸公張子皆以素位隱居末由相爲羽翼其道之行曾不得比於邵康節之數學而世之信從者寡道之誠然者不著是以不百年而異說興又不二百年而邪說熾其推本陰陽法象之狀往來原反之故反復辨論累千百言所以歸咎上蔡象山

姚江者甚峻或疑其言太過要其議論精卓踐履篤
實粹然一軌於正固無以易也先生生當鼎革自以
先世為明世臣存亡與共甲申後崎嶇嶺表備嘗險
阻既知事之不可為乃退而著書竄伏祁永漣邵山
中流離困苦一歲數徙其處最後乃定居湘西蒸左
之石船山築觀生居以終故國之戚生死不忘其志
潔而芳其言哀以思百世下猶將聞風興起況生同
里閈親讀其書者乎當是時海內儒碩北有容城西
有盩厔東南則崑山餘姚而亭林先生為之魁先生
刻苦似二曲貞晦過夏峯多聞博學志節皎然不愧
顧黃兩先生顧諸君子肥遯自甘聲名益炳羔幣充
庭干旌在野雖隱逸之薦鴻博之徵皆以死拒而公
卿交口　天子動容其志易白其書易行先生竄身
猺峒絕迹人閒席棘飴荼聲影不出林莽門人故舊

又無一有氣力者爲之推挽歿後四十年遺書散佚其子敔始爲之收輯推闡上之督學宜興潘先生因緣得上史館立傳儒林而其書仍湮滅不傳後生小子至不能舉其名姓可哀也已當代經師後先生而起者無慮百十家所言皆有根柢不爲空談蓋經學至 本朝爲極盛矣然諸家所著有據爲新義輒爲先生所已言者 四庫總目於春秋稗疏曾及之以余所見尤非一事蓋未見其書也近時儀徵相國裒輯 國朝經解刻於廣南所收甚廣獨不及先生其他更何論已先生出處本末略見潘宜興儲六雅全謝山余存吾諸文集中顯鶴增輯楚寶文苑亦有傳不具述獨詳述先生學業之大者著於篇使世之讀先生書者有所攷焉氣息醇厚與劉子政戰國策序相近

梅伯言閔園詩序

自督撫至州縣。其尊卑闊絕。下不能徑達其情於上。上不能明示其意於下。惟郡守之職當其樞。可以通懷慮微。抒德導情。至首郡則尤重於他郡。而蘇之首郡。獄訟徵發期會。非止本郡所自具。凡轄於江蘇兩布政使者。其獄皆上按察使於蘇。而委重於首府。其民物之浩穰。 國家引漕歲數百萬。蘇松得三之二。富商大賈。巧匠蠻夷之市。舶周流委輸。以一郡轂綰其口。冠蓋櫛居。不可以武競。奉使過客之廚饌車馬舟楫。輷輷浮浮。日夜行不休。濱海之居。茭葦魚蛤之利。土沃地荒。釁勇奪爭。屢讞不成。其屬縣所自具者。繁劇又甲於天下。而悉歸其成於守。故蘇郡之劇。爲天下最。非有鄭僑之才。冉子之藝。未有不張皇補苴。志煩而慮亂者也。江夏陳芝楣先生。以待從近臣莅政於此。適當海運之役。及吳淞口徒陽河濬功之時。

百政具舉委勞於身而先生從容夷猶治絲不棼邦無曠功吏無留牘踵韋白之遺風修郡治之舊貫志其身之勞而職之劇也名其園曰閒園先生之言曰治煩者必置心於萬事之外乃可以盡萬務之情此吾園之所以名也諒哉言乎足以爲治本矣於是與鉅儒鴻生游斯園者樂而觴之詩紀其事與游者咸和之其記之者上元梅曾亮也

梅伯言書莊子後

嗚呼莊子之意隱矣夫不知泰山之爲大烏乎以秋毫齊之不知彭祖之爲壽烏乎以殤子齊之齊之者言乎其不齊也不齊而必且齊之其心固無如其不齊何也吾觀周之立說多以王公大人爲之質而折之以匹夫其廣己造大與王斗顏蠋之徒無以異特詞不同耳戴晉人之說魏侯瑩是已必推遠之至於

無垠而反視魏在若存若亡之間則其視魏也不已重乎蓋周之爲人於富貴利達之見固未能忘於心而儀秦妾婦之道又所不爲故汪洋自恣務爲伸彼屈此之言以自適其意亦重可悲矣莊子者文之工者也以莊子爲言道術非知莊子者也而世之言莊子者必以道歸之曰莊子者浮屠法之所祖也又曰孔孟之徒也凡宋人之所以爲說悉舉而曲傅之莊子曰如是則理精夫書自六經以外其理之純而無疵者寡矣冒天下之不韙而必快其意之所安立言者固時有是若行不至周孔文不至六經而以中庸自居是選耎不自樹立者之所爲非所謂雄俊之君子也不然則言之純義之精未有如今所謂制義者矣而豈得謂立言乎哉莊周也屈原也司馬遷也皆不得志於時者之所爲也皆怨悱之書也然而莊子

之怨悱也隱矣

梅伯言書後漢書後

古姦民爲亂者多矣毒官吏迫饑寒挺刃而卒起及名捕嚴急則求黨與索隨和以自救皆事勢之常態要未有無所激發處心積慮立教以惑民者也其有是者蓋起於東漢之末而大盛於魏晉之閒嗚呼教之名民所不易受於長上者也而匹夫能得之於鄉里非民之所能爲也勢也今夫民之生也耕而食織而衣貿然相往來不知有士大夫聲名文物之樂又非如富厚有力者有鳴鐘連騎采色視聽之娛若此者枯槁寂滅之士或能堪之而民固不能樂乎此也聖人憂之於是有飲射之典有儺蜡之禮有月吉讀法之令奔走之馳驟之而不憚其勞拙其意以爲吾法之可知者在乎角材能習教訓而消息乎時氣而

法之不可知者在使民回易耳目震盪血氣陽遂其鼓舞之情而陰輯其動而思騁之意其教如是而已當漢之盛時凡鄉射大饗都肄鄉會皆太守與縣令親之猶古法也法之廢其東漢之衰乎嗟乎此黃巾米賊之禍所以起而不可禁也夫民所樂趨之事而不爲利導之草野之閒必有因民之欲竊吾意以售其姦者其始特出於私立名字斂財帛賽會徵逐而已而其後遂爲有國者之憂至於爲有國者之憂蓋非獨從而和者不樂也而亦豈倡之者之始願哉然而勢必至乎此者何也吾爲之說以導之吾聚之吾能散之故其權在上民自爲聚者非法之所許也民知意不出於上而恐法及己也鰓鰓然有與上相持之心其勢遂聚而不可復散故曰非民之所能爲也勢也昔子貢觀於蜡以爲一國之人皆若狂夫至於

一國若狂雖後世聚衆之盛無過於此而聖王行之孔子曰張而不弛文武弗能也夫文武所不能者而後人能之必其民皆標枝野鹿如上古之不相往來者而後可也而豈有是理哉嗟乎權出於士而黨錮清流之禍成權出於民而左道亂政之禍烈然則以王者之權而謂教化不易興者則妄矣王益吾云文特古茂盤鬱至其命意存焉可也

曾滌生歐陽生文集序

乾隆之末桐城姚姬傳先生鼐善爲古文辭慕效其鄉先輩方望溪侍郎之所爲而受法於劉君大櫆及其世父編修君範三子既通儒碩望姚先生治其術益精歷城周永年書昌爲之語曰天下之文章其在桐城乎由是學者多歸嚮桐城號桐城派猶前世所稱江西詩派者也姚先生晚而主鍾山書院講席門

下著籍者。上元有管同異之梅曾亮伯言。桐城有方東樹植之。姚瑩石甫。四人者稱爲高第弟子。各以所得傳授徒友。往往不絕。在桐城者。有戴鈞衡存莊事植之久。尤精力過絕人。自以爲守其邑先正之法。禮之後進。義無所讓也。其不列弟子籍。同時服膺。有新城魯仕驥絜非。宜興吳德旋仲倫。絜非之甥爲陳用光碩士。碩士旣師其舅。又親受業姚先生之門。鄉人化之。多好文章。碩士之羣從有陳學受藝叔。陳溥廣敷。而南豐又有吳嘉賓子序。皆承絜非之風。私淑於姚先生。由是江西建昌有桐城之學。仲倫與永福呂璜月滄交友。月滄之鄉人有臨桂朱琦伯韓。龍啓瑞翰臣。馬平王錫振定甫。皆步趨吳氏呂氏。而益求廣其術於梅伯言。由是桐城宗派流衍於廣西矣。昔者國藩嘗怪姚先生典試湖南。而吾鄉出其門者。未聞相從以學文爲事既而得巴陵吳樹敏南屏稱述其術篤好而不厭而武陵楊彝珍性農善化孫鼎臣芝房湘陰郭嵩燾伯琛漵浦舒燾伯魯亦以姚氏文家正軌違此則又何求最後得湘潭歐陽生生吾友歐陽兆熊小岑之子而受法於巴陵吳君湘陰郭君亦師事新城二陳其漸染者多其志趨嗜好舉天下之美無以易乎桐城姚氏者也當乾隆中葉海內魁儒畸士崇尚鴻博繁稱旁證考覈一字累數千言不能休別立幟志名曰漢學探擯有宋諸子義理之說以爲不足復存其爲文尤蕪雜寡要姚先生獨排衆議以爲義理考据詞章三者不可偏廢必義理爲質而後文有所附考据有所歸一編之內惟此尤兢兢當時孤立無助傳之五六十年近世學子稍稍誦其文承用其說道之廢興亦各有時其命也歟哉自洪楊

倡亂東南荼毒鍾山石城昔時姚先生撰杖都講之所今爲犬羊窟宅深固而不可拔桐城淪爲異域既克而復失戴鈞衡全家殉難身亦歐血死矣余來建昌問新城南豐兵燹之餘百物蕩盡田荒不治蓬蒿沒人一二文士轉徙無所而廣西用兵九載羣盜猶洶洶驟不可爬梳龍君翰臣又物故獨吾鄉少安二三君子尚得優游文學曲折以求合桐城之轍而舒燾前卒歐陽生亦以瘵死老者牽於人事或遭亂不得竟其學少者或中道夭殂四方多故求如姚先生之聰明早達太平壽考從容以躋於古之作者卒不可得然則業之成否又得謂之非命也耶歐陽生名勳字子和沒於咸豐五年三月年二十有幾其文若詩清縝喜往復亦時有亂離之慨莊周云逃空虛者聞人足音跫然而喜而況昆弟親戚之謦欬其側者

乎。余之不聞桐城諸老之謦欬也久矣。觀生之為則豈直足音而已。故為之序以塞小岑之悲。亦以見文章與世變相因。俾後之人得以考覽焉。

曾滌生聖哲畫像記

國藩志學不早。中歲側身朝列。竊窺陳編。稍涉先聖昔賢魁儒長者之緒。駑緩多病。百無一成。軍旅馳驅。益以蕪廢。喪亂未平。而吾年將五十矣。往者吾讀班固藝文志及馬氏經籍考。見其所列書目。叢雜猥多。作者姓氏。至於不可勝數。或昭昭於日月。或湮沒而無聞。及為　文淵閣直閣校理。每歲二月。侍從　宣宗皇帝入閣。得觀四庫全書。其富過於前代所藏遠甚。而存目之書數十萬卷。尚不在此列。嗚呼。何其多也。雖有生知之姿。累世不能竟其業。況其下焉者乎。故書籍之浩浩。著述者之衆。若江海然。非一人之腹所能盡飲也要在慎擇焉而已余既自度其不逮乃擇古今聖哲三十餘人命兒子紀澤圖其遺像都為一卷藏之家塾後嗣有志讀書取足於此不必廣心博騖而斯文之傳莫大乎是矣昔在漢世若武梁祠魯靈光殿皆圖畫偉人事蹟而列女傳亦有畫像感發興起由來已舊習其器矣進而索其神通其微合其莫心誠求之仁遠乎哉國藩記

堯舜禹湯史臣記言而已至文王拘幽始立文字演周易周孔代興六經炳著師道備矣秦漢以來孟子蓋與莊荀並稱至唐韓氏獨尊異之而宋之賢者以為可躋之尼山之次崇其書以配論語後之論者莫之能易也茲以亞於三聖人後云

左氏傳經多述二周典禮而好稱引奇誕文辭爛然浮於質矣太史公稱莊子之書皆寓言吾觀子長所為史記寓言亦居十之六七班

氏閎識孤懷不逮子長遠甚然經世之典六藝之旨文字之源幽明之情狀粲然大備豈與夫斗筲者爭得失於一先生之前姝姝而自悅者哉　諸葛公當擾攘之世被服儒者從容中道陸敬輿事多疑之主馭難馴之將燭之以至明將之以至誠譬如御駑馬登峻坂縱橫險阻而不失其馳何其神也范希文司馬君實遭時差隆然堅卓誠信各有孤詣其以道自持蔚成風俗意量亦遠矣昔劉向稱董仲舒王佐之才伊呂無以加管晏之屬殆不能及而劉歆以爲董子師友所漸曾不能幾乎游夏以予觀四賢者雖未逮乎伊呂固將賢於董子惜乎不得如劉向父子而論定耳　自朱子表章周子二程子張子以爲上接孔孟之傳後世君相師儒篤守其說莫之或易乾隆中閎儒輩起訓詁博辨度越昔賢別立徽志號曰漢

學擯有宋五子之術以謂不得獨尊而篤信五子者亦屏棄漢學以爲破碎害道斷斷焉而未有已吾觀五子立言其大者多合於洙泗何可議也其訓釋諸經小有不當固當取近世經說以輔翼之又可屏棄羣言以自隘乎斯二者亦俱譏焉　西漢文章如子雲相如之雄偉此天地遒勁之氣得於陽與剛之美者也此天地之義氣也劉向匡衡之淵懿此天地溫厚之氣得於陰與柔之美者也此天地之仁氣也東漢以還淹雅無慙於古而風骨少隤矣韓柳有作盡取揚馬之雄奇萬變而內之於薄物小篇之中豈不詭哉歐陽氏曾氏皆法韓公而體質於匡劉爲近文章之變莫可窮詰要之不出此二途雖百世可知也

余鈔古今詩自魏晉至　國朝得十九家蓋詩之爲道廣矣嗜好趨向各視其性之所近猶庶羞百味

羅列鼎俎。但取適吾口者。嚌之得飽而已。必窮盡天下之佳肴。辯嘗而後供一饌。是大惑也。必殫天下之舌。盡效吾之所嗜。是大愚也。莊子有言。大惑者終身不解。大愚者終身不靈。余於十九家中。又篤守夫四人者焉。唐之李杜。宋之蘇黃。好之者十有七八。非之者亦且二三。余懼蹈莊子不解不靈之譏。則取足於是。終身焉已耳。

司馬子長網羅舊聞。貫串三古。而八書頗病其略。班氏志較詳矣。而斷代爲書。無以觀其會通。欲周覽經世之大法。必自杜氏通典始矣。馬端臨通考。杜氏伯仲之閒。鄭志非其倫也。百年以來。學者講求形聲故訓。專治說文。多宗許鄭。少談杜馬。吾以許鄭考先王制作之源。杜馬辨後世因革之要。其於實事求是一也。先王之道。所謂修己治人。經緯萬彙者。何歸乎。亦曰禮而已矣。秦滅書籍。漢代諸儒之所掇拾鄭康成之所以卓絕皆以禮也杜君卿通典言禮者十居其六其識已跨越八代矣有宋張子朱子之所討論馬貴與王伯厚之所纂輯莫不以禮爲兢兢我　朝學者以顧亭林爲宗　國史儒林傳裒然冠首吾讀其書言及禮俗教化則毅然有守先待後舍我其誰之志何其壯也厥後張蒿菴作中庸論及江慎修戴東原輩尤以禮爲先務而秦尚書蕙田遂纂五禮通考舉天下古今幽明萬事而一經之以禮可謂體大而思精矣吾圖畫　國朝先正遺像首顧先生次秦文恭公亦豈無微旨哉桐城姚鼐姬傳高郵王念孫懷祖其學皆不純於禮然姚先生持論閎通國藩之粗解文章由姚先生啓之也王氏父子集小學訓詁之大成夐乎不可幾已故以殿焉姚姬傳氏言學問之途有三曰義理曰詞章曰考

据戴東原氏亦以爲言如文周孔孟之聖左莊馬班之才誠不可以一方體論矣至如葛陸范馬在聖門則以德行而兼政事也周程張朱在聖門則德行之科也皆義理也韓柳歐曾李杜蘇黃在聖門則言語之科也所謂詞章者也許鄭杜馬顧秦姚王在聖門則文學之科也顧秦於杜馬爲近姚王於許鄭爲近皆考据也此三十二子者師其一人讀其一書終身用之有不能盡若又有陋於此而求益於外譬若掘井九仞而不及泉則以一井爲隘而必廣掘數十百井身老力疲而卒無見泉之一日其庸有當乎

自浮屠氏言因果禍福而爲善獲報之說深中於人心牢固而不可破士方其佔畢咿唔則期報於科第祿仕或少讀古書窺著作之林則責報於遐邇之譽後世之名纂述未及終編輒冀得一二有力之口騰播

人人之耳以償吾勞也朝耕而暮穫一施而十報譬若沽酒市脯喧聒以責之貸者又取倍稱之息焉祿利之不遂則徼倖於沒世不可知之名甚者至謂孔子生不得位沒而俎豆之報隆於堯舜鬱鬱者以相證慰何其陋歟今夫三家之市利析錙銖或百錢逋負怨及孫子若通闤貿易瓌貨山積動逾千金則百錢之有無有不暇計較者矣富商大賈黃金百萬公私流衍則數十百緡之費有不暇計較者矣均是人也所操者大猶有不暇計其小者況天之所操尤大而於世人豪末之善口耳分寸之學而一一謀所以報之不亦勞哉商之貨殖同時同而或贏或絀射策者之所業同而或中或罷爲學著書之深淺同而或傳或否或名或不名亦皆有命焉非可强而幾也古之君子蓋無日不憂無日不樂道之不明己之不免

爲鄉人一息之或懈憂也居易以俟命下學而上達仰不愧而俯不怍樂也自文王周孔三聖人以下至於王氏莫不憂以終身樂以終身無所於祈何所爲報己則自晦何有於名惟莊周司馬遷柳宗元三人者傷悼不遇怨悱形於簡冊其於聖賢自得之樂稍違異矣然彼自惜不世之才非夫無實而汲汲時名者比也苟汲汲於名則去三十二子也遠矣將適燕晉而南其轅其於術不益疏哉　文周孔孟班馬左莊葛陸范馬周程朱張韓柳歐曾李杜蘇黃許鄭杜馬顧秦姚王三十二人俎豆馨香臨之在上質之在旁

曾滌生孫芝房侍講芻論序

咸豐九年三月善化孫芝房侍講鼎臣以書抵余建昌軍中寄所爲芻論屬爲裁定凡二十五篇曰論治

者六論鹽者三論漕者三論幣者二論兵者三通論唐以來大政者七論明賦餉者一其首章追溯今日之亂源深咎近世漢學家言用私意分別門戶其語絕痛明年四月復得芝房書則疾革告別之詞而芝房以三月死矣既爲位而哭且以書告仁和邵君懿辰於是爲敘諸篇首而歸諸其孤蓋古之學者無所謂經世之術也學禮焉而已周禮一經自體國經野以至酒漿廛市巫卜繕稾夭鳥蠱蟲各有專官察及纖悉吾讀杜元凱春秋釋例歎丘明之發凡仲尼之權衡萬變大率秉周之舊典故曰周禮盡在魯矣自司馬氏作史猥以禮書與封禪平準並列班范而下相沿不察唐杜佑纂通典言禮者居其泰半始得先王經世之遺意有宋張子朱子益崇闡之　聖清膺命巨儒輩出顧亭林氏著書以扶植禮教爲己任江

慎修氏纂禮書綱目洪纖畢舉而秦樹澧氏遂修五
禮通考自天文地理軍政官制都萃其中旁綜九流
細破無內國藩私獨宗之惜其食貨稍缺嘗欲集鹽
漕賦稅國用之經別爲一編傅於秦書之次非徒廣
己於不可畔岸之域先聖制禮之體之無所不賅固
如是也以世之多故握槧之不可以苟未及事事而
齒髮固已衰矣往者漢陽劉傳瑩茮雲實究心漢學
者之說而疾其單辭碎義輕笮宋賢閒嘗語余學以
反求諸心而已泛博胡爲至有事於身與家與國則
當一一詳核焉而求其是考諸室而市可行驗諸獨
而衆可從又曰禮非考据不明學非心得不成國藩
則大闢之以爲知言者徒也未幾茮雲卽世臨絕爲
先令處分後事壹秉古禮國藩既銘其墓又爲家傳
麤道漢學得失主客之宜藏諸劉氏之祏君子之言

也平則致和激則召爭辭氣之輕重積久則移易世風黨仇訟爭而不知所止曩者良知之說誠非無蔽必謂其釀晚明之禍則少過矣近者漢學之說誠非無蔽必謂其致粤賊之亂則少過矣芻論所考諸大政蓋與顧氏江氏秦氏之指爲近彼數子者固漢學家所奉以爲歸者也而芝房首篇譏之已甚其果有剖及毫釐千里者耶抑將憤夫一二鉅人長德曲學阿世激極而一鳴耶芝房之志大而銳進也與茱雲同其卒也寄書抵余以告永訣亦與茱雲同其自芻論外別有詩十卷文十一卷河防紀略四卷著書之多與茱雲異而其博觀而慎取則同其嫉夫以漢學標揭也亦同而立言少異余故稍附諍論以明不忍死友之義亦以見二子者之不竟其志非僅余之私痛也

曾滌生王船山遺書序

王船山先生遺書。同治四年十月刻竣。凡三百二十二卷。國藩校閱者。禮記章句四十九卷。張子正蒙注九卷。讀通鑑論三十卷。宋論十五卷。四書易詩春秋諸經稗疏考異十四卷。訂正譌脫百七十餘事。軍中鮮暇。不克細紬全編。乃為序曰。昔仲尼好語求仁。而雅言執禮。孟氏亦仁禮竝稱。蓋聖王所以平物我之情。而息天下之爭。內之莫大於仁。外之莫急於禮。自孔孟在時。老莊已鄙棄禮教。楊墨之指不同。而同於賊仁。厥後衆流歧出。載籍焚燒。微言中絕。人紀紊焉。漢儒掇拾遺經。小戴氏乃作記以存禮於什一。又千餘年。宋儒遠承墜緒。橫渠張氏。乃作正蒙。以討論為仁之方。船山先生注正蒙數萬言。注禮記數十萬言。幽以究民物之同原。顯以綱維萬事。弭世亂於未形。

其於古昔明體達用盈科後進之旨往往近之先生名夫之字而農以崇禎十五年舉於鄉目覩是時朝政刻覈無親而士大夫又馳騖聲氣東林復社之徒樹黨伐仇頹俗日敝故其書中黜申韓之術嫉朋黨之風長言三歎而未有已旣一仕桂藩爲行人司知事終不可爲乃匿迹永郴衡邵之閒終老於湘西之石船山　聖清大定訪求隱逸鴻博之士次第登進雖顧亭林李二曲輩之艱貞徵聘尚不絕於廬獨先生深閟固藏邈焉無與平生痛詆黨人標榜之習不欲身隱而文著來反脣之訕笑用是其身長遯其名寂寂其學亦竟不顯於世荒山敝榻終歲孳孳以求所謂育物之仁經邦之禮窮探極論千變而不離其宗曠百世不見知而無所悔先生沒後巨儒迭興或攻良知捷獲之說或辨易圖之鑿或詳考名物訓

詁音韻正詩集傳之疏或修補三禮時享之儀號爲卓絕先生皆已發之於前與後賢若合符契雖其著述太繁醇駮互見然固可謂博文約禮命世獨立之君子已道光十九年先生裔孫世全始刊刻百五十卷新化鄧顯鶴湘臯實主其事湘潭歐陽兆熊曉晴贊成之咸豐四年寇犯湘潭板毀於火同治初元吾弟國荃乃謀重刻而增益百七十二卷仍以歐陽君董其役南匯張文虎嘯山儀徵劉毓崧伯山等分任校讎庀局於安慶蕆事於金陵先生之書於是麤備後之學者有能秉心敬恕綜貫本末將亦不釋乎此也

曾滌生國朝先正事略序

余嘗以 大清達人傑士超越古初而紀述闕如用爲歎憾道光之末聞嘉興錢衎石給事儀吉倣明焦

竑獻徵錄爲　國朝徵獻錄因屬給事從子應溥寫其目錄得將相大臣循良忠節儒林文苑等凡八百餘人積二三百卷借名人之碑傳存名人之事蹟自別京師久從征役而此目錄冊者不可復覩同治初又得鄢陵蘇源生文集具述其師錢給事於徵獻錄之外復節錄名臣爲先正事略於是知錢氏頗有造述不僅鈔纂諸家之文矣又二年而得吾鄉李元度次青所著先正事略命名乃適與錢氏相合前此二百餘年未有成書近三十年中錢氏編摩於汴水次青成業於湖湘斯足徵通儒意趣之同抑地下達人傑士其靈爽不可終閟也自古英哲非常之君往往得人鼎盛若漢之武帝唐之文皇宋之仁宗元之世祖明之孝宗其時皆異材敦起俊彥雲屯焜燿簡編然考其流風所被率不過數十年而止惟周之文王

暨我　聖祖仁皇帝乃閱數百載而風流未沫周自后稷十五世集大成於文王而成康以洎東周多士濟濟皆若秉文王之德我　朝　六祖　一宗集大成於康熙而雍乾以後英賢輩出皆若沐　聖祖之教此在愚氓亦似知之其所以然者雖大智莫能名也　聖祖嘗自言年十七八時讀書過勞至於咯血而不肯少休老耄而手不釋卷臨摹名家手卷多至萬餘寫寺廟扁榜多至千餘蓋雖寒暑不能方其專北征度漠南巡治河雖卒役不能踰其勞祈雨禱疾步行天壇并醯醬齏鹽而不御年逾六十猶扶病而力行之凡前聖所稱至德純行殆無一而不備上而天象地輿厤算音樂考禮行師刑律農政下至射御醫藥奇門壬遁滿蒙西域外洋之文書字母殆無一而不通且無一不創立新法別啓津途後來高才絕

藝終莫能出其範圍然則雍乾嘉道累葉之才雖謂皆 聖祖教育而成誰曰不然 今上皇帝嗣位大統中興雖去康熙益遠矣而將帥之乘運會立勳名者多出一時章句之儒則亦未始非 聖祖餘澤陶冶於無窮也如次青者蓋亦章句之儒從事戎行咸豐甲寅乙卯之際與國藩患難相依備嘗艱險厥後自領一隊轉戰數年軍每失利輒以公義糾劾罷職論者或咎國藩執法過當亦頗咎次青在軍偏好文學奪治兵之日力有如莊生所譏挾筴而亡羊者久之中外大臣數薦次青緩急可倚國藩亦草疏密陳李元度下筆千言兼人之才臣昔彈劾太嚴至今內疚惟 朝廷量予褒省當時雖爲吏議所格 天子終右之起家復任黔南軍事師比有功超拜雲南按察使而是書亦於黔中告成 聖祖有言曰學貴初

有決定不移之志。中有勇猛精進之心。末有堅貞永固之力。次青提兵四省。屢蹶仍振。所謂貞固者非邪。發憤著書。鴻編立就。亦云勇猛矣。顧益以貞固之道持之。尋訪錢氏遺書。參訂修補。矜練歲年。愼褒貶於錙銖。酌羣言而取衷。終成 聖清鉅典。上躋周家雅頌誓誥之林。不尤足壯矣哉。

曾滌生湖南文徵序

吾友湘潭羅君研生。以所編纂湖南文徵百九十卷示余。而屬爲序其端。國藩陋甚。齒又益衰。奚足以語文事。竊聞古之文。初無所謂法也。易書詩儀禮春秋諸經。其體勢聲色。曾無一字相襲。卽周秦諸子。亦各自成體。持此衡彼。晝然若金玉與卉木之不同類。是烏有所謂法者。後人本不能文。强取古人所造而摹擬之。於是有合有離。而法不法名焉。若其不俟摹擬。

人心各具自然之文約有二端曰理曰情二者人人之所固有就吾所知之理而筆諸書而傳諸世稱吾愛惡悲愉之情而綴辭以達之若剖肺肝而陳簡策斯皆自然之文性情敦厚者類能爲之而淺深工拙則相去十百千萬而未始有極自羣經而外百家著述率有偏勝以理勝者多闡幽造極之語而其弊或激宕失中以情勝者多悱惻感人之言而其弊常豐縟而寡實自東漢至隋文人秀士大抵義不孤行辭多儷語即議大政考大禮亦每綴以排比之句閒以婀娜之聲歷唐代而不改雖韓李銳志復古而不能革舉世駢體之風此皆習於情韻者類也宋興既久歐陽曾王之徒崇奉韓公以爲不遷之宗適會其時大儒迭起相與上探鄒魯研討微言羣士慕效類皆法韓氏之氣體以闡明性道自元明至　聖朝康雍

之閒風會略同非是不足與於斯文之末此皆習於
義理者類也乾隆以來鴻生碩彥稍厭舊聞别啓涂
軌遠搜漢儒之學因有所謂考據之文一字之音訓
一物之制度辨論動至數千言曩所稱義理之文淡
遠簡樸者或屏棄之以爲空疏不足道此又習俗趨
嚮之一變已湖南之爲邦北枕大江南薄五嶺西接
黔蜀羣苗所萃蓋亦山國荒僻之亞然周之末屈原
出於其閒離騷諸篇爲後世言情韻者所祖逮乎宋
世周子復生於斯作太極圖說通書爲後世言義理
者所祖兩賢者皆前無師承刱立高文上與詩經周
易同風下而百代逸才舉莫能越其範圍而況湖湘
後進沾被流風者乎茲編所錄精於理者蓋十之六
善言情者約十之四而駢體亦頗有甄采不言法而
法未始或紊惟考據之文搜集極少前哲之倡導不

宏後世之欣慕亦寡研生之學稽說文以究達詁箋禹貢以晰地志固亦深明考據家之說而論文但崇體要不尚繁稱博引取其長而不溺其偏其猶君子慎於擇術之道歟

王定甫王剛節公家傳跋尾王拯字定甫號少鶴廣西馬平人光道二十一年進士官至通政使有龍壁山房文集

英吉利重犯定海城士之日王剛節公錫朋及定海鎮總兵葛公雲飛處州鎮總兵鄭公國鴻同日殉余嘗讀葛公年譜而爲之志今讀上元梅先生爲王公家傳言二公當日事大略同獨葛公年譜言公守曉峯嶺葛公守土城此言公守土城而葛公曉峯余志與梅先生傳皆據兩公家狀以書而有此牴牾何哉考城之陷實自曉峯兩家子弟豈心有惡乎是而故爲舛譌者歟抑皆不親目當日事而傳聞失實歟當

二公之殉大臣奏章言葛公死東嶽宮乃據當日諜報所言東嶽宮在土城葛公死實轉戰至竹門山定海縣民徐保求屍以歸其言宜信而諜者第知城危時葛公在東嶽宮則以爲城陷戰士必死其處耳然則葛公之守土城於此乃益有徵且以定海本鎮兵而當土城之衝於事理亦宜然然此皆不足論論其大者則二公皆非所謂折衝疆場有死難不可奪之節者哉且曉峯之陷徒以未得礮耳持飢疲數千之卒捍懸海之危城當敵大隊譬猶徒手以搏豺虎久必力盡而自斃世豈有咎其爲豺虎所爪噬之一臂指而以爲不力者乎夫何足諱而爲之掩也始定海既復夷艅寄泊海壖夷人登岸雜市賈貿易　欽差大臣裕謙執諜者二人憤劓剜焉而張其皮城門夷人大恨聞人言公力戰時中賊礮傷一足乃陷於賊

賊效裕公所爲而糜其屍嗚呼豈不尤慘烈哉三鎭同戰歿而公屍未歸則或此言其可信也司馬遷曰人皆有一死而或輕於鴻毛或重於泰山彼輕重得矣則或一決而死或葅醢而死等死耳乃吾觀古忠臣烈士當其被禍尤烈則後之人尤感激焉抑獨何歟夫人之心必有所之彼之於利祿名位者日顛倒於膏粱文繡酣豢怡悅人見之者且將厭焉而彼方泰然自以爲得也忠臣烈士崎嶇險難或展轉刀鋸鼎鑊之閒淺夫陋人攢眉蹙額以謂大慼至相悲泣亦安知夫受之者不心甘焉如人奔走於塵暍儵然而乘清風出浮雲以遊乎壒壒之表猶夫利祿名位之徒之泰然方自以爲得耶孔子曰求仁而得仁人能各得其所欲得而又何憾焉公任壽春尤得軍士心壽春天下雄師驍勇善戰公所將數百人至定海

多從戰歿罕生歸者吾故因讀公傳論傳所不及而
竝著之以備史官採錄云

方存之歸樵集序方宗誠字存之安徽桐城人生員官直隸棗强縣知縣有柏堂文集

際隆盛之時處文物之地席豐厚之勢華衣鮮食以
養體使令婢僕以適意絃歌揖讓以習其儀度道古
評今以昌其言辭筋骨無所勞心志無所苦嗜好無
所拂如此成學宜易矣然而俊才美士往往陷溺其
中而不克自振禍患與裁害至傾覆流離險阻艱難
之備受阨於人困於天岌岌乎身無所復之口無所
控訴父子兄弟凜凜然莫必其命以視向之所處幾
若遊萬仞之山而墜於百尺之深淵然古之志士仁
人以及文章之士其德業之盛技藝之工反多成立
於此時何哉無紛華以眩其目無靡曼以蔽其耳無
驕淫詐巧以蕩其心意而又日閱歷乎天道之循環

人事之變化物窮則反本動忍久而才智自生也里
人張君少習爲詩而未成及避亂舒南山中遂專力
於詩饑寒勞頓不廢積之至數百篇今年春歸寓桐
之西山又作詩二卷曰歸樵集以示余且屬爲敘始
君居城北有小園饒花木之盛累世積古書至數萬
卷畫數百軸多前賢校讎題跋手墨燦然里中知名
士時往觀之而君尊人尤好余常招至小園縱飲論
詩文甚樂也閒攜酒肴招遊龍眠谷林之閒繪圖賦
詩優遊不倦今城陷數年不惟君家之園亭書籍俱
沒於賊卽龍眠谷林亦迥非曩日之舊君之尊人墓
草宿矣一切俱歸夢幻獨君之詩益多而日精嗟乎
外物不可保而惟得於心者可以歷世變而不磨不
於斯可見邪君家既素封今詩日進而窮乃日甚君
雖不以此廢業而常有不平之鳴余觀天地之化春

夏之交百物蕃庶氣象萬千煥乎若不可遏然此乃元氣之所以散也秋冬之際草木黃落肅殺嚴凝之氣塞乎兩間對之愁慘生焉而不知此正天之所以斂其元氣元精歸根而復命然則前日之豐亨不足念而今日之窮困固無足憂也君其益養其心而日昌其學焉可矣咸豐丁巳秋九月

方存之龍潭丁氏族譜敘

往者衡陽彭雪琴宮保洎今相國合肥李公俱各以文儒從曾文正公倡率義師繼膺　簡命秉節鉞開府東南芟夷大難立不世之勳及天下既平則又皆以敬宗收族爲心捐資修譜俱屬宗誠爲攷定譜法宗誠謂二公曰譜以紀實當以近而可信者爲宗其得姓受氏之祖以及歷代名人則但攷其淵源而不可以入譜恐其非吾祖而或鄰於誣也二公以爲然

於是皆斷以始遷之祖爲一世祖自是而下支分派別有眷有倫蓋古之君子進則舍身忘家輔世長民而不及其私退則修內政立家法敦宗睦族而不忘其祖其義一也若夫以一人之身而兼修家國之政既致身報君撥亂世而反之正而於王事靡盬不遑啓處之中仍以尊祖敬宗爲懷稽古徵實以立譜法是豈非忠孝兼至仁義俱盡者與合肥丁樂山方伯少以書生懷大節當粵逆之亂淮南北羣寇四起卽能立堡捍禦以衞鄉族後從李公贊畫軍事平吳越復率鄉兵數萬人從平捻逆於齊魯燕趙之閒功成解兵歸農將承其先祖之志剏修族譜以治家政適曾文正公總督直隸知其賢奏遣治軍於保定未幾奉 簡命備兵天津天津爲夷舶輻輳之區中外交涉釁端易起而江浙閩海運艘亦聚集於茲加以連

年水災饑民數十萬環在境內非深識大體仁心爲質而智勇兼資者不足以鎭撫之也公隨李公駐天津任大責重雖欲告歸修政於家時有所不能義有所不可乃令族子功烈並延六安陳君子勳歸里爲詳稽博訪攷實徵信以成族譜復錄其世系大略函質宗誠嗚呼何其愼也攷丁氏得姓受氏之始本於齊丁公後世多居濟陽元季有避亂遷居無爲者其後世有諱士雲者由無爲之獨山遷合肥之龍潭河遂爲龍潭丁氏之所自始今二百餘年歷十餘世尚未有譜故公承祖父榮祿公之命而裒修之雖淵源濟陽無爲而斷自士雲公爲龍潭丁氏之世祖嗚呼是其用心取義又何與彭公李公如一轍也宗誠以庸才爲末吏公忘貴下交以譜來質且屬爲敘宗誠既欽公始能奮迹從戎毅然爲天下除大患及今盡

瘁事　國又上承祖命爲敬宗收族之謀有合於仁義忠孝之道而其譜以始遷之祖近而可信者爲宗尤有當於古法且可爲天下後世則也於是乎書桐城方宗誠謹撰

張廉卿書元后傳後

張裕釗字廉卿湖北武昌人道光丙午舉人官中書有濂亭文集

班氏次元后傳居王莽前著漢之所自亡以尤成帝也烏乎漢外戚之禍由來漸矣於成帝何譏焉自高祖用權謀武力蹈秦項之瑕遂踐天子天下旣定任刀筆之吏爲一切之治不復知治之有本君人者之先自治也是以宮廷之內放無禮度苟任情縱欲而已身沒未幾而呂氏之禍雔焉漢不亡者幸耳自是之後弊制相尋沿習爲故周勃之出郅都之死王信之侯趙綰王臧之廢一自太后主之轅固譏黃老幾

不免。而田竇之獄。雖以天子是魏其不直武安。而不能不絀於東宮。竇嬰灌夫卒就夷滅。孝景用王夫人。廢栗太子。及武帝而戾園且以反誅。衛皇后李夫人出微賤。體至尊而莫有非之者。乃益任衛青霍去病李廣利之徒。北征匈奴西伐大宛。窮兵數十年。海內彫耗。幾且大亂。其實皆以女寵耳。諸侯王化之。外內亂。鳥獸行。滂與紛出。君子有所不忍聞也。陵夷至於成帝。寵趙氏姊弟。以殄其世。益尊崇諸舅。根據盤互。訖爲亂基。哀平之世。傅氏王氏更迭盛衰。壹視母后上下。而元后壽考。王莽獲助。卒傾漢室。君若臣邈不與聞乎道。而治亡其本。禍變之來。豈一日之故哉。昔者先王知治天下之必以其道也。是故謹非幾之戒。重冢宰之職。立宮府之制。嚴內外之治。本身以徵之民。由家而漸之國。於是爲序其父子夫婦長幼尊卑而倫紀正明教化崇禮讓辨等列而禮俗成上下定基局隆固後世以安漢之興也蕭何曹參之徒實爲相國脩法令愼筦籥因陋就簡而已典禮制度且不能上稽之古況至於端本正表治內及外之道其君未之或聞其下又孰有能知之者乎司馬遷之述漢初也有微詞焉後之人尠足以識之耳其後賈生與於孝文之世請改正朔易服色分王諸侯王定經制興禮教諭教太子禮貌大臣信可謂卓然者歟然於君人者修己正家之道無一及焉道之不明也久矣吾於是知劉向之盛稱董生非妄也正身以正朝廷之言正誼明道之說孔孟既沒而程朱未興千餘歲之中孰能與於此哉惜乎武帝之不能用也論醇辭足突過

姚梅

趙菁衫種蘅山館詩序

趙國華字菁衫直隸豐潤人同治癸亥進士山東候補道

有青草堂三集

蠹庋故研單心焦思世所營競轂謝而不顧兀然居散然游居未嘗不吟游未嘗不琅琅然歌自少而壯而老病垂不起而弗之廢口誦斷句以沒此豈有益者哉雖然世之人其冉冉而沒焉者夫何日而不有也而何嘗人之知之也知之矣而何嘗人之思之也知而思思而悲其必非無所操以見於人而能得此於人之心也清苑李先生沒於濟南余友何吟秋哭之哀夫世之人生前苟赫赫未必不得千百人諛頌而一旦而沒則將求一由衷者之涕洟不能可得而先生獨得此於吟秋而吟秋固自重其所施者余知其無濫悲也吟秋語余曰李先生生平爲詩千萬言其孤將以序屬子嗚乎先生之孤余曩與同官嘗因謁先生歲讀先生詩一日余行水亭狹巷閒遇先生

湖上歸短笠輕屨婆娑來持余先生素重聽問答且久乃去既余出爲樂安比歸而先生則不可復見矣顧余於濟南數去數至有時未嘗不思先生也今念吟秋言求於先生家曰種蘅山館詩爲校而釐其尤爲一編蓋先生未嘗有言然以余不忘先生以是知先生之意或亦未必不在余也先生復工詞曰紅豆余所梓明湖四客先生者其一然則先生之令人思者又不獨詩與

趙菁衫聽綠山房詩序

巉巖絕壑窈然以深大石如屋古檝高下朽者無伐潭水渟碧細泉蜒蜿或潏淈草中雜花逸條生落自若乎亦非陸直亦非徑從日至暮終歲之四時天地閒恆有其地而未有人至而人亦不易焉至且語人以可至而人不必樂乎其至强而一至之而亦無樂

乎其久至夫人之生不能無所至者也不至乎此則至乎彼華城雕房肥肉大馬名花官酒高歌靡舞珠繡眯視絲竹塞耳時賓勢客趾舄不絕毀譽盈當途榮辱出頃刻喜怒哀樂一非己有而人顧樂之樂之而豈必乎其至而人顧樂之愈急十其人則十樂之百其人則百樂之而乃有人焉所樂獨有異嘗過余衣垢而中潔貌疎而内恭言山中人則喜余亦至其寓居僻無人室湫若澤草牀一席野石斷玉雜古泉幣枚枚焉枕閒壁則漢武梁石室畫几則唐賈島詩察其言詩意蓋非賈先生不屬也故詩及僧十之九余嘗以詩之道濫主於氣雜力淺觀其所爲趨定而不越所懍奉如嚴師危思苦吟近鮮其匹然則人之成事必無所出入而後的必孜孜不輟而後深不其信與況詩之境大有所謂華城雕房巉巖絕壑者而

以賈為宗則尤為恆情所苦而獨能樂而至而久之豈啻詩之工其懷抱亦軼矣詩曰聽綠山房姓曰翟名曰熙典字曰式文家曰掖縣掖縣之翟世文學而以清業名

吳摯甫寫定今文尚書二十八篇敘（吳汝綸字摯甫安徽桐城人同治乙丑進士官直隸冀州知州）

古尚書百篇今存者二十八篇虞夏商周之遺文可見者盡此矣漢時書多十六篇由時師莫能說不傳卒以亡惜哉惜哉古帝王之事與後世同其所為傳載萬世薄九閡彌厚土不敝壞者非獨道勝亦其文崇奧有以久大之也揚子雲最四代之書以為渾渾爾噩噩灝灝爾彼有以通其故矣由晉宋以來士汩於晚出之偽篇莫復知子雲之所謂獨韓退之氏稱虞夏書亦曰渾渾于商于周獨取其詰屈聱牙者詩

曰惟其有之是以似之信哉其徒李漢敘論六藝又曰書禮剔其僞書之僞蓋自此發且必退之與其徒常所講說云爾而漢誦述之不然漢之智殆不及此聖人者道與文故并至下此則偏勝焉少衰焉要皆有孤詣獨到非可放效而襲似之者知言者可望而決耳吾尤惜近儒考辨僞篇論稍稍定矣至問所謂渾渾者噩噩者灝灝者詰屈而聱牙者其豐然而莫辨猶若也於是寫其文自典謨迄秦繆頗采文字異者著于篇庶綴學之士有以考求揚韓氏之說而得其意焉嗟乎自古求道者必有賴於文而文章與時升降春秋以還丘明所記管晏老氏所言去尚書抑遠矣秦繆區區起邠荒賓諸夏無可言者獨其文萃然躋千載上視三代殆無愧色吾又以知帝王之文之肸蠁于後人者蓋終古不絕息也

自漢氏言尚書有今文古文其別由伏孔二家二家經皆出壁中皆古文而皆以今文讀之歐陽夏侯受伏氏讀不見其壁中書壁中書本古文以傳朝錯入中祕自是今文始盛行吾疑安國與其徒亦故用今文教授孔氏所由起其家用此二家之異在篇卷多寡耳不在文古今也太史公言尚書滋多自孔氏而劉歆議立逸書譏太常以尚書爲備其時膠東庸生遺學亦以多十六篇與中古文同凡前漢人重孔氏學稱古文逸書皆以此及賈馬鄭之徒出乃始斷斷於古文之二十八篇而廢棄其逸十六篇以無師說絕不講朝錯所受壁中書雖朽折至哀帝時尚在孔氏古文若廢棄逸十六篇不講而止傳伏氏所有二十八篇則與朝錯所受書何以異且又何以大遠乎今文邪今文自前漢時立學官有祿利學者習歐陽

夏侯經說之成市而朝錯壁中書僅乃能傳讀而已此同出伏氏一師之所傳盛衰懸絕乃如此其於古文逸書而以不誦絕之誠無足怪若賈馬鄭諸儒者誚歐陽詆夏侯不習博士經不徇祿利背時趨崇古學矣乃亦不誦逸書何歟帝王之文至難得也遭秦焚不盡亡伏氏少失焉而復出於孔子之堂壁可謂至幸是後雖微弱猶尚絲聯繼續彌留四百年而卒廢棄於諸儒崇古學者之手自是以來逸十六篇舍太史公所錄湯誥外無復遺存者矣此可爲深惜者也光緒十三年秋七月桐城吳汝綸記

王鼎丞跋定州牧馬佳君祠碑王定安號鼎丞湖北東湖人同治壬戌舉人現任安徽鳳潁六泗道有空舲文鈔

余讀張太史馬佳祠碑至興復古樂一事喟然曰禮樂之感人微矣哉當道光末造　國家晏清無事士

大夫務爲容悅骫瑣苟且偷婧以圖目前一日之安
及大寇既興一夫倡亂海內靡然騷動矣馬佳夢蓮
氏以世胄作牧定州獨能不詭於俗抉奸殖惠孜孜
於古循吏之所爲政與廢舉民氣大和迺考聲定律
頌容揖讓日與諸生從事於孔子之堂其流風遺韻
歷今三四十年定之人思其德弗衰雖至寇盜縱橫
兵戈擾攘之際誦詩習禮絃歌不輟秩秩彬彬未嘗
以安危易節噫古所謂愛人學道之君子者非耶光
緒七年夏四月公子葛民方伯開藩晉陽先是余權
陳臬事與署方伯松君峻峯遴員赴齊魯閒訪求樂
師不得僅購笙簫琴瑟壎篪柷敔編鐘編磬暨豆登
簠簋若干器以歸於是方伯遣人赴定州延樂工崔
和睦等選晉中聰俊子弟數十輩習其音越明年二
月上丁展祭將事之夕天闓地曠慶雲晻薆星月翯

滈文武庶寮既即位牲潔醑清果芬黍郁笙鏞閒奏鐘鼓鼉鼉鳴麾導於前鼗播於後籥翟風躚干戚雲聚歌者中律舞者中節神靈恍惚來享斯祭禮既成大中丞新鄉衛公甚嘉悅之嗟乎古樂淪亡久矣曲阜孔子故里宗廟在焉而近世無有能習之者定之人乃能存碩果於剝亂之後語云禮失而求諸野不信然歟雖然微馬佳君吾晉人安知古樂之尚有存於今者於是歎公之遺澤及於人者深且遠也

王益吾重刊新安志序

代王先謙字益吾湖南長沙人同治乙丑進士官至國子監祭酒有葵園文鈔

新安山郡也其山西北自嶺嶠下而出於休婺之閒者曰率山登高視之黃山齊雲皆出其肘腋下山水東流爲漸江歸震川汊口志序所稱率山之水北與練溪合爲新安江過嚴陵灘入錢塘者也其西流者

一由祁門達浮梁。一由婺源達鄱陽。爲廬江水山海經曰。三天子鄣。在閩西海北。亦謂之三天子都。浙江廬江皆出焉。酈元本之爲水經注。準今率山。地望適合。而郭璞謂三天子都爲歙東玉山。則以今績溪大鄣山當之誤也。余因思秦於此立鄣郡。蓋取義三天子鄣、爲最古。而自來說地理者。云秦以大鄣名郡。又非也。漢更鄣曰丹陽。其所屬黟歙二縣。迺得後世新安全地郡。孫吳別爲新都郡。晉太康中。改新安。至宋仍其名。羅鄂州始爲之志。觀其敘述有體。徵引賅備。多補前史志傳之闕。洵考古者不可少之書矣。自秦漢迄今。郡邑割併不常。沿革回惑。而吾徽州一府。適符宋代新安屬地之數。余又性好游覽。老耽詞翰。念文獻之不可無徵。而是書之爲山水增重也。爰重刊而序之如此。

王益吾梓湖文集序

巴陵吳南屏先生。嘗自刊所爲文、曰梓湖錄者。歿後二十年。思賢書局鳩貲重刊。先謙獲與校讎之役。迺爲蒐補散佚。得文如干篇。爲卷十二。而謹序其耑曰自咸豐軍興。楚材輩奮。而曾文正左文襄爲之魁。士之有志名業者。莫不走軍壘。依倚取通顯。先生與二公交密。終身未嘗有所求。請文正欲寄以幕府之任。卒謝不往。以舉人大挑司鐸瀏陽。意有不合。即自免去。博觀載籍。洞晰精微。而於古人爲文之道。孤往冥會。意量淵然。常有以自得者。嘗往來岳州城南白鶴山之呂仙亭。君山之九江樓。寓居累月經時。樂而忘返。天容水色。晴曦雨夕。千態萬狀。奔赴几席。時或扶笻而行。揄竿而釣。皆以發其筆墨之趣。所寄愈遠。而文亦愈高矣。始居京師。以文見推於梅郎中曾亮。時梅先生方以桐城文派之說啓導後進其言由國朝姚劉方三君上溯明歸震川氏以嗣音唐宋爲古文正宗先生顧謂文必得力於古書不當建一先生之言以自隘其後曾公爲文敘述文派稱引及先生遂與友人書極論之所以自別異甚力蓋先生之文詞高體潔實能自進於古而世俗尋聲逐影之說無所係於其心故觀其爲文與其人之生平足以壯獨行之胸而激懦夫之氣可不謂卓然雄俊君子與吾楚近日功名之塗日開而山林遺逸世或罕能留意敘斯集而傳之使知如先生之全於天者尤可貴也柈湖者洞庭支流所入俗狀而呼之曰銅柈湖水經湘水注所稱同柈口也先生居與近因自號柈湖漁叟云

奏議類

孫錫公三習一弊疏

孫嘉淦字錫公山西興縣人康熙癸巳進士官至協辦大學士諡文定

臣一介庸愚學識淺陋荷蒙風紀重任日夜悚惶思竭愚夫之千慮仰贊高深於萬一而數月以來捧讀
上諭仁心仁政愷切周詳凡臣民之心所欲而口不敢言者　皇上之心而已　皇上之心仁孝誠敬加以明恕豈復尚有可議而臣猶欲有言者正於心無不純政無不善之中而有所慮焉故過計而預防之也今夫治亂之循環如陰陽之運行坤陰極盛而陽生乾陽極盛而陰始事當極盛之際必有陰伏之機其機藏於至微人不能覺而及其既著遂積重而不可返此其間有三習焉不可不慎戒也　主德清則

臣心服而頌仁政多則民身受而感出一言而盈廷、稱聖發一令而四海謳歌在臣民原非獻諛然而人君之耳則熟於此矣耳與譽化匪譽則逆故始而匡拂者拒繼而木訥者厭久而頌揚之不工者亦絀矣是謂耳習於所聞則喜諛而惡直上愈智則下愈愚上愈能則下愈畏趨蹌諂脅顧盼而皆然免冠叩首應聲而卽是在臣工以爲盡禮然而人君之目則熟於此矣目與媚化匪媚則觸故始而倨野者斥繼而嚴憚者疏久而便辟之不巧者亦忤矣是謂目習於所見則喜柔而惡剛敬求天下之士見之多而以爲無奇也則高己而卑人愼辦天下之務閱之久而以爲無難也則雄才而易事質之人而不聞其所短返之己而不見其所過於是乎意之所欲信以爲不踰令之所發概期於必行矣是謂心習於所是則喜從而惡違三習既成乃生一弊何謂一弊喜小人而厭君子是也今夫進君子而退小人豈獨三代以上知之哉雖叔季之主臨政願治孰不思用君子且自智之君各賢其臣孰不以爲吾所用者必君子而決非小人乃卒於小人進而君子退者無他用才而不用德故也德者君子之所獨才則小人與君子共之而且勝焉語言奏對君子訥而小人佞諛則與耳習投矣奔走周旋君子拙而小人便辟則與目習投矣即課事考勞君子孤行其意而恥於言功小人巧於迎合而工於顯勤則與心習又投矣小人挾其所長以善投人君溺於所習而不覺審聽之而其言入耳諦觀之而其貌悅目歷試之而其才稱乎心也於是乎小人不約而自合君子不逐而自離夫至於小人合而君子離其患豈可勝言哉而揆厥所由皆三習爲

之蔽焉治亂之機千古一轍可考而知也我　皇上
聖明首出無微不照登庸耆碩賢才彙升豈惟並無
此弊亦並未有此習然臣正及其未習也而言之設
其習既成則有知之而不敢言抑或言之而不見聽
者矣今欲預除三習永杜一弊不在乎外惟在乎心
故臣願言　皇上之心也語曰人非聖人孰能無過
此淺言也夫聖人豈無過哉惟聖人而後能知過惟
聖人而後能改過孔子曰五十以學易可以無大過
矣大過且有小過可知也聖人在下過在一身聖人
在上過在一世書曰百姓有過在予一人是也文王
之民無凍餒而猶視以爲如傷惟文王知其傷也文
王之易貫天人而猶望道而未見惟文王知其未見
也賢人之過賢人知之庸人不知聖人之過聖人知
之賢人不知欲望人之繩愆糾謬而及於所不知難

已故望　皇上之聖心自懍之也危微之辨精而後知執中難允懷保之願宏而後知民隱難周謹幾存誠返之己而真知其不足老安少懷驗之世而實見其未能夫而後歆然不敢以自是不敢自是之意流貫於用人行政之閒夫而後知諫諍切磋者愛我良深而諛悅爲容者愚己而陷之阱也耳目之習除而便辟善柔便佞之態一見而若浼取舍之極定而嗜好宴安功利之說無緣以相投夫而後治臻於郅隆化成於久道也不然而自是之根不拔則雖斂心爲慎慎之久而覺其無過則謂可以少寬勵志爲勤勤之久而覺其有功則謂可以稍慰夫賢良輔弼海宇昇平人君之心稍慰而欲少自寬似亦無害於天下而不知此念一轉則嗜好宴安功利之說漸入耳而不煩而便辟善柔便佞者亦熟視而不見其可憎久

而習焉忽不自知而爲其所中則黑白可以轉色而東西可以易位所謂機伏於至微而勢成於不可返者此之謂也是豈可不慎戒而預防之哉書曰滿招損謙受益又曰德日新萬邦爲懷志自滿九族乃離大學言見賢而不能舉見不賢而不能退至於好惡拂人之性而推所由失皆因於驕泰滿與驕泰者自是之謂也由此觀之治亂之機轉於君子小人之進退進退之機握於人君一心之敬肆能知非則心不期敬而自敬不見過則心不期肆而自肆敬者君子之招而治之本肆者小人之媒而亂之階也然則沿流溯源約言蔽義惟望我　皇上時時事事常存不敢自是之心而天德王道舉不外於此矣語曰狂夫之言而聖人擇焉臣幸生　聖世昌言不諱故敢竭其狂瞽伏惟　皇上包容而垂察焉則天下幸甚此疏

乾隆元年上。曾文正公鳴原堂論文云。乾隆初。鄂張兩相國當國。蔡文勤輔翼聖德。文高宗聰明天亶如旭日初升。四海清明。每詔諭頒示中外。識者以比之典謨誓誥。獨孫文定公以不自是匡弼聖德。可謂憂盛危明。以道事君者矣。此疏純廟御宇六十年。盛德大業。始終不懈。未必非此疏裨助高深厥後嘉慶元年。道光元年。臣僚皆鈔此疏進呈至道光三十年。文宗登極。壽陽相國祁寯藻亦鈔此疏進呈。余在京時聞諸士友多稱此疏為本朝奏議第一。余以其文氣不甚高古。稍忽易之。近年細加紬繹。其所云以三習一弊。凡中智以上。大抵皆蹈此弊。而不自覺。而所云自是之根不拔。黑白可以轉色。東西可以易位。亦非絕大智慧猛加省惕者。不能道。余與沅弟忝竊高位。多聞諛言。所謂三大習者。余自反實所難免。沅弟屬官較少。此習較淺。然亦不可不預為之防。吾昆弟各錄一通於座右。亦小宛詩人邁征之道也。

曾滌生遵議大禮摺 道光三十年正月二十八日

奏為遵 旨敬謹詳議事。正月十六日。 皇上以 大行皇帝硃諭遺命四條內無庸 郊配 廟祔二條。令臣工詳議具奏。臣等謹於二十七日集議。諸臣皆以 大行皇帝功德懿鑠。 郊配既斷不可易。 廟祔尤在所必行。直道不泯。此天下之公論也。臣國

藩亦欲隨從衆議退而細思 大行皇帝諄諄誥誡
必有精意存乎其中臣下鑽仰 高深苟窺見萬分
之一亦當各獻其說備 聖主之博采竊以爲 遺
命無庸 廟祔一條考古準今萬難遵從無庸 郊
配一條。則不敢從者有二。不敢違者有三焉。所謂無
庸 廟祔一條萬難遵從者何也古者祧廟之說乃
爲七廟親盡言之間有親盡而仍不祧者則必有德
之主世世宗祀不在七廟之數若殷之三宗周之文
武是也 大行皇帝於 皇上爲 禰廟本非七廟
親盡可比而論 功德之彌綸又當與 列祖 列
宗同爲百世不祧之室豈其弓劍未忘而烝嘗遽別
且諸侯大夫尚有廟祭況以 天子之尊敢廢 升
祔之典。此其萬難遵從者也。所謂無庸 郊配一條
有不敢從者二何也古聖制禮亦本事實之既至而

情文因之而生　大行皇帝仁愛之德同符大造偶
遇偏災立頒帑項年年賑貸薄海含哺粒我烝民后
稷所以配天也御宇三十年無一日之暇逸無須臾
之不敬純亦不已文王所以配上帝也既已具合撰
之實而欲辭　升配之文則普天臣民之心終覺不
安此其不敢從者一也歷考　列聖升配惟　世祖
章皇帝係由御史周季琬奏請外此皆繼統之　聖
人特旨舉行良由上孚　昊眷下愜民情毫無疑義
也行之既久遂爲成例如　大行皇帝德盛化神即
使無例可循臣下猶應奏請況乎成憲昭昭曷敢踰
越傳曰君行意臣行制在　大行皇帝自懷謙讓之
盛意在大小臣工宜守國家之舊制此其不敢從者
二也所謂無庸　郊配一條有不敢違者三何也
壇壝規模尺寸有定乾隆十四年重加繕修一甎一

石皆考律呂之正義按九五之陽數增之不能改之不可 七廟配位各設青幄當初幄制闊大乾隆三年量加收改今則每幄之內僅容豆籩七幄之外幾乏餘地我 大行皇帝慮及億萬年後或議增廣乎壇壝或議裁狹乎幄製故定為限制以 身作則俾世世可以遵循今論者或謂西三幄之南尚可添置一案暫為目前之計不必久遠之圖豈知人異世而同心事相沿而愈久今日所不敢言者亦萬世臣子所不敢言者也今日所不忍言者亦萬世臣子所不忍言者也經此次 硃諭之嚴切盈廷之集議尚不肯裁決遵行則後之人又孰肯冒天下之不韙乎將來必至修改基址輕變舊章此其不敢違者一也古來祀典興廢不常或無其祭而舉之或有其禮而罷之史冊所書不一而足唐垂拱年間郊祀以高祖太

宗高宗竝配後開元十一年從張說議罷太宗高宗
配位宋景祐年閒郊祀以藝祖太宗真宗竝配後嘉
祐七年從楊畋議罷太宗真宗配位我　朝順治十
七年合祀　天地日月星辰山川於　大享殿奉
太祖　太宗以配厥後亦罷其禮祀典改議乃古今
所常有我　大行皇帝慮億萬年後愚儒無知或有
援唐宋罷祀之例妄行陳奏者不可不預爲之防故
硃諭有曰非天子不議禮以爲一經斷定則巍然
七幄與　天長存後世增配之議尚且不許罷祀之
議更何自而興所以禁後世者愈嚴則所以尊　列
祖者愈久此其討慮之周非三代制禮之聖人而能
如是乎　大行皇帝以制禮之聖人自居臣下何敢
以尋常之識淺爲窺測有尊崇之虛文無謀事之遠
慮此其不敢違者二也我　朝以孝治天下而　遺

命在所尤重康熙二十六年　孝莊文皇后遺命云
願於遵化州孝陵近地擇吉安厝當時臣工皆謂遵
化去　太宗昭陵千有餘里不合祔葬之例我　聖
祖仁皇帝不敢違　遺命而又不敢違成例故於孝
陵旁近建　暫安奉殿三十餘年未敢竟安　地宮
至雍正初始敬謹蕆事嘉慶四年　高宗純皇帝遺
命云廟號無庸稱祖我仁宗睿皇帝謹遵　遺命故
雖乾隆中之豐功大烈而　廟號未得　祖稱載在
會典先後同揆矣此次　大行皇帝遺命惟第一條
森嚴可畏若不遵行則與我　朝家法不符且　硃
諭反覆申明無非自處於卑屈而處　列祖於崇高
此乃大孝大讓亙古之盛德也與其以尊崇之微忱
屬之臣子孰若以莫大之盛德歸之君父此其不敢
違者三也臣竊計　皇上仁孝之心兩者均有所歉

然不奉　升配僅有典禮未備之歉遽奉　升配既有違　命之歉又有將來之慮是多一歉也一經大智之權衡無難立判乎輕重　聖父制禮而　聖子行之必有默契於精微不待臣僚擬議而後定者臣職在秩宗誠恐不詳不慎　皇上他日　郊祀之時上顧　成命下顧萬世或者怵然難安則禮臣無所辭其咎是以專摺具奏干瀆　宸嚴不勝惶悚戰慄之至謹　奏

曾滌生應　詔陳言摺　道光三十年三月初二日

奏爲應　詔陳言事二月初八日奉　皇上諭令九卿科道有言事之責者於用人行政一切事宜皆得據實直陳封章密奏仰見聖德謙沖孜孜求治臣竊維用人行政二者自古皆相提并論獨至我　朝則凡百庶政皆已著有　成憲既備既詳未可輕議今

日所當講求者惟在用人一端耳方今人才不乏欲作育而激揚之端賴我　皇上之妙用大抵有轉移之道有培養之方有考察之法三者不可廢一請爲我　皇上陳之所謂轉移之道何也我朝　列聖爲政大抵因時俗之過而矯之使就於中順治之時瘡痍初復民志未定故　聖祖繼之以寬康熙之末久安而吏弛刑措而民偷故　世宗救之以嚴乾隆嘉慶之際人尚才華士騖高遠故　大行皇帝斂之以鎮靜以變其浮誇之習一時人才循循規矩準繩之中無有敢才智自雄鋒芒自逞者然有守者多而有猷有爲者漸覺其少大率以畏葸爲愼以柔靡爲恭以臣觀之京官之辦事通病有二曰退縮曰瑣屑外官之辦事通病有二曰敷衍曰顢頇退縮者同官互推不肯任怨動輒請　旨不肯任咎是也瑣屑者利

析錙銖不顧大體察及秋毫不見輿薪是也敷衍者裝頭蓋面但計目前剜肉補瘡不問明日是也顢頇者外面完全而中已潰爛章奏粉飾而語無歸宿是也有此四者習俗相沿但求苟安無過不求振作有爲將來一有艱鉅 國家必有乏才之患我 大行皇帝深知此中之消息故亟思得一有用之才以力挽頹風去年京察人員數月之內擢臬司者三人擢藩司者一人蓋亦欲破格超遷整頓積弱之習也無如風會所趨勢難驟變今若遽求振作之才又恐躁競者因而倖進轉不足以收實效臣愚以爲欲使有用之才不出範圍之中莫若使之從事於學術漢臣諸葛亮曰才須學學須識蓋至論也然欲人才皆知好學又必自我 皇上以身作則乃能操轉移風化之本臣考 聖祖仁皇帝登極之後勤學好問儒臣

逐日進講寒暑不輟。萬壽聖節不許間斷。三藩用兵亦不停止。召見廷臣。輒與之往復討論。故當時人才濟濟。好學者多。至康熙末年。博學偉才大半皆
聖祖教諭而成就之。今皇上春秋鼎盛。正與
聖祖講學之年相似。臣之愚見。欲請俟二十七月後舉行逐日進講之例。四海傳播。人人嚮風。召見臣工。與之從容論難。見無才者。則勗之以學。以痛懲模稜罷軟之習。見有才者。則愈勗之以學。以化其剛愎刻薄之偏。十年以後。人才必大有起色。一人典學於宮中。羣英鼓舞於天下。其幾在此。其效在彼。康熙年間之往事。昭昭可觀也。以今日之委靡因循。而期之以振作。又慮他日之更張僨事。而澤之以詩書。但期默運而潛移。不肯矯枉而過正。蓋轉移之道。其略如此。所謂培養之方何也。凡人才未登仕版者。姑不

具論其已登仕版者如內閣六部翰林院最爲薈萃之地將來內而卿相外而督撫大約不出此八衙門此八衙門者人才數千我　皇上不能一一周知也培養之權不得不責成於堂官所謂培養者約有數端曰教誨曰甄別曰保舉曰超擢堂官之於司員一言嘉獎則感而圖功片語責懲則畏而改過此教誨之不可緩也榛棘不除則蘭蕙減色害馬不去則騏驥短氣此甄別之不可緩也嘉慶四年十八年兩次令部院各保司員此保舉之成案也雍正年間甘汝來以主事而賞人參放知府嘉慶年間黃鉞以主事而充翰林入　南齋此超擢之成案也蓋嘗論之人才譬之禾稼堂官之教誨猶種植耘耔也甄別則去其稂莠也保舉則猶灌溉也　皇上超擢譬之甘雨時降苗勃然興也堂官常常到署譬之農夫日日田

閒乃能熟悉稽事也。今各衙門堂官。多 內廷行走之員。或累月不克到署。與司員恆不相習。自掌印主稿數人而外。大半不能識面。譬之嘉禾稂莠。聽其同生同落於畎畝之中。而農夫不問。教誨之法無聞。甄別之例亦廢。近奉 明詔保舉。又但及外官。而不及京秩。培養之道。不尚有未盡者哉。自頃歲以來。六部人數日多。或二十年不得補缺。或終身不得主稿。內閣翰林院員數。亦三倍於前。往往十年不得一差。不遷一秩。固已英才摧挫矣。而堂官又多在 內廷。終歲不獲一見。如吏部六堂。 內廷四人。禮部六堂。 內廷四人。戶部六堂。皆置 內廷。翰林兩掌院。皆置 內廷。在諸臣隨侍 御園。本難分身入署。而又或兼攝兩部。或管理數處。爲司員者。畫稿則匆匆一面。白事則寥寥數語。縱使才德俱優。曾不能邀堂官之

一顧又焉能達　天子之知哉以若干之人才近在
眼前不能加意培養甚可惜也臣之愚見欲請　皇
上稍爲酌量每部須有三四堂不入直　內廷者令
其日日到署以與司員相砥礪翰林掌院亦須有不
直　內廷者令其與編檢相濡染務使屬官之性情
心術長官一一周知　皇上不時詢問某也才某也
直某也小知某也大受不特屬官之優劣粲然畢呈
卽長官之淺深亦可互見旁考參稽而八衙門之人
才同往來於　聖主之胸中彼司員者但令姓名達
於　九重不必升官遷秩而已感激無地矣然後保
舉之法甄別之例次第舉行乎舊章　皇上偶有超
擢則楩柟一升而草木之精神皆振蓋培養之方其
略如此　所謂考察之法何也古者詢事考言二者並
重近來各衙門辦事小者循例大者請　旨本無才

猷之可見則莫若於言考之而　召對陳言　天威
咫尺又不宜喋喋便佞則莫若於奏摺考之矣　國
家定例內而九卿科道外而督撫藩臬皆有言事之
責各省道員不許專摺謝　恩而許專摺言事乃十
餘年閒九卿無一人陳時政之得失司道無一摺言
地方之利病相率緘默一時之風氣有不解其所以
然者科道閒有奏疏而從無一言及　主德之隆替
無一摺彈大臣之過失豈君爲堯舜之君臣皆稷契
之臣乎一時之風氣亦有不解其所以然者臣考
本朝以來匡言　主德者孫嘉淦以自是規　高宗
袁銑以寡慾規　大行皇帝皆蒙　優旨嘉納至今
傳爲美談糾彈大臣者如李之芳參劾魏裔介彭鵬
參劾李光地厥後四人皆爲名臣亦至今傳爲美談
自古直言不諱未有盛於我朝者也今　皇上御極

之初又　特詔求言而　褒答倭仁之論臣讀之至於抃舞感泣此誠太平之象然臣猶有過慮者誠見我　皇上求言甚切恐諸臣紛紛入奏或者條陳庶政頗多雷同之語不免久而生厭彈劾大臣攫長攻訐之風又不免久而生厭臣之愚見願　皇上堅持聖意借奏摺爲考核人才之具永不生厭斁之心涉於雷同者不必交議而已過於攻訐者不必發鈔而已此外則但見其有益初不見其有損人情狃於故常大抵多所顧忌如　主德之隆替大臣之過失非　皇上再三誘之使言誰肯輕冒不韙如藩臬之奏事道員之具摺雖有定例久不遵行非　皇上再三迫之使言又誰肯立異以犯督撫之怒哉臣亦知內外大小羣言並進即浮僞之人不能不雜出其中然無本之言其術可以一售而不可以再試　朗鑑

高懸豈能終遁方今考九卿之賢否但憑　召見之
應對考科道之賢否但憑三年之京察考司道之賢
否但憑督撫之考語若使人人建言參互質證豈不
更爲核實乎臣所謂考察之法其略如此三者相需
爲用並行不悖臣本愚陋頃以議禮一疏荷蒙　皇
上天語褒嘉感激思所以報但憾識見淺薄無補萬
一伏求　皇上憐其愚誠俯賜　訓示幸甚謹　奏

曾滌生敬陳　聖德三端預防流弊摺 咸豐元年四月二十六日

奏爲敬陳　聖德仰贊　高深事臣聞美德所在常
有一近似者爲之淆辨之不早則流弊不可勝防故
孔門之告六言必嚴去其六弊臣竊觀　皇上生安
之美德約有三端而三者之近似亦各有其流弊不
可不預防其漸請爲我　皇上陳之臣每於祭祀侍
儀之頃仰瞻　皇上對越肅雍跬步必謹而尋常蒞

事亦推求精到此敬慎之美德也而辨之不早其流
弊爲瑣碎是不可不預防人臣事君禮儀固貴周詳
然苟非朝祭大典難保一無疏失自去歲以來步趨
失檢廣林以小節被參道旁叩頭福濟麟魁以小節
被參內廷接 駕明訓以微儀獲咎都統暫署惠豐
以微儀獲咎在 皇上僅予譴罰初無苛責之意特
恐臣下誤會風旨或謹於小而反忽於大且有謹其
所不必謹者行禮有儀注古今通用之字也近來避
皇上之嫌名乃改爲行禮禮節朔望常服既經臣
部奏定矣而去冬忽改爲貂褂 御門常服挂珠既
經臣部奏定矣而初次忽改爲補褂以此等爲尊
君皆於小者謹其所不必謹則於國家之大計必有
疏漏而不暇深求者矣夫所謂國家之大計果安在
哉即如廣西一事其大者在位置人才其次在審度

地利又其次在愼重軍需今發往廣西人員不爲不
多而位置之際未盡妥善姚瑩年近七十曾立勳名
宜稍加以威望令其參贊幕府若泛泛差遣委用則
不能收其全力嚴正基辦理糧臺而位卑則難資彈
壓權分則易致牽掣夫知之而不用與不知同用之
而不盡與不用同諸將既多亦宜分爲三路各有專
責中路專辦武宣大股西路分辦泗鎭南太東路分
辦七府一州至於地利之說則 欽差大臣宜駐劄
橫州乃可以策應三路糧臺宜專設梧州銀米由湖
南往者暫屯桂林以次而輸於梧由廣東往者暫屯
肇慶以次而輸於梧則四方便於支應而寇盜不能
劫掠今軍興一載外間既未呈進地圖規畫全勢而
內府有康熙輿圖乾隆輿圖亦未聞樞臣請出與
皇上熟視審計至於軍需之說則捐輸之局萬不

可開於兩粵捐生皆從軍之人捐資皆借湊之項展轉挪移仍於糧臺乎取之此三者皆就廣西而言今日之大計也即使廣西無事而凡爲臣子者亦皆宜留心人材亦皆宜講求地利亦皆宜籌畫

國計圖其遠大即不妨略其細微漢之陳平高祖不問以決獄唐之房杜太宗惟責以求賢誠使我

皇上豁達遠觀罔苛細節則爲大臣者不敢以小廉曲謹自恃不敢以尋行數墨自取竭蹶必且穆然深思求所以宏濟於艱難者臣所謂防瑣碎之風其道如此又聞

皇上萬幾之暇頤情典籍游藝之末亦法前賢此好古之美德也而辨之不細其流弊徒尚文飾亦不可不預防自去歲求言以來豈無一二嘉謨至計究其歸宿大抵皆以無庸議三字了之間有特被

獎許者

手詔以褒倭仁未幾而疏之萬里之外

優

旨以答蘇廷魁未幾而斥爲亂道之流是鮮察言之實意徒飾納諫之虛文自道光中葉以來朝士風氣專尚浮華小楷則工益求工試律則巧益求巧翰詹最優之途莫如 兩書房行走而保薦之時但求工於小楷者閣部最優之途莫如軍機處行走而保送之時但取工於小楷者衡文取士大典也而考差者亦但論小楷試律而不復計文義之淺深故臣常謂欲人才振興必使士大夫考古來之成敗討 國朝之掌故而力杜小楷試律工巧之風乃可以崇實而黜浮去歲奏開日講意以人臣陳說古今於黼座之前必不敢不研求實學蓋爲此也今 皇上於軍務倥偬之際仍舉斯典正與康熙年三藩時相同然非從容 召見令其反覆辨說恐亦徒飾虛文而無以考核人才目前之時務雖不可妄議 本朝之成憲

獨不可稱述乎。皇上於外官來京屢次召見。詳加考核。今日之翰詹。卽異日之督撫司道也。甫脫乎小楷試律之閒。卽與以兵刑錢穀之任。又豈可但觀其舉止便捷。語言圓妙。而不深究其眞學眞識乎。前者臣工奏請刊布御製詩文集。業蒙允許。臣考高宗文集刊布之年。聖壽已二十有六。列聖文集刊布之年。皆在三十四十以後。皇上春秋鼎盛。若稍遲數年再行刊刻。亦足以昭聖度之謙沖。且明示天下以敦崇實政。不尚虛文之意。風聲所被。必有樸學興起。爲國家任棟梁之重。臣所謂杜文飾之風。其道如此。臣又聞皇上娛神淡遠。恭己自怡。曠然若有天下而不與焉者。此廣大之美德也。然辨之不精。亦恐厭薄恆俗。而長驕矜之氣。尤不可以不防。去歲求言之詔。本以用人與行政幷舉。乃近

來兩次　諭旨皆曰黜陟大權朕自持之在　皇上
之意以爲中無纖毫之私則一章一服皆若奉天以
命德初非自執己見豈容臣下更參末議而不知天
視自民視天聽自民聽　國家設立科道正民視民
聽之所寄也　皇上偶舉一人軍機大臣以爲當左
右皆曰賢未可也臣等九卿以爲當諸大夫皆曰賢
未可也必科道百僚以爲當然後爲　國人皆曰賢
黜陟者　天子一人持之是非者　天子與普天下
人共之　宸衷無纖毫之私可以謂之公未可謂之
明也必國人皆曰賢乃合天下之明以爲明矣古今
人情不甚相遠大率戇直者少緘默者多　皇上再
三誘之使言尚且顧忌濡忍不敢輕發苟見　皇上
一言拒之誰復肯干犯　天威如禧恩之貪黷曹履
泰之汙鄙前聞物論紛紛久之竟寂無彈章安知非

畏雷霆之威而莫敢先發以取罪哉自古之重直臣
非特使彼成名而已蓋將借其藥石以折人主驕侈
之萌培其風骨養其威稜以備有事折衝之用所謂
疾風知勁草也若不取此等則必專取一種諧媚輭
孰之人料其斷不敢出一言以逆耳而拂心而稍有
鋒鋩者必盡挫其勁節而銷鑠其剛氣一旦有事則
滿廷皆疲苶沓泄相與袖手一籌莫展而後已今日
皇上之所以使賽尚阿視師者豈不知千金之弩
輕於一發哉蓋亦見在廷他無可恃之人也夫平日
不儲剛正之士以培其風骨而養其威稜臨事安所
得人才而用之哉目今軍務警報運籌於一人取決
於俄頃 皇上獨任其勞而臣等莫分其憂使廣西
而不遽平固中外所同慮也然使廣西遽平而 皇
上意中或遂謂天下無難辦之事眼前無助我之人

此則一念驕矜之萌尤微臣區區所大懼也昔禹戒舜曰無若丹朱傲周公戒成王曰無若殷王受之迷亂舜與成王何至如此誠恐一念自矜則直言日覺其可憎佞諛日覺其可親流弊將靡所底止臣之過慮實類乎此此三者辨之於早祇在幾微之閒若待其弊既成而後挽之則難爲力矣臣謬玷卿陪幸逢
聖明在上何忍不竭愚忱以仰裨萬一雖言之無當然不敢激切以沽直聲亦不敢唯阿以取容悅伏惟 聖慈垂鑒謹 奏

曾滌生李續賓死事甚烈功績最多摺 咸豐九年正月十一日

奏爲巡撫銜浙江藩司李續賓死事甚烈功績最多恭摺奏祈 聖鑒事竊臣於上年十月聞皖北三河鎮官軍失利比念李續賓剛烈性成必已見危致命惟相距過遠未悉其死事情形玆據其胞弟李續宜

稟稱李續賓自攻克潛太舒桐四縣後遵　旨進攻廬州因三河鎮爲舒廬衝要賊築僞城一座堅壘九座九月二十八日進紮三河十月初二日親攻九壘下之適粵逆陳玉成率大股賊自六合廬江來援捻逆張樂行率大股賊自廬州來援衆十餘萬晝夜兼程直趨金牛鎮連營數十里鈔大軍後路李續賓所部除留防九江及舒桐外隨征不過五千餘人又攻壘血戰銳卒損傷過多遂飛調防兵策應未及至而賊已來逼初十日派隊迎擊金牛鎮戰樊家渡已獲全勝忽左路出賊數萬乘霧來鈔我軍迴戈返鬭前後受敵參將彭友勝游擊胡廷槐饒萬福等力戰死之餘皆截阻不能歸營李續賓自領親兵救應而僞城之賊復出與援賊相合我軍四面被圍初更時最後兩營李續燾彭祥瑞越壘衝出於是賊踞其壘斷

我軍去路或勸以突圍退保無難再振李續賓曰某
在軍前後數百戰每出隊即不望生還今日固必死
此有不願從死者請各爲計各員弁皆跪泣曰某等
願從公以死報 國不願去李續賓具衣冠望 闕
叩首二鼓向盡怒馬直出赴悍賊林立處死之臣胞
弟曾國華及何忠駿何裕王揆一李續藝吳立蓉萬
斛源等皆死之而副將李存漢道員孫守信運同丁
銳義等猶督守孤壘以俟桐城援兵至十三日亥刻
子藥水米俱盡孫守信等死之十九日賊攻桐城李
存漢趙友財謝嗣湘李景均等死之桐城復陷凡湘
軍員弁兵役隨李續賓死者近六千人十一月三河
附近紳民從賊中覓得李續賓尸骸潛送霍山迎至
黃州即將返葬湘鄉各等情稟報到臣伏查李續賓
戰績自咸豐三年赴援江西克復太和安福永興有

江西湖南奏報四五兩年攻克岳州武漢廣信等處有臣國藩奏報六七八等年攻克武漢九江皖北各處有官文胡林翼等奏報各在案此次死事之烈官文等必詳奏請　卹惟臣與李續賓從事較久相知頗深有不得不瀆陳於　聖主之前者李續賓初援江西爲謝夢草營中幫辦嗣隨羅澤南征勦各處循循弟子退然若無所知不自表異人亦未有以異之逮岳州大橋之戰塔齊布獨稱湘勇白旗爲無敵賊亦深畏白旗白旗者李續賓所部右營也旣而田家鎭之役以少勝衆九江之敗士卒多逃散獨右營勇丁依依不去然後衆稱其賢得士心矣猶復粥粥無能轉戰江西岳鄂之閒經過州縣不見一客稠人廣坐不發一語自楚軍之興人人皆以節烈相高或涅臂自盟或歃血共誓慷慨陳詞預相要約李續賓獨

默然深藏初不預作激烈自許之言然忠果之色見於眉閒遠近上下皆有以信其大節之不苟臣所立湘勇營制編隊立哨略仿古法計事授糈皆有定程行之既久各營時有變更惟李續賓守法五年始終不變嘗謂臣曰立法者但求大致妥善行法者當於小處彌縫臣初定湘營餉項稍示優裕原冀月有贏餘以養將領之廉而作軍士之氣李續賓統營既多歷年已久節省贏餘及廉俸至數萬金不寄家以自肥概留備軍中非常之需咸豐六年冬曾寄銀五千兩於南昌濟臣糧臺之急七年冬又寄銀萬兩至吉安濟臣弟曾國荃一軍又寄二千兩至貴溪濟李元度一軍此外贏餘銀兩亦皆量力濟人不忍他軍饑而己軍獨飽往者故撫臣江忠源嘗論兵勇利病勇則畛域不分而患其蹤迹無定此之所革彼之所收

兵則尺籍有定而患其界限太分勝不相讓敗不相救兵則規矩較肅而患無陷陣剛猛之風勇則銳氣較新而患無上下等威之辨故用兵以和爲貴用勇以嚴爲貴李續賓馭下極寬終年不見愠色而弁勇有罪往往揮涕而手刃之甲寅十月在田家鎮斬退怯之勇臣奏牘稱其有名將之風故刑人無多而歲久無敢弛慢至於臨陣之際專以救敗爲務以顧全大局爲先遇賊則讓人禦其弱者而自當其悍者分兵則以彊者予人而攜弱者以自隨或攜隨數次弱者漸彊矣則又另帶新營以自隨江楚諸軍每言肯攜帶弱兵肯臨陣救人者前惟塔齊布後惟李續賓此次三河之敗亦由所部彊兵分留湖北分撥臣處分防九江分駐桐城而多攜弱者以自隨其仁厚在此其致敗亦未始不由乎此此軍民所尤感泣不忘

者也臣昔觀李續賓厚重少文百戰無挫私心慰幸以爲可躋　中興福將之列不意大難未夷長城遽隕督臣官文等具奏請　卹想蒙　聖慈矜鑒臣與李續賓同縣姻戚不敢飾辭溢美亦不敢沒其忠勳謹就夙昔所知瀆陳　宸聽伏乞　皇上聖鑒飭付國史館查照施行謹　奏

曾滌生通籌全局請添練馬隊摺（咸豐九年正月一日）

奏爲遵　旨通籌全局並陳近日軍情仍請添練馬隊以圖進取恭摺奏祈　聖鑒事竊臣前調蕭啟江一軍赴援贛南張運蘭一軍進攻景德鎮並遵　旨斟酌援皖事宜於十二月十一日恭摺馳奏在案嗣承准軍機大臣字寄咸豐八年十二月初八日奉上諭王懿德奏請飭曾國藩暫緩移師留張運蘭一軍保衛閩境一摺曾國藩援閩之師前因所部兵勇

多染疾疫。暫駐建昌調度。徐圖拔隊繼進。嗣值李續賓全軍失利。皖北賊勢披猖。經駱秉章奏請飭令該侍郎移師援皖。留蕭啓江所帶四千餘人防守江西。當經諭令曾國藩。倘因汀州等處。尚須兵力。江西景德鎮大股匪徒。尚未盡殲。未能卽日由楚入皖。令其斟酌情形具奏。茲據王懿德奏接曾國藩咨稱。擬率卽選道張運蘭等軍。赴楚勦辦。該督以閩省賊熾兵單。連城尚被占踞。接壤之饒州寧都等府州紛紛告警。專賴曾國藩大軍鎮定邊陲。其前部張運蘭一軍。已抵邵武轄境。正資協勦。未可撤回。所奏亦係實情。著曾國藩通籌大局。如閩省賊匪猶賴援軍。卽將張運蘭一軍。暫留攻勦。與王懿德會商辦理。至湖北防堵。現已周備。惟皖南北粵捻麕聚。有須兵力。而江西地方。尚有大股賊匪。該侍郎亦難舍近而圖遠。仍著

斟酌調度可也將此由六百里各諭令知之欽此臣
才識短淺何足以規畫全局就近處數省而論則安
徽軍務最爲喫重江西次之福建又次之皖南中界
一山皖北中隔一湖兩路賊勢臣前疏已詳悉具奏
近聞福建之賊尚踞連城江西之賊竄入南安贛州
戒嚴定南崇義相繼失守以臣愚見連城之賊閩省
兵力應足了之南贛之賊人數尚多悍者較少非一
枝客軍所能猝辦必須本省兵力輔以團練方可徐
起有功惟安徽賊黨其氛甚惡其患方長大凡官軍
與賊此消則彼長彼消則此長斷無中立之理我能
進而勦賊則賊將竭力禦我不暇他竄我不能進而
勦賊則賊將乘隙犯我旁出四溢皖南無進勦之師
則賊必東犯浙江皖北無進勦之師則賊必北犯齊
豫故就一隅觀之則江西之南贛福建之連城均是

賊黨均須兵力不可舍近而圖遠就全局觀之則兩利相形當取其重兩害相形當取其輕又不得不舍小而圖大舍其枝葉而圖其本根誠使大江兩岸各置重兵水陸三路鼓行東下勦皖南則可分金陵之賊勢卽可紓浙江之隱憂勦皖北則可分廬州之賊勢卽可紓山東河南之隱憂方今湖北全省肅清然與皖境處處緊接防不勝防者莫如湖北據上游之勢能制皖賊之死命者亦莫如湖北臣與官文胡林翼等熟商就現在之兵力稍加恢廓北岸須添足馬步三萬人都興阿李續宜鮑超等任之中流現有水師萬餘人楊載福彭玉麟任之南岸須添足馬步二萬人臣率蕭啓江張運蘭等任之三道並進夾江而下幸而得手進占十里則賊蹙十里之勢進占百里則賊少百里之糧卽不甚得手而上游之勢旣重卽

下游之賊不得不以全力禦我其於金陵廬州兩大營均足以抽釜底之薪而增車外之輔此遵 旨通籌全局宜併力大江兩岸之微意也至臣處近日軍情蕭啓江一軍自石城拔營南赴雩都據臬南贛各屬賊蹤蔓延力難兼顧臣批令專救贛州以保要郡不必旁顧他處張運蘭一軍自臘月十七日馳抵景德鎮十九日吳國佐小挫一次二十七日張運蘭大勝一次開仗情形由臣另摺具報贛州居江西之極南景德鎮居江西之極北相距千有餘里臣駐建昌距兩軍亦各五六百里調度不靈轉運不便且兩處皆孤軍深入賊衆兵單日夜焦思無師可濟臣前次摺尾聲明蕭啓江之軍或留防南路或隨臣北行容俟續行具奏近日詳加體察顧此則失彼顧南則失北與其懸心兩地不若專力一方已咨商江西撫臣

者齡請其另調勁軍以勦南贛兼辦團練以散脅從臣卽專辦北路調回蕭啓江一軍歸併饒州彭湖等處在江西則臣管北邊者齡管南邊在皖楚則臣攻南岸都興阿等攻北岸地有分防斯責無旁貸師有定向斯士無二心免致到處牽掣一無所成此臣處近日軍情擬調蕭啓江幷赴北路之微意也臣往歲在軍未聞賊匪能用馬隊近聞粵匪常以馬隊衝鋒捻匪則馬匹尤多李續賓三河之敗卽係賊馬數千爲湘軍向來所未見昨吳國佐景德鎭之挫亦爲賊馬所眩今欲整頓陸軍不得不添設馬隊東三省馬隊天下勁旅根本所在不敢多爲奏調臣與湖北督臣撫臣緘商擬由官文等奏調察哈爾馬二千匹請

旨飭上駟院押解來南潁亳一帶有善騎之勇可

募名曰馬勇應卽添練新馬隊二千餘騎與都興阿

之舊隊相輔而行於九江湖口等處擇平原曠野馳騁而操習之惟以南人而騎北馬以勇丁而學弓箭非倉卒所能奏效臣願竭數月之力朝夕講求從容訓練期於成熟而止練成之後以二千匹交江北隸都興阿舒保等麾下以五百匹交江南隸臣麾下以壯步軍之氣而寒賊黨之膽餘剩馬匹游牧於黃州鞍轡等具設局於九江以備隨時添補更換之用仰仗　皇上威福茲事若成皖豫等省軍務可期大有起色此添置馬隊臣願自任教練之微意也溯自咸豐六年洪楊內亂河北肅清武漢再克臣方慶幸以爲大難計日可平不謂遷延歲月粵匪未靖捻匪復滋餉項有日竭不支之勢將士有久疲思退之心若非奮發精神變換局面將有類乎古人所謂惰氣歸氣者不得不改絃更張亟思所以振之區區愚忱謹

就近三省軍事遵　旨通籌全局恭摺覆奏伏乞

皇上聖鑒逐條訓示施行謹　奏晉之伐吳。隋之平陳。皆以武漢荊襄爲根本。當時南北兩岸。無今日千里勍敵。所籌祇中江一路。猶用衆至數十萬。公此摺亦略師古意。而事勢艱難。百倍過之。中興規模。實具於此。所謂運籌決勝。不待金陵告克。而已知賊不足平矣。

曾滌生預籌三支水師摺 咸豐十年五月十七日

奏爲預籌三支水師俟皖南賊勢稍定即行分投試辦恭摺奏祈　聖鑒事竊臣自聞蘇州失守之信即以京倉無漕爲慮旋奉　命署理江督海漕係職分中事日夜焦灼猝無良策曾於本月初三日附片具奏在案迄今又踰旬日不知新任江蘇巡撫　簡放何人駐紮何地其力能設法辦漕以濟京倉與否無從函商查淮揚之裏下河產米最多而鹽場爲大利所在若改爲就場征課經理得宜較之近年所入可多得銀百萬兩以外如果蘇松久陷不能辦漕或於

裏下河辦米解京或於鹽課中籌巨款實銀解京專供京倉買米之用亦足以濟權變而固根本然欲保下河之米場竈之鹽非於淮安多造戰船急辦水師實有岌岌不可保之勢昨淮安徽撫臣咨到奏稿亦以保裏下河爲言湖北撫臣胡林翼七次寄函皆勸臣奏辦水師以保鹽場淮揚二郡自古稱爲澤國北有長淮南有大江中有洪澤邵伯高郵寶應諸湖運鹽串場人字芒稻諸河巨浸支流互相灌注一片汪洋若能造戰船二三百號多購洋礮精選將弁則不特可以保下河之米場竈之鹽亦且可以輔揚州之陸軍使逆賊不敢北犯助臨淮之陸軍使川路不至梗塞此淮揚水師急宜籌辦之情形也

賊之守金陵也以安慶廬州爲犄角以太平蕪湖爲護衛蕪湖之南有固城南漪丹陽石臼諸湖上則通於寧國之水

陽江青弋江下則止於東壩掘東壩而放之則可經太湖歷蘇州以達於婁江古之所謂中江者也蕪湖孤懸水中賊匪守之則易官軍攻之則難是以五年血戰不能得手而黃池灣沚屢次失利皆以全無水師之咎臣愚以爲欲克金陵必須先取蕪湖欲取蕪湖必於寧國另立一支水師徧布固城南漪等湖之中寧國水師攻其內大江水師攻其外如七年攻破湖口之例庶幾蕪湖可克而東西梁山可期以次恢復此寧國水師急宜籌辦之情形也逆匪堅忍善守各路奏報皆有同辭官兵圍攻屢年往往因水路無兵不能斷其接濟從前武昌九江臨江吉安等城之拔實亦舟師之功居其少半側聞紅單師船體質笨重非大江狂風不能起椗又不能接應陸戰不能巡哨汊河金陵所以久而無功亦由水師一面始終不

得絲毫之助。今蘇州既失。面面皆水。賊若阻河為守。陸軍幾無進兵之路。城外幾無紮營之所。臣愚以為欲攻蘇州。須於太湖另立一支水師。浙江無事。宜於杭州造船。浙江有警。亦宜於安吉孝豐等處造船。必使太湖盡為我有。而後西可通寧國之氣。東可拊蘇州之背。而陸師亦得所依附。此太湖水師急宜籌辦之情形也。此三者皆目前之急務。如力不能兼。則先辦淮揚及寧國二支。如力仍不逮。則專辦淮揚一支。蓋蘇省財賦之區。淪陷殆徧。僅留下河之米。場竈之鹽。若不設法保全。則東南之利盡棄矣。臣自咸豐三年奉
旨辦理水師。閱歷頗久。而三處皆臣管轄之地。鹽漕皆臣應辦之事。義無可辭。責無可貸。頃已專丁至
欽差大臣袁甲三軍營函詢淮安等處。尚有木料可以造船者否。其寧國安吉亦當派人前往察

看木料之多寡船工之難易至礮位一宗擬即日派員賚銀至廣東購買洋礮五百尊由大庾嶺過山以達江西而出湖口又由英霍等縣過山以達固始而出長淮計往返須五月有奇程途雖遠而限期必嚴搬運雖艱而志在必行是否有當伏乞 聖慈詳明指示屢據探報逆首陳玉成欲由徽州竄擾江西臣進駐徽境與張芾一軍聯絡防剿俟鮑超張運蘭及左宗棠新募之勇次第到齊將皖南布置稍定立腳粗穩臣或輕騎馳赴淮安監辦水師或奏派大員赴淮辦理屆時再行奏明請 旨遵行所有預籌二支水師俟皖南賊勢稍定分投試辦緣由恭摺馳奏伏乞 皇上聖鑒訓示謹 奏

曾滌生歷陳湖北撫臣勳績摺 咸豐十一年十月十四日

奏爲湖北撫臣忠勤盡瘁勳績最多恭摺奏祈 聖

鑒事竊前湖北撫臣胡林翼由翰林起家游歷外任咸豐五年三月蒙　先皇帝特達之知由貴州道員不及半載擢署湖北巡撫當是時武漢已三次失陷湖北州縣大半淪沒各路兵勇潰散殆盡胡林翼坐困於金口洪山一帶勞身焦思不特無兵無餉亦且無官無幕自兩司以至州縣佐雜皆遠隔北岸數百里外一錢一粟皆親作書函向人求貸情詞深痛殘破之餘十不一應至發其益陽私家之穀以濟軍食士卒爲之感動會湘勇自江西援鄂軍勢日振六年十一月攻克武漢以次恢復黃州等郡縣論者以爲鄂省巡撫可稍息肩矣胡林翼不少爲自固之計悉師越境圍攻九江又分兵先救瑞州督撫之以全力援勦鄰省自湖北始也九江圍勦年餘相持不下中閒石達開自江西窺鄂陳玉成自皖北犯鄂者三次

胡林翼終不肯撤九江之圍。回救本省之急。或親統一軍。肅清蘄黃。或分遣諸將。驅掃皖豫。卒能克復九江。殺賊淨盡。爲東南一大轉機。洊功甫蕆。復奏明以全鄂之力。辦皖北之賊。迨李續賓覆軍於三河。胡林翼先以母喪歸籍。未滿百日。聞信急起。痛哭誓師。不入衙署。進駐黃州。論者又以李續賓良將新逝。元氣未復。但可姑保吾圉。不宜兼顧鄰封。胡林翼不以爲然。驚魂甫定。即派重兵越二千里。援解湖南寶慶之圍。援湘之師未返。又議大舉圖皖。是時臣國藩方奉入蜀之　命。胡林翼留臣共圖皖疆。先滅髮匪。保三吳之財賦。雪數天之公憤。繪圖數十紙。分致臣與官文暨諸路將領。晝夜諮謀。十年春間。大戰於潛山太湖。相繼克之。遂定圍攻安慶之策。親駐太湖督勦。本年五月。回援鄂省。病中猶屢寄臣書。縷陳勿撤皖圍。

力勦援賊之策故安慶之克臣前奏推胡林翼為首
功此非微臣私議蓋在事文武所共知亦　大行皇
帝所洞鑒也大凡良將相聚則意見紛歧或道義自
高而不免氣矜之過或功能自負而不免器識之偏
一言不合動成水火近世將材推湖北為最多如塔
齊布羅澤南李續賓都興阿多隆阿李續宜楊載福
彭玉麟鮑超等胡林翼均以國士相待傾身結納人
人皆有布衣昆弟之歡或分私財以惠其室家寄珍
藥以慰其父母前敵諸軍求餉求援竭蹶經營夜以
繼日書問餽遺不絕於道自七年以來每遇捷報之
摺胡林翼皆不具奏惟推官文與臣處主稿偶一出
奏則盛稱諸將之功而己不與焉其心兢兢以推讓
僚友扶植忠良為務外省盛傳楚師協和親如骨肉
而於胡林翼之苦心調護或不盡知此臣所自媿昔

時之不逮而又憂後此之難繼者也。軍興以來各省
皆以餉絀爲慮。湖北三次失守。百物蕩盡。乙卯丙辰
之際。窮窘極矣。自荆州搉鹽各府抽釐。鄂中稍足自
存。胡林翼綜覈之才。冠絕一時。每於理財之中。暗寓
察吏之法。咸豐三年。部定漕米變價。每石折銀一兩
三錢。而各省州縣。照舊浮收。加至數倍。鄂省竟有每
石十數千者。上下因之交困。胡林翼於七年春閒。創
議減漕嚴裁冗費。　先皇帝硃批獎諭。謂其不顧情
面。袪百年之積弊。甚屬可嘉。統計湖北減漕一項。每
年爲民閒省錢一百四十餘萬串。爲帑項增銀四十
二萬兩。又節省提存銀三十一萬餘兩。利　國利民。
但不利於中飽之蠹。向來各衙門陋規臺局浮費革
除殆盡。州縣征收正課。不准浮取毫釐。亦不准借催
科政拙之名。爲猾吏肥私之地。各卡委員。日有訓。月

有課批答書函娓娓千言以爲取民贍軍使商賈皆知同仇而敵愾是卽所以教忠多入少出使局員皆知潔己而奉公是卽所以興廉貞白之士樂爲之用欺飾之徒譴責亦重故湖北瘠區養兵六萬月費至四十萬之多而商民不疲吏治日懋斯又精心默運非操切之術所得與也自頃八月以來安慶克復江鄂肅清方幸全局振興便可長驅東下不圖大功未竟長城遽頹湖廣督臣官文奏請將胡林翼 敕部優卹諒蒙 聖慈矜鑒臣與該故撫共事日久相知頗深咸豐四年曾奏稱胡林翼之才勝臣十倍近年遇事諮詢尤服其進德之猛不敢阿好溢美亦不敢沒其忠勤謹將該故撫以死勤事大略情形據實瀆陳伏乞 飭付國史館查照施行胡林翼之子胡子勳讀書聰慧可否 加恩之處出自逾格 鴻慈所

有湖北撫臣忠勤盡瘁緣由恭摺附驛馳奏伏乞
皇上聖鑒訓示謹　奏

曾滌生金陵克復全股悍賊悉數殲滅摺同治三年六月二十三日

奏爲克復金陵全股悍賊盡數殲滅恭報詳細情形
仰祈　聖鑒事竊照官軍攻克金陵業經浙江撫臣
曾國荃將大概情形於十六日亥刻會同臣等馳奏
在案茲據曾國荃十九日咨稱此次攻城勦洗老巢
之難與悍賊拚死鏖戰之苦實爲久歷戎行者所未
見自得天堡城後城中防守益密地堡城扼住隘路
百計環攻無隙可乘直至五月三十日始經李祥和
羅逢元王遠和黃潤昌陳壽武熊上珍王仕益等率
隊攻克占取龍脖子山陰居高臨下勢在掌握自六
月初一日起各營輪流苦攻傷亡極多李臣典偵知

城內米麥尚足支持數月又見我軍地道三十餘穴都已無成官軍五萬餘人筋力將疲若不趁此攻克事久變生深爲可懼李臣典願率吳宗國等從賊礮最密之處重開地道蕭孚泗黃潤昌熊登武王遠和願距城十數丈修築礮台數十座通派各營隊伍刈割溼蘆蒿草堆綑山積上覆沙土左路地勢甚高利於聲攻右路地勢極低利於潛攻如是者半月未嘗一刻稍休肉薄相逼損傷精銳不可勝數總兵陳萬勝王紹羲郭鵬程等素稱驍將數日之內次第陣亡尤堪惋惻十五夜四更地道裝藥之時曾國荃與李臣典正在洞口籌商一切忠酋李秀成突出死黨數百人由太平門傍城根直犯地道大壘別從朝陽門東角出數百人裝官軍號衣持火彈延燒各礮壘及附近溼蘆蒿草官軍久勞之後夜深幾爲所乘賴伍

維壽、李臣典、黃廷爵、張詩日、堵住左路。殲賊無算。彭毓橘、熊上珍、陶立忠、等堵殺右路。擒斬亦多。幸克保全洞口。十六早。嚮明。曾國荃將四路隊伍。調齊預飭各軍。穩站牆濠。嚴防衝突。惟將太平門。龍膊子一帶自黎明攻至午刻。李臣典報地道封築口門。安放引線。曾國荃懸不貲之賞。嚴退後之誅。劉連捷、朱洪章武明良、伍維壽、熊登武、陳壽武、李臣典、張詩日、各率營官。席地敬聽。願具軍令狀。誓死報

國。遂傳令。郎刻發火。霹靂一聲。揭開城垣二十餘丈。煙塵蔽空。磚石滿谷。武明良、伍維壽、朱洪章、譚國泰、劉連捷、張詩日、沈鴻賓、羅雨春、李臣典等。皆身先士卒。直衝倒口而入。各弁勇蟻附齊進。銳不可當。而左路城頭之賊。以火藥傾盆燒我士卒。死者甚衆。大隊因之稍卻。經彭毓橘、蕭孚泗、李祥和、蕭慶衍、蕭開印、等以大刀手

刃數人由是弁勇無一退者而武明良伍維壽朱洪章劉連捷譚國泰張詩日等各率隊伍登龍廣山與右路太平門之賊排列轟擊移時賊乃卻退李祥和王仕益從太平門月城攻入羣賊知此次地道缺口不復似前次之可以堵禦矣維時官軍分四路勦擊王遠和王仕益朱洪章羅雨春沈鴻賓黃潤昌熊上珍等進擊中路攻僞天王府之北劉連捷張詩日譚國泰崔文田等進擊右路由臺城趨神策門一帶適朱南桂朱維堂梁美材等亦率隊從神策門地道之旁梯攻而入相與會合齊進兵力益厚直鏖戰至獅子山奪取儀鳳門其中左一路則有彭毓橘率羅朝雲趙清河黃東南與武明良武明善武義山等由內城舊址直擊至通濟門左路則有蕭孚泗熊登武蕭慶衍蕭開印李蕭致祥周恆禮李泰山蕭清世蕭恆

書朱吉玉趙太和劉長槐蕭上林等分途奪取朝陽
洪武二門城上守陴城門守樓之賊及附近一帶賊
隊悉被殺戮其抄截疾馳各路同一神速其留兵置
守各門同一布置此十六日地道成功城中鏖戰及
東北兩路抄勦之情形也方我軍大隊之抵龍廣山
也西南守陴之賊猶植立未動迨奪取朝陽門賊始
亂次而羅逢元張定魁彭椿年張光明楊西平何鳴
高彭光友熊紹濂羅興祥葉必信等各率所部從聚
寶門之西舊地道缺口仰攻而入李金洲胡松江朱
文光武交清劉湘南易孔昭戴名山張正榮等率隊
從通濟門月城緣梯而上而陳湜易良虎易良豹龍
清垣率吳隆海張葉江晏恭山馮盛德陳汝俊劉定
發各營則猛攻旱西水西兩門月城僞忠王李秀成
方率死黨狂奔將向旱西門奪路衝出適爲陳湜大

隊所阻遏乃仍轉回清涼山江南提督黃翼升率許
雲發等水師各營攻奪中關攔江磯石壘乘勝猛攻
濱江之城遂與陳湜易良虎等奪取水西旱西兩門
將守賊殲盡由是全城各門皆破大勢已定日色將
瞑陳湜易良虎遙見忠酋賊隊隱匿西南房屋如鱗
之內益飭所部嚴防賊衝彭毓橘置守聚寶門通濟
門李臣典李祥和扼守太平門黃潤昌王遠和朱洪
章等見星收隊結爲圓陣站立龍廣山稍資休息此
水陸各軍攻克西南兩城及分守要隘預防賊股衝
突之情形也方朱洪章等與賊搏戰於僞天王府城
北之時沈鴻賓周恆禮袁大升等率隊從左路捲旗
疾趨繞僞城之東設伏出奇爲擒渠掃穴之計迨朱
洪章戰馬帶傷悍賊隱扼石橋我軍隊伍不能飛越
城河繞僞城之西當日暮苦戰之後正兵收隊龍廣

山而伏兵深入由僞城之東逶迤而南不能收隊時已三更矣僞忠王傳令羣賊將天王府及各僞王府同時舉火焚燒僞宮殿火藥沖霄烟燄滿城袁大升周恆禮沈鴻賓等見僞殿前南門突出悍賊千餘人執持軍器洋槍向民房街巷而去知是洪逆竄至民房遂率隊腰截擊之殺賊七百餘人奪僞玉璽二方金印一方寬廣約七寸即洪酋僭用之印也其僞宮殿侍女縊於前苑內者不下數百人死於城河者不下二千餘人其時僞城火已燎原不可嚮邇街巷要道賊均延燒塞衢官軍以暮夜路徑生疏不能巷戰遂收隊站城此十六夜攻破僞天王內城斃賊極多之情形也是夜四更有賊一股假裝官軍號衣號補手持軍器洋槍約千餘人向太平門地道缺口衝突經崑字湘後左右各營截擊多用火桶火彈焚燒人

馬死者已多約尚有六七百人騎馬衝出向孝陵衛定林鎮一路而逃伍維壽楊鉀南陶立忠等率馬隊跟追曾國荃一聞騎賊裝扮官軍逃出之信即加派張定魁李泰山黃萬鵬黃廷爵等馬隊七百騎追之幷飛咨溧水東壩句容各守將會合追勦直至十九日酉刻伍維壽黃萬鵬等回營面稟追至湻化鎮生擒偽烈王李萬材帶領前進追至湖熟鎮見逃賊在前當經馬隊圍住全數斬刈未留一人又追至溧陽據百姓言前路幷無賊蹤經過曾國荃親訊李萬材供稱城破後偽忠王之兄巨王幼西王幼南王定王崇王璋王乘夜衝出被官軍馬隊追至湖熟橋邊將各頭目全行殺斃更無餘孽又據城內各賊供稱首逆洪秀全實係本年五月閒官軍猛攻時服毒而死瘞於偽宮院內立幼主洪福瑱重襲偽號城破後偽

幼主積薪宮殿舉火自焚等語應俟偽宮火熄挖出洪秀全逆尸查明自焚確據續行具奏至偽忠王李秀成一犯城破受傷匿於山內民房十九夜提督蕭孚泗親自搜出并搜擒王次兄洪仁達二十日曾國荃親訊供認不諱應否檻送京師抑或即在金陵正法咨請定奪其餘兩廣兩湖江北多年悍賊十七十八等日曾良佐周光正鄧吉山劉泰財聶福厚譚信高胡克安朱連甲王春華黎冠湘彭維祥陳萬合朱連泗謝三洪李臣榮彭玉堂劉金蘭等分投搜殺三日之間斃賊共十餘萬人秦淮長河屍首如麻凡偽王偽主將天將及大小酋目約有三千餘名死於亂軍之中者居其半死於城河溝渠及自焚者居其半三日夜火光不息至十九日尚有賊踞高屋之巔以洋槍狙擊官軍者此馬隊窮追逸出之賊及搜剿首

逆。幷羣賊之情形也。現在派營救火。掩埋賊尸。安置難民婦女。料理善後事宜。百緒繁興。竊念金陵一軍圍攻二載有奇。前後死於疾疫者萬餘人。死於戰陣者八九千人。令人悲涕。不堪回首。仰賴 皇上威福迄今乃得收寸效等情。由曾國荃咨報前來。臣等伏查洪逆倡亂粵西。於今十有五年。竊據金陵。亦十二年。流毒海內。神人共憤。我 朝武功之盛。超越前古。屢次削平大難。焜燿史編。然如嘉慶川楚之役。蹂躪僅及四省。淪陷不過十餘城。康熙三藩之役。蹂躪尚止十二省。淪陷亦第三百餘城。今粵匪之變。蹂躪竟及十六省。淪陷至六百餘城之多。而其中凶酋悍黨。如李開方守馮官屯。林啓容守九江。葉芸來守安慶。皆堅忍不屈。此次金陵城破。十餘萬賊無一降者。至聚衆自焚而不悔。實爲古今罕見之劇寇。然卒能次

第蕩平。剗除元惡。臣等深維其故。蓋由我 文宗顯
皇帝盛德宏謨。早裕戡亂之本。 宮禁雖極儉嗇。而
不惜鉅餉以募戰士。名器雖極愼重。而不惜破格以
獎有功。 廟算雖極精密。而不惜屈己以從將帥之
謀。 皇太后 皇上守此三者。悉循舊章。而加之去
邪彌果。求賢彌廣。用能誅除僭僞。蔚成中興之業。臣
等忝竊兵符。遭逢際會。旣痛我 文宗不及目覩獻
馘告成之日。又念生靈塗炭。爲時過久。惟當始終愼
勉。掃蕩餘匪。以蘇孑黎之困。而分 宵旰之憂。此次
應獎應卹人員。另繕清單。籲懇 恩施。臣國藩拜摺
後。卽行馳赴金陵。李秀成洪仁達應否獻俘。俟到金
陵後。察酌具奏。所有金陵克復全股悍賊盡數殲滅
緣由。謹會同陝甘總督臣楊岳斌。兵部侍郎臣彭玉
麟。江蘇巡撫臣李鴻章。浙江巡撫臣曾國荃。恭摺由

驛六百里加緊馳奏伏乞　皇太后　皇上聖鑒訓
示謹　奏按此摺前銜與官文公聯名

曾滌生通籌滇黔大局摺同治四年三月十五日

奏爲遵　旨通籌滇黔大局恭摺覆陳仰祈　聖鑒
事竊臣承准議政王軍機大臣字寄同治四年二月
二十六日奉　上諭滇黔慘遭蹂躪十有餘年誰非
朝廷赤子豈忍坐視其顛危而不一拯救惟以東南
未盡盪平西北尤關緊要是以徵兵籌餉不得不先
清腹地再顧邊陲茲幸江浙肅清東南底定張亮基
身任黔撫自不得不爲滇黔籌畫曾國藩等前奏遣
撤楚勇能否派員酌帶赴黔交張亮基調遣及各省
釐金能否酌量先爲分撥若干以資接濟之處著曾
國藩李鴻章妥爲區畫等因欽此又奉三月初四日
上諭此時滇中軍務未平紀綱廢弛非有督撫大

員帶兵入滇相機勦撫不足挽回全局林鴻年現擬
進紮昭東保全完善以期節節前進第餉項支絀寔
後跋前仍恐於事無益官文曾國藩等素顧大局務
當與吳昌壽李瀚章等各就本省情形於撥解西征
餉銀外每月可以協解滇餉若干酌定數目迅速奏
明辦理等因欽此仰見　皇上廑念民瘼綏靖邊徼
之至意臣查滇省於天下爲最遠黔省於天下爲最
貧當此事局糜爛之餘實有鞭長莫及之勢然　聖
主紹承大統雖在新疆萬里之外猶且尺土在所必
爭一民在所必救況滇黔尚屬內地豈得不力圖遠
略規復舊基自古行軍之道不一而進兵必有根本
之地籌餉必有責成之人故言謀江南者必以上游
爲根本謀西域者必以關內爲根本理有固然古今
不易臣愚竊謂謀滇當以蜀爲根本卽以籌餉責之

四川總督謀黔當以湘爲根本卽以籌餉責之湖南巡撫蜀之南多與滇鄰湘之西多與黔鄰進勦卽所以自防勢有不得已者義亦不得而辭惟旣令其專謀一方則不能兼顧他省試就湖南論之近年西勦貴州東防江西本省之兵爲數不少而又有東征一局以巨款解濟皖吳此外又有滇捐之局黔捐之局江西捐局浙江捐局各處之籌餉愈多則本省之進款愈少斷不能大有所爲上年惲世臨派周洪印戈鑑等進勦貴州連克古州都江上江天柱四城黔民已有來蘇之望當時若能乘勢進取北勦鎮遠南攻都勻卽可與貴陽省城通氣勞崇光等亦不至坐困若此因湖南餉項無幾惲世臨不敢募勇添營大舉深入致負黔人之望今　皇上慨然遠慮思出黔民於水火飭臣與李鴻章妥爲區畫新任撫臣李瀚章

本在臣營六年之久又係李鴻章之胞兄金陵同湘之將蘇軍得力之員多與李瀚章相知相信若令選將練兵專圖黔事必可次第奏功但東征局既裁之後只能酌添本省之釐以濟平黔之餉不能多供甘肅更不能分濟雲南謀一則情專餉分則力薄此謀黔之一說也又就四川論之近年肅清本省協濟外省亦已悉索敝賦杼軸久空成都去滇省近三千里萬山叢雜兵多則糧運極艱兵少則回匪難制即竭蜀力以圖雲南尚恐無濟又況川北之保寧龍安須以重兵防甘肅之賊川南之酉陽瀘州須以重兵防貴州之賊其勢不能專事滇境而盡棄他處然滇省孤懸南徼惟四川相距稍近昭通東川二府康熙以前本隸四川雍正年間始隸雲南　皇上不忍棄滇民於化外舍蜀別無下手之方倘使四川督臣能兼

督辦滇省軍務之銜。或竟赴敘州駐紮半年。調度一切。每月專解滇餉四五萬。撫臣林鴻年進紮昭東。庶幾有恃無恐。而文武兵勇之相從入滇者。去其有往無歸之懼。乃可鼓其立功殺賊之心。數月之後。果能於昭東立定脚跟。修明政事。滇民感　天子之不棄遐陬。信撫臣之足資保障。相率來歸。共圖勦回之法。然後開銅廠以興鼓鑄。造戰船以利轉運。或可挽回全局。此又謀滇之一說也。臣亦知湘蜀兩省物力有限。然非湖南節節進勦。則守黔省者將因援盡而終陷。非四川月月饋運。則進昭通者將因糧絕而仍退。後此愈難措手矣。張亮基欲徵兵於蘇皖。林鴻年欲分餉於長沙。其用心良苦。而其成效難期。倘蒙　皇上俯采臣言。以黔事責之湘撫。以滇事責之川督。則甘肅之餉。應責成江蘇江西浙江湖北四省。臣等均

不敢有所推諉所有遵　旨通籌滇黔軍務緣由謹
繕摺由驛五百里覆奏伏乞　皇太后　皇上聖鑒
訓示謹　奏

左季高覆陳交收伊犂條約必不可許摺 光緒五年　月　日

左宗棠字季高湖南湘陰人道光壬辰舉人官至東閣大學士二等恪靖侯謚文襄有盾鼻餘瀋及奏議一百二十卷

奏為遵　旨覆陳仰祈　聖鑒事竊臣於九月初九日欽奉八月二十三日　上諭總理各國事務衙門奏籌辦交收伊犂事宜請飭疆臣覆議一摺據稱連接崇厚電報內稱約章現皆定議崇厚定於八月初八日起身赴黑海畫押後卽由南洋回京覆命幷將現議條約十八款摘要知照詳加覆核償費一節尚不過多通商則事多轇轕分界則弊難枚舉亟宜籌畫布置迅圖補救各等語崇厚出使俄國固以索還

伊犂爲重而界務商務關繫國家大局者自應熟思
審處計出萬全且疊經總理各國事務衙門電致崇
厚若照來緘有礙大局節略內竝言所損已多斷不
可行該大臣尤應遵照辦理設法與之辯論乃竟任
其要求輕率定議殊不可解現在俄約既經議定其
第七款所稱中國接收伊犂後陬爾果斯河西及伊
犂山南之帖克斯河歸俄屬第八款所稱塔城界址
擬稍改照同治三年擬定之界又於西境南境劃出
地段不少從此伊犂勢成孤立控守彌難況山南劃
去之地內有通南八城要路兩條關繫回疆全局尤
非淺鮮至第十款於舊約喀什噶爾庫倫設領事官
外增出嘉峪關烏里雅蘇台科布多哈密吐魯番烏
魯木齊古城七處亦欲酌設領事第十四款竝有俄
商運俄貨走張家口嘉峪關赴天津漢口過通州西

安漢中運土貨回國同路之語不特口岸過多弁與華商生計亦有妨礙允行則實受其害先允復翻則曲仍在我自應設法挽回以維全局左宗棠於新疆情形瞭如指掌金順錫綸久在西北各路諳習邊情且西路通商應如何布置始能害少利多左宗棠必有權衡至張家口漢口係南北洋分轄地方所有通商諸務亦應彼此通籌著左宗棠金順錫綸將界務商務各條款悉心酌覈李鴻章沈葆楨素顧大局除商務各條詳加籌畫外其界務如何辦理若必不可允則邊防尤宜及時籌辦各等語此事一出一入關係綦重左宗棠督辦軍務事權歸一尤當通籌全局權其利害輕重一併核議密速具奏原摺片均著鈔寄閱看將此由六百里各密諭知之欽此同日欽奉

八月二十四日　上諭昨因總理各國事務衙門奏

崇厚與俄國商辦交收伊犂事宜輕率定議畫押當
經諭令左宗棠等籌畫密奏本日據左宗棠奏覆陳
邊務一摺所陳界務商務大略及妨民病國各條慮
遠思深洵屬老成之見特崇厚現已定議畫押事機
已誤惟有亟籌補救設法挽回著左宗棠懍遵昨日
諭旨將商務界務如何辦理始臻周妥之處或約章
必不可允邊防一切如何布置始無患生肘腋之虞
詳細籌度妥議具奏等因欽此跪誦之餘敬悉我
皇上軫念邊陲勤求馭遠方略　聖謨廣運明照無
遺曷勝欽服竊維　國家建中立極東南濱海西北
以崐崙枝幹爲界畫向與俄羅斯不相聯接以蒙部
哈薩克布魯特浩罕爲之遮蔽閒隔也近自俄人日
逼誘脅日衆哈薩克布魯特各部落多附俄人俄又
取浩罕三部落拓其邊圉於是俄與中國邊境毗連

無復隔閡矣。適中原兵事方殷。未遑遠略。俄人乘閒。佔據伊犂。藉稱代我收復。爲要索計。並照其國法按竄科賦。以充兵費。亦稱饜足矣。　朝廷重念邦交旣予以代我收復之名。並允給償款盧布五百萬圓盧布亦呼嚕布。卽所謂俄元者也。光緒三年西洋新聞紙載俄國議願得俄元二百五十萬。交還伊犂海上傳播。未必無因。此次償款忽議增五百萬圓。其挾詐相嘗。已可概見。至界務與商務兩者相因。西北與東南事體各別。道光中葉以後。泰西各國船礮橫行海上。闖入長江。所爭者通商口岸。非利吾土地也。亦謂重洋迢遞。彼以客軍深入。雖得其地。終無全理。戰則勢孤。守則費鉅。合從之勢旣成。獨據則誨爭。分肥則利薄也。中國削平髮捻。兵力漸彊。製礮造船。已覩成效。彼如思逞。亦有戒心。而渝約稱兵。各國商賈先失

貿易之利苟可相安無事其亦知難而息焉若夫俄
與中國則陸地相連僅天山北幹爲之間隔哈薩克
安集延布魯特大小部落從前與準回雜處者自俄
踞伊犂漸趨而附之俄已視爲己有若此後蠶食不
已新疆全境將有日蹙百里之勢而秦隴燕晉邊防
且將因之益急彼時徐議防邊正恐勞費不可殫言
大局已難覆按也夫陸路相接無界限可分不特異
日無以制憑陵即目前亦苦無結束不及時整理坐
視邊患日深殊爲非計且俄人專尚詐力不以信義
爲重其情易變屢遷與泰西各國不同斷難望其守
約而持久即如佔踞伊犂之始謂俟我克復烏魯木
齊瑪納斯即當交還比官軍連下各城並克復南疆
而俄不踐前言穩踞如故方且庇匿叛逸縱其黨類
肆出窺邊上冬今春陝回及布魯特汗安集延條勒

入犯時官軍獲生賊訊供搜有俄官路票昨次布魯特安集延諸賊由俄境阿來地方出竄經官軍剿洗殆盡漏網數十人仍遁匿俄境據活賊口供亦由俄官驅遣所致四次縱賊犯邊官軍追賊均未越俄界一步我之守約如此彼之違約如此尚何信義可言當崇厚與俄官議交伊犂時俄人首以　恩赦爲請並以曉示難於遍及爲慮崇厚奏奉　諭旨飭臣照辦臣謹遵　旨並會同金順出示曉諭伊犂漢陝纏土各回民等宣布　皇仁以安反側金順卽派提督殷華廷賚示前赴伊犂張帖俄官七河邊撫忽變前議將殷華廷攔回不令帖示借稱應俟圖爾齊斯坦總督回信比金順二次遣殷華廷復往探詢七河邊撫竟派人阻之伊犂境外不準復入似此任意把持不獨違慢　朝旨並置其君與外部諸臣成議於不

顧其悖謬又如此俄之佔踞伊犂也將大城西北三城廬舍墮爲平地迤東清水河塔爾奇綏定三城均毀棄以居漢回蘆草溝城盤子等處均棄而不守而取各城堡木料於大城東南九十里金頂寺營造木壘幾二十里臣上年十月二十二日覆陳摺內已略言之茲接金順錫綸所言伊犂情形亦同察俄人用心蓋欲踞伊犂爲外府爲佔地自廣借以養兵之計久假不歸布置已有成局我索舊土俄取兵費鉅資於俄無損而有益我得伊犂只賸一片荒郊北境一二百里閒皆俄屬部孤注萬里何以圖存況此次崇厚所讀第七款接收伊犂後陬爾果斯河及伊犂山南之帖克斯河歸俄屬無論兩處地名中國圖說所無尚待詳考但就方向而言是劃伊犂西南之地歸俄也自此伊犂四面俄部環居官軍接收墮其度內

固不能一朝居耳雖得必失庸有倖乎武事不競之秋有割地求和者矣茲一矢未聞加遺乃遽議捐棄要地饜其所欲譬猶投犬以骨骨盡而噬仍不止目前之患既然異日之憂何極此可爲嘆息痛恨者矣金順錫綸之擬緩收伊犂而以沿邊喀什噶爾烏什精河塔爾巴哈台四城宜足兵力濬餉源廣屯田堅城堡先實邊備自非無見惟伊犂現無定議謀新疆者非合南北兩路通籌不可現在伊犂界務未定則收還一節自可從緩計議喀什噶爾烏什規畫已周毋庸再議其塔爾巴哈台精河急需加意綢繆應由金順錫綸自行陳奏請　旨外所有崇厚定議畫押十八款內償費一節業經奉有　諭旨第八款所稱塔城界址擬稍改照同治三年議定界址尚只電報應俟崇厚奏到再議第十款於舊約喀什噶爾庫倫

設領事官外復議增設嘉峪關烏里雅蘇台科布多
哈密吐魯番烏魯木齊古城七處十四款並有俄商
運俄貨走張家口嘉峪關赴天津漢口過通州西安
漢中運土貨回國均經總理衙門奏奉 諭旨指駁
外第二款中國允即 恩赦伊犂居民業經遵 旨
照辦被俄官截阻賫示委員不準張帖第三款伊犂
民人遷居俄國入籍者準照俄人看待意在脅誘伊
犂民人歸俄而以空城貽我與截阻賫示委員同一
用心第四款俄人在伊犂準照舊管業雖伊犂交還
中外商民雜處無界限可分是包藏禍心預為再踞
之計至商務允其多設口岸不獨奪華商生理且以
啓蠶食之機總理衙門原奏籌慮深遠實已纖細畢
周 諭旨允行則實受其害先允後翻則曲仍在我
應設法挽回以維全局竊維邦交之道論理而亦論

勢本山川爲疆索界畫一定截然而不可踰彼此信義相持垂諸久遠者理也至爭城爭地不以玉帛而以興戎彼此疆弱之分則在勢而不在理所謂勢者合天時人事言之非僅直爲壯而曲爲老也俄踞伊犂在咸豐十年同治三年定界之後舊附中國與中國民人雜處各部落被其脅誘俄官即視爲所屬藉以肆其憑陵俄之取浩罕三部也安集延未爲所併其酋阿古柏畏俄之逼裹其部衆陷我南疆我復南疆阿古柏死逆子竄入俄境俄乃認安集延爲其所屬欲藉爲侵佔回疆腴地之根現冒稱喀什噶爾住居之俄屬本隨帕夏而來之安集延餘衆俄之無端冒爲己屬實與交還伊犂仍留復踞地步同一居心觀其交還伊犂而仍索南境西境屬俄其詭謀豈僅在此數百里土地哉界務之必不可許者此也俄商

志在貿易本無異圖俄官則欲藉此爲通西於中之計其蓄謀甚深非僅若西洋各國只爭口岸可比就商務言之俄之初意只在嘉峪關一處此次乃議及關內並議及秦蜀楚各處非不知運脚繁重無利可圖蓋欲藉通商便其深入腹地縱橫自恣我無從禁制耳嘉峪關設領事容尚可行至喀什噶爾通商一節同治三年雖約試辦迄未舉行此次界務未定姑從緩議而烏里雅蘇台科布多哈密吐魯番烏魯木齊古城等處廣設領事欲因商務蔓及地方化中爲俄斷不可許此商務之宜設法挽回者也此外俄人容納叛逆白彥虎一節崇厚曾否與之理論無從懸揣應俟其復 命時請 旨確詢以憑核議臣維俄人自佔據伊犂以來包藏禍心爲日已久始以官軍勢弱欲誑榮全入伊犂陷之以爲質繼見官軍勢彊

難容久踞。乃藉詞各案未結以緩之。此次崇厚全權出使。喋布策先以巽詞餂之。枝詞惑之。復多方迫促以要之。其意蓋以俄於中國。未嘗肇啓衅端。可間執中國主戰者之口。妄忖中國近或厭兵。未便卽與決裂。以開邊衅。而崇厚全權出使。便宜行事。又可牽制疆臣。免生異議。是臣今日所披瀝上陳者。或尚不在俄人意料之中。當此時事紛紜。　主憂臣辱之時。苟心知其危。而復依違其閒。欺幽獨以負　朝廷。躭便安而誤大局。臣具有天良。豈宜出此。就事勢次第而言。先之以議論。委婉而用機。次決之以戰陳。堅忍而求勝。臣雖衰庸無似。敢不勉旃。除烏里雅蘇台科布多。邊務應請　旨飭下該將軍大臣預籌布置。以臻妥愼。外所有新疆南北兩路軍務。臣旣身任事中。自當與各將領敬愼圖維。以期有濟。現調南疆立功後

告假回籍飭赴喀什噶爾軍營換防之頭品頂戴題
奏提督陝西漢中鎮總兵騎都尉世職伯奇巴圖魯
譚上連挑帶舊部一營幷統楊昌濬所練關內三營
赴肅俟明春凍解先赴喀什噶爾仍歸劉錦棠總統
外幷催頭品頂戴記名提督甘肅寧夏鎮總兵一等
輕車都尉世職嘎什普詳巴圖魯譚拔萃頭品頂戴
記名提督甘肅巴里坤鎮總兵騎都尉世職加一雲
騎尉霍隆巴圖魯席大成頭品頂戴記名提督騎都
尉世職額爾克巴圖魯戴宏勝由籍挑選舊部到甘
分統楊昌濬所練之關內各營馳赴喀什噶爾均歸
劉錦棠總統以厚兵力而資分部臣率駐肅親軍增
調馬步各隊俟明春凍解出屯哈密就南北兩路適
中之地駐紮督飭諸軍妥慎辦理所有進止遲速機
要應祕密者卽據所見緘商總理各國事務衙門核

酌。務期內外一心。堅不可撼。維持大局。仰副宸謨。現將軍械先運哈密。諸凡布置。已有端緒。其軍餉一切。最關緊要。臣與楊昌濬往復籌商。如果各省關。三年以內能符原議。每年解足五百萬兩。而各省應解金順、錫綸、張曜、金運昌各專餉。又歸有著。不致分臣餉力。則此次應用應增之費。尚可於臣軍餉內騰挪挹注。毋庸另請增撥。合無仰懇天恩。飭軍機處戶部。嚴催各省應協各款。迅即大批起解。以速補遲。庶甘肅新疆大局。可期無悞時事之幸。亦微臣之幸也。謹一併據實覆陳。伏乞皇太后皇上聖鑒訓示施行。謹奏。壯懷激越。絶似趙營平陳兵事利害書。屯田奏。此不可以迹象論。

丁稚璜遺摺

光緒十二年。四月二十一日。丁寶楨字稚璜。貴州平遠州人。咸豐癸丑進士。官至四川總督。諡文誠。有□□。

奏為微臣病勢陡增。危在旦夕。伏枕哀鳴。叩謝天

恩仰祈　聖鑒事竊臣自去冬因病兩請開缺荷蒙
温旨慰留自顧受　恩深重不敢再瀆謹於三月
初四日力疾銷假具奏在案起假以後連日督同司
道籌畫京協各餉整飭捕務鹽務會商護理將軍臣
署提督臣將邊防營務藏衞各事宜擇要辦理用心
過度氣血愈傷本月初十過堂定擬秋審忽感外邪
牽動舊疾日增一日至十七日晚肝風陡作更形危
篤當將臣署日行公事委藩司代行代折二十日省
城文武均至臣榻看視尚可與言延至本日氣急痰
喘食不下咽即刻將總督關防文卷等件交藩司分
別存庫臣沐　三朝豢養之恩頻叨　異數犬馬餘
生尚願以身報　國今遽鐘漏向盡區區微悃結草
何年瞻望　闕廷罔知所措臣在籍勳匪即誓效命
沙場今行年六十有七獲保首領以歿尚復何憾惟

念川省東連長江。北通關陝。地接滇黔。民情浮動。加以英法兩夷逼處雲南。狡焉思逞。英人俄人。又均有入藏之議。將來必肇兵端。臣前所陳防邊一切。尚未及時布置。返之寸心。徒呼負負。大抵外洋和約。萬不足恃。海軍既已創辦。卽應實力操練。腹內防軍。不宜再議裁撤。只可以安爲攘。不宜重外輕內。抑臣更有請者。 皇上春秋鼎盛。指日親政。應請舉行日講。以裕 聖功。帝道之隆。要以近賢人君子。遠宦官宮妾。爲圖治之本。勿以財用不足而進言利之臣。勿以時局多艱而行苟且之政。固結民心。卽所以深培國脈。此皆臣戀 主之忱。所耿耿不能自已者也。至臣在川十年。深知利弊。所裁之夫馬局。不宜再開。所辦之官運局。不可遽改。機器製造。爲西陲異日之軍需。積穀倉儲。備全川不時之荒歉。愚昧之見。伏維 鑒察。

臣病勢至此萬無生理伏枕哀鳴望　闕叩頭口授臣幼子體晉恭代清摺叩謝　天恩伏乞　皇太后皇上聖鑒謹　奏我朝之制大臣身故例得呈遞遺摺然大率出自幕賓子弟之手敘述生前服官履歷子孫名次以爲乞恩地步求其指陳朝政匡濟君德者百無一二此摺係公病革之前兩月自知不起預爲撰擬故所陳皆肺腑欲吐之言忠誠懇款與昔賢尸諫何異宜朝邑相國之傾服不已也

薛叔耘代李少荃擬陳督臣忠勳事實摺同治十一年薛福成字叔耘江蘇無錫人咸豐乙卯副貢生湖南按察使現充英法義比國出使大臣有庸庵文編

奏爲督臣忠勳卓越始終盡瘁謹陳大略情形請旨宣付史館以備查覈恭摺仰祈　聖鑒事竊惟大學士兩江督臣曾國藩因病出缺業經欽奉　恩旨軫念忠良飾終典禮至優極渥伏讀二月十二日上諭稱其學問純粹器識宏深秉性忠誠持躬清正天語褒許允爲千古定評至其生平戰功政績昭

昭在人耳目并有歷年奏報可稽無俟臣之贅述惟
臣昔佐曾國藩戎幕數年邇來共事亦爲最久知之
稍詳其前後所歷困苦艱難之境隱微曲折之情與
其夙昔志行之所在有外人所不能盡知者請爲
聖主敬陳之伏查咸豐初年粵賊蔓延東南各省分
黨北竄羣寇和之流毒幾徧海內承平已久民不知
兵綠營將士既未得力各省辦團練者尤鮮成效曾
國藩以在籍侍郎奉　文宗顯皇帝特旨出治鄉兵
於舉世風靡之餘英謨獨奮不主故常雖無尺寸之
權毅然以滅賊自任奏請仿前明戚繼光束伍成法
募勇訓練旋駐衡州創建舟師凡槍礮刀錨之模式
帆檣槳櫓之位置無不躬自演試殫竭思力不憚再
三更製以極其精初次出師援岳州長沙皆不利世
俗不察交口譏議甚者加意侵侮當是時勢力既不

行於州縣號令更難信於紳民蓋不特籌餉籌防事事掣肘已也曾國藩忍辱負詬堅定不搖庀材訓士奮兵復出湘潭岳州連戰大捷盡驅粵賊出湖南境遂克武漢蘄黃肅清湖北咸豐四年秋冬之閒長驅千里席卷無前湘勇之旌旗遂爲海內生色厥後各路之殺賊立功者咸倚爲重以一縣之人而征伐徧於十八行省以捍衞鄉閭之舉而終以底定四方前古未嘗有也湖北旣清遂率水陸諸軍循江東下駸駸乎有直擣金陵之勢無如事機不順進圍九江不克而督臣楊霈之師潰於上游賊復竄踞武漢曾國藩以孤軍困於江西其部下得力良將皆遣回援湖北金陵巨寇勾結楚粵諸賊乘閒颺至曾國藩兵分餉絀又無地方之任事權掣肘一如在湖南時崎嶇數年僅支危局然其所規畫設施非僅爲屏障一方

之計丰采隱然動天下矣咸豐七年丁父憂回籍三
疏懇請終制　文宗顯皇帝鑒其孝思肫切准令暫
守禮廬既復奉　命視師廓清江西進圍安慶旋以
蘇常淪陷　授鉞東征畀以兩江重任當此之時賊
勢如飄風疾雨蹂躪大江南北幾無完土蘇皖兩省
糜爛尤甚曾國藩於無可籌措之時多方布置奏薦
左宗棠襄辦軍務募勇湖南徵鮑超於皖北調蔣益
澧於廣西定計不撤安慶之圍自率所部萬人馳入
祁門甫接皖防而徽寧復陷諸路悍賊麕集祁門左
右疊進環攻幾有應接不暇之勢曾國藩示以鎮靜
激勵諸軍晝夜苦戰相持數月之久羣賊望風授馘
喪膽宵遁自是軍威大振而時局遂有轉機矣迨安
慶告克沿江名城要隘以次底定而全浙復陷吳越
之民接踵告急曾國藩以賊勢浩大定議分道進兵

其弟曾國荃統得勝之師進薄金陵攻守並施鏖兵連歲楊岳斌彭玉麟專率水師掃蕩江面鮑超以霆軍東西馳擊外此則左宗棠援浙之師爲一路臣鴻章援蘇之師爲一路其淮潁一帶則有袁甲三李續宜多隆阿諸軍分途並峙將帥聯翩羽書絡繹曾國藩總持全局會商機宜折衷至當數年內軍情變幻奇險環生風波疊起其籌兵籌餉議勦議防憂勞情狀殆難縷述 朝廷復虛衷延訪凡天下大政及疆吏之能否無不殷殷垂問曾國藩知無不言言無不盡 聖明鑒其忠悃每有論奏立見施行用能庶政一新捷音頻奏議者以爲戡定粵逆之功惟曾國藩實倡於始實總其成其沈毅之氣堅卓之力深遠之謀卽求之往古名臣亦所罕覯也方臣之初募淮勇也曾國藩授臣以手訂水陸營制一編臣披玩數四

覺其所定人數之多寡薪糧之隆殺皆參酌時勢簡要精嚴允爲久遠不敝之規又酌撥湘勇數營俾獲觀摩練習臣抵滬之後擴充訓募實以此軍爲發軔之始迨金陵既克累函囑臣勿撤淮勇以備勦捻之用同治四五年閒曾國藩勦捻齊豫雖未見速效然長牆圈制之策實已得其要領臣得變通盡利以竟全功其創始之勞實不可沒臣於七年七月曾經附片奏明初非推美之辭也

致治之要莫先察吏曾國藩之在江南治軍治吏本自聯爲一氣自軍旅漸平百務創舉曾國藩集思廣益手定章程期可行之經久勸農課桑修文興教振窮戢暴獎廉去貪不數年閒民氣大蘇而宦場浮滑之習亦爲之一變其在直隸未及兩年如清積訟減差徭籌荒政皆有實惠及民前後舉劾屬吏兩疏尤爲衆情所翕服其法於涖

任之始令省中司道將所屬各員酌加考語開摺彙進以備校覈一面留心訪察偶有所聞即登之記簿參伍錯綜而得其真僞賢否昭然具疏舉劾闔省驚以爲神官民至今稱頌曾國藩平生未嘗專講吏事然其培養元氣轉移積習則專精吏治者所不逮也

兩淮鹽務自兵燹以後疲滯極矣商本既虧引岸漸廢加以營弁把持票法全壞曾國藩自駐安慶即將淮南北鹺綱次第整理奏定新章以運商運鹽到岸弊在爭售則立督銷總局以整輪規場商收鹽入垣弊在搶跌則立瓜洲總棧以保牌價以商本宜輕方利轉輸則定緩釐以紓商力以正課所入絲毫爲重則定奏報以務稽查計自同治三年春初至九年冬杪共收課銀至二千萬兩以外釐錢至七百萬串以外近來湘淮各軍餉項及解京之項實以鹽利爲一

大宗而商民樂業上下獲益則其平日用意之公且溥尤有在立法之外者矣自泰西各國通商以來中外情形已大變於往古曾國藩深知時勢之艱審之又審不肯孟浪將事其大旨但務守定條約示以誠信使彼不能求逞於我薄物細故或所不校曾國藩自謂不習洋務前歲天津之事論者於責望之餘加以詆議曾國藩亦深自引咎不稍置辯然其所持大綱自不可易居恆以隱患方長爲慮謂自強之道貴於銖積寸累一步不可蹈空一語不可矜張其講求之要有三曰製器曰學技曰操兵故於滬局之造輪船方言館之繙譯洋學未嘗不反覆致意其他如操練輪船演習洋隊挑選幼童出洋肄業無非求爲自彊張本蓋其心兢兢於所謂綢繆未雨之謀未嘗一日忘也臣於曾國藩忠勳之蹟謹略舉其大端若此

至其始終不變而持之有恆者則惟曰以克己爲體以進賢爲用二者足以盡之矣大凡克己之功未至則本原不立始爲學術之差繼爲事業之累其端甚微其效立見曾國藩自通籍後服官侍從即與故大學士倭仁前侍郎吳廷棟故太常寺卿唐鑑故道員何桂珍講求儒先之書剖析義理宗旨極爲純正其清修亮節已震一時平時制行甚嚴而不事表襮於外立心甚恕而不務求備於人故其道大而能容通而不迂無前人講學之流弊繼乃不輕立說專務躬行進德尤猛其在軍在官勤以率下則無閒昕宵儉以奉身則不殊寒素久爲衆所共見其素所自勵而勖人者每遇一事尤以畏難取巧爲深戒雖禍患在前謗議在後亦毅然赴之而不顧與人共事論功則推以讓人任勞則引爲己責盛德所感始而部曲化

之。繼而同僚諒之。終則各省從而慕效之。所以轉移風氣者在此。所以宏濟艱難者亦在此。曾國藩秉性謙退。受寵若驚。從戎之始。即奏明丁憂期內。雖稍立功績。無論何項褒榮。概不敢受。迨服闋之後。戰功益著。寵命洊加。其弟曾國荃累以戰功晉秩。亦必具疏懇辭。至於再四。其深衷尤欲遠避權勢。隱防外重內輕之漸。故於節制四省。節制三省之命。辭之尤力。非矯飾也。臨事則懼大功之難成。終事則懼盛名之難副。故位望愈重。而益存欿然不足之思。前歲回任兩江。朝廷許以坐鎮。聞曾國藩仍力疾視事。不肯少休。臨歿之日。依舊接見屬僚。料檢公牘。其數十年來逐日行事。均有日記。二月初四日絕筆。猶殷殷焉以曠官爲疚。戰兢臨履之意。溢於言表。此其克己之功。老而彌篤。雖古聖賢自彊不息之學。亦無以過之也自昔多事之秋無不以賢才之衆寡判功效之廣狹曾國藩知人之鑒超軼古今或邂逅於風塵之中一見以爲偉器或物色於形迹之表確然許爲異材平日持議常謂天下至大事變至殷決非一手一足之所能維持故其振拔幽滯宏奬人傑尤屬不遺餘力嘗聞江忠源未達時以公車入都謁見款語移時曾國藩目送之曰此人必立名天下然當以節烈稱後乃專疏保薦以應求賢之　詔胡林翼以臬司統兵隸曾國藩部下即奏稱其才勝己十倍二人皆不次擢用卓著忠勤曾國藩經營軍事卒賴其助其在籍辦團之始若塔齊布羅澤南李續賓李續宜王鑫楊岳斌彭玉麟或聘自諸生或拔自隴畝或招自營伍均以至誠相與俾獲各盡所長內而幕僚外而臺局均極一時之選其餘部下將士或立功既久而

浸至大顯或以血戰成名臨敵死綏者尤未易以悉數最後遺劉松山一軍入關經曾國藩拔之列將之中謂可獨當一面卒能揚威秦隴功勳卓然曾國藩又謂人才以培養而出器識以歷練而成故其取人凡於兵事餉事吏事文事有一長者無不優加獎借量材錄用將吏來謁無不立時接見殷勤訓誨或有難辦之事難言之隱鮮不博訪周知代爲籌畫別後則馳書告誡有師弟督課之風有父兄期望之意非常之士與自好之徒皆樂爲之用雖其桀驁貪詐若李世忠陳國瑞之流苟有一節可用必給以函牘殷勤諷勉獎其長而指其過勸令痛改前非不肯遽爾棄絕此又其憐才之盛意與造就之微權相因而出者也竊嘗綜敘曾國藩之爲人其臨事謹慎動應繩墨而成敗利鈍有所不計似漢臣諸葛亮然遭遇

盛時建樹宏闊則又過之其發謀決策應物度務下筆千言窮盡事理似唐臣陸贄然涉歷諸艱親嘗甘苦則又過之其無學不窺默究精要而踐履篤實始終一誠似宋臣司馬光然百戰勳勞飽閱世變則又過之臣於曾國藩師事近三十年旣確有聞見固不敢阿好溢美亦何忍令其苦心孤詣湮沒不彰反覆籌思義難終嘿謹撮敘大略據實瀆陳相應請 旨飭付國史館查照施行以彰 先帝知人之明而示後世人臣之法所有督臣忠勳卓越始終盡瘁情形恭摺由驛馳陳伏乞 皇太后 皇上聖鑒訓示謹

奏

自記云傳相初聞文正公之喪亟欲具疏臚陳事蹟請付史館惟以相隔較遠於近事未能周知乃馳書金陵幕府屬福成與錢子密京卿就近攷覈福成遂草此疏寄呈輾轉稽延倐逾兩月時則署兩江總督何公湖廣總督李公安徽巡撫英公皆已陸續具疏表章 朝廷恩禮優渥至再至三傳相以謂若再陳奏近於煩瀆因寢不上然其後每與幕僚談及頗惜當時未用此稾又謂此等大文其光氣終

自不磨滅也。庶昌按。當時吳楚皖三疏。大綱已具。吳疏出李眉生廉訪之手。楚疏出李次青方伯之手。二君皆文正高弟。雖極力推揚。究不若此疏之翔實醇備。予尤服其綜敘生平處。勘論至當。非窺見精微焉能道此。昔孔門四科。冉閔之徒。善言德行。今吾於叔耘亦云。

續古文辭類纂卷二十

書說類

宋潛虛答伍張兩生書 宋潛虛桐城人

人來承示近日所爲文數首並以爲文之道殷殷下問余學殖荒落安有以發足下者耶顧其平日頗有志不肯爲世閒言語既辱二生之問其曷敢以匿蓋余昔嘗讀道家之書矣凡養生之徒從事神仙之術滅慮絕欲吐納以爲生咀嚼以爲養蓋其說有三曰精曰氣曰神此三者鍊之凝之而渾于一于是外形骸淩雲氣入水不濡入火不爇飄飄乎御風而行遺世而遠舉其言云爾余嘗欲學其術而不知所從乃竊以其術而用之于文章嗚呼其無以加于此矣古之作者未有不得是術者也太史公纂五帝本紀擇其言尤雅者此精之說也蔡邕曰鍊余心兮浸太清

夫惟雅且清則精精則糟粕煨燼塵垢渣滓與凡邪僞剽賊皆刊削而靡存夫如是之謂精也而有物焉陰驅而潛率之出入于浩渺之區跌宕于杳靄之際動如風雨靜如山嶽無窮如天地不竭如江河是物也傑然有以充塞乎兩閒而蓋冒乎萬有嗚呼此爲氣之大過人者豈非然哉今夫語言文字文也而非所以文也行墨蹊徑文也而非所以文也文之爲文必有出乎語言文字之外而居乎行墨蹊徑之先蓋昔有千里馬牝而黃伯樂使九方皋視之九方皋曰牡而驪伯樂曰此真知馬者矣夫非有聲色臭味足以娛悅人之耳目口鼻而其致悠然以深油然以感尋之無端而出之無迹者吾不得而言之也夫惟不可得而言此其所以爲神也今夫神仙之事荒忽誕謾不可信得其術而以用之于文章亦足以脫塵埃

而游于物外矣。二一生好學甚篤。其所爲文章。意思蕭然。既閎且遠。蓋有得于吾之云云者。而世俗之人不識也。吾故書以告焉。吾聞爲方仙道。形解銷化。其術祕不傳。卽傳其術不能通。嗚呼。遇之而傳。傳之而通者。非二一生吾誰望之。

宋濳虛與劉言潔書

言潔足下。僕平日讀書。考文章之旨。稍稍識其大端。竊以爲文之爲道。雖變化不同。而其旨非有他也。在率其自然。而行其所無事。卽至篇終語止。而混茫相接。不得其端。此自左莊馬班以來。諸家之旨。未之有異也。蓋文之爲道難矣。今夫文之爲道。未有不讀書而能工者也。然而吾所讀之書。而吾舉而棄之。而吾之書固已讀。而吾之文固已工矣。夫是以一心注其思。萬慮棄其雜。直以置其身於埃壒之表。用其想於空曠之閒游其神於文字之外如是而後能不爲世人之言不爲世人之言斯無以取世人之爲故文章者莫貴於獨知今有人於此焉衆人好之則衆人而已矣君子好之則君子而已矣是故君子恥爲衆人之所好者以此也彼衆人者耳剽目竊徒以琱飾爲工觀其菁華爛漫之章與夫考據排纘之際出其有惟恐不盡焉此其所以枵然無有者也君子之文淡焉泊焉略其町畦去其鉛華無所有乃其所以無所不有者也僕嘗入乎深林叢薄之中荆榛胃吾足土石封吾目雖咫尺莫能進焉余且惴惴焉懼跬步之或有失也及登覽乎高山之巓舉目千里雲煙在下蒼然茫然與天無窮頃者遊於渤海之濱見夫天水渾淪波濤洶湧惝怳四顧不復有人閒嗚乎此文之自然者也文之爲道如是豈不難哉僕自行年二十

卽有志於文章之事而是時積憂多愁神志荒惑又治生不給無以託一日之命自以年齒尚少可以待之異日蹉跎荏苒已踰三十其爲愧悔慚懼何可勝言數年以來客遊四方所見士多矣而亦未見有以此事爲志獨足下好學甚勤深有得於古人之旨且不以僕爲不才而謂可與於斯文也者僕何敢當焉偶料檢篋中文字自丙辰至於丙寅十年閒所著有蘆中集天問集困學集巖居川觀集爲刪其十之二三彙爲一集而以請正於足下足下以爲可存則存之不然卽當削去行且入窮山之中躬耕讀書以庶幾稍酬曩昔之志然而未敢必也

姚姬傳復張君書

辱書諭以入都不可不速嘉誼甚荷以僕騃蹇不明於古不通於時事又非素習熟於今之賢公卿與

上共進退天下人材者顧蒙識之於儔人之中舉纖介之微長掩愚謬之大罪引而掖焉欲進諸門牆而登之清顯雖微君惠告僕固媿而仰德久矣僕聞蘄於己者志也而諧於用者時也士或欲匿山林而羇於紱冕或心趨殿闕而不能自脫於田舍自古有其志而違其事者多矣故鳩鳴春而隼擊於秋鱣鮪時涸而鮒鮔遊言物各有時宜也僕少無巖穴之操長而役於塵埃之內幸遭　清時附羣賢之末三十而登第躋於翰林之署而不克以居浮沈部曹而無才傑之望以久次而始遷值　天子啟祕書之館大臣稱其猶解文字而使舍吏事而供書局其爲幸也多矣不幸以疾歸又不以其遠而忘之爲奏而揚之於
上其幸抑又甚焉士苟獲是幸雖聾瞶猶將聳耳目而奮雖跛躃猶將振足而起也而況於僕乎僕家

先世常有交裾接迹仕於朝者今者常參官中乃無一人僕雖愚能不爲門戶計耶孟子曰孔子有見行可之仕於季桓子是也古之君子仕非苟焉而已將度其志可行於時其道可濟於衆誠可矣雖遑遑以求得之而不爲慕利雖因人驟進而不爲貪榮何則所濟者大也至其次則守官攄論微補於國而道不章又其次則從容進退庶免恥辱之大咎已爾夫自聖以下士品類萬殊而所處古今不同勢然而揆之於心度之於時審之於己之素分必擇其可安於中而後居則古今人情一而已夫朝爲之而暮悔不如其弗爲遠欲之而近憂不如其弗欲易曰飛鳥以凶詩曰卬須我友抗孔子之道於今之世非士所敢居也有所溺而弗能自反則亦士所懼也且人有不能飲酒者見千鍾百榼之量而幾效之則潰胃腐腸而

不救夫仕進者不同量何以異此是故古之士於行止進退之閒有跬步不容不慎者其慮之長而度之數矣夫豈以為小節哉若夫當可行且進之時而卒不獲行且進者蓋有之矣夫亦其命然也僕今日者幸依　聖朝之末光有當軸之褒采踴躍鼓忭以冀進乃其本心而顧遭家不幸始反一年仲弟先隕今又喪婦老母七十諸穉在抱欲去而無與託又身嬰疾病以留之此所以振衣而趦趄北望樞斗而俛而太息者也遠蒙教督不獲趨承雖君子不之責而私衷不敢安故以書達所志而冀諒察焉詞旨淵永真得司馬子長之神而遺其形貌

姚姬傳復孔撝約書

鼐頓首去聖久遠儒者論經之說紛然未衷於一而又汩於同異好惡之私心以自亂其聰明而長爭競

之氣非第殘闕之爲患而已子曰多聞擇其善者而從之又曰禮失求之於野夫於羣儒異說擇善從之而無所徇於一家求野之義學者之善術也雖於古禮湮失之餘亦終不能盡曉然而當於義必多矣承教禘說其論甚辨而義主鄭氏則愚以謂不然禘之名見於禮經傳春秋國語爾雅未有云祀天者禮記曰王者禘其祖之所自出以其祖配之而立四廟韋元成釋之云王者受命祭天以其祖配不爲立廟親盡故也所立親廟四而已元成以是解禮記之義已僻矣此班彪所謂不博不篤不如劉歆者也意元成之爲此言固非臆造當時儒者固有以禘爲祭天神之解矣元成又引禮五年而再殷祭言壹禘壹祫也此亦當時儒者之說蓋出於公羊經師推是說固以禘爲宗廟之大祭非祭天神也惜元成溷引其辭不

能分別擇其一是耳東漢而後儒者說經之義或繼或絕或闇不章而鄭氏獨著鄭氏所受師說同於元成夫以祖之所自出爲天且人孰不出於天何以別爲一王所自出別爲一王所自出則必如康成所用緯說感生靈威仰之類而後足以達其義故究韋元成之解必至於用讖緯而後已然則禘說之失萌於西漢之士而極於康成之徒西漢之士說非皆誤也雖有是者傳述之不明而廢於無助也夫逸禮尚有禘於太廟禮安得如鄭說以祭昊天於圜丘而謂之禘果周以禘祀天而以嚳配孔子告曾子宜與郊以稷配明堂以文王配並舉之矣而反漏不言乎禮記喪服小記大傳兩篇皆以說儀禮喪服者耳因喪服有宗子適庶之禮異故推其極至天子承祧至禘而後止何謂泛言及祀天乎兩篇皆言禮不王不禘鄭

君釋以祀天不違經之本旨者也且夫郊以祭天其禮誠重矣然自人鬼言之則禘之祭祖所自出而以祖配其禮專爲祖設者也重在人鬼者也郊祭天而配以祖所重非在人鬼者也故展禽之言禘先於郊春秋外傳屢言禘郊者以此不可因是遂謂禘乃祭天神與郊同義也當康成注周禮知是說之不可通矣亦謂宗廟之祀有禘祫祠禴烝嘗六者然不能舉禘祫之別惟鄭司農注司尊彝有云朝享追享謂禘祫也夫王者先祖之於太祖皆子孫也子孫得朝於祖而合食故祫謂之朝享王者之追遠未有遠於祖所自出者矣故追享禘也以是求之司農之說當矣而後鄭不達顧捨而不從及王子邕難鄭君作聖證論斷以禘爲宗廟五年之大祭以虞夏出黃帝商周出帝嚳四代禘此二帝是爲禘其祖之所自出然後

禘義大明。故究禘之論。仲師啓其萌。子邕暢其義。後
儒所不能易已。然鄭意子邕之說亦有未盡。蓋王者
太祖以下。皆其祖也。禘祭祖所自出。則其祖皆得配
之。祫有不禘。而禘無不祫。是以皆曰殷祭也。其祖皆
殷祭。而立廟者四。是謂以其祖配之。而立四廟。言隆
殺之分有如此。故雖有太祖之廟。而非其辭意所及
也。非如元成謂遠祖無廟。亦非如子邕言專以太祖
一人配也。然子邕之言大旨善矣。後有執鄭君以難
子邕者。皆好爲說而無從善徙義之公心者耳。當明
時。經生惟聞宋儒之說。舉漢唐箋注屏棄不觀。其病
誠隘。近時乃好言漢學。以是爲有異於俗。夫守一家
之偏。蔽而不通。亦漢之俗學也。其賢也幾何。若夫宋
儒所用禘說。未嘗非漢人義也。但其義未著耳。夫讀
經者。趣於經義明而已。而不必爲己名。期異於人。以

爲己名者皆陋儒也撟約以爲然乎鼐於義苟有所疑不敢不盡非有爭心也苟不當願更教之得是而後已鼐頓首（規撫劉子駿而能神明變化人不易識）

姚姬傳復魯絜非書

桐城姚鼐頓首絜非先生足下相知恨少晚遇先生接其人知爲君子矣讀其文非君子不能也往與程魚門周書昌嘗論古今才士惟爲古文者最少苟爲之必傑士也況爲之專且善如先生者乎辱書引義謙而見推過當非所敢任鼐自幼迄衰獲侍賢人長者爲師友剽取見聞加臆度爲說非眞知文能爲文也奚辱命之哉蓋虛懷樂取者君子之心而誦所得以正於君子亦鄙陋之志也鼐聞天地之道陰陽剛柔而已文者天地之精英而陰陽剛柔之發也惟聖人之言統二氣之會而弗偏然而易詩書論語所載

亦閉有可以剛柔分矣値其時其人告語之體各有宜也自諸子而降其爲文無弗有偏者其得於陽與剛之美者則其文如霆如電如長風之出谷如崇山峻崖如決大川如奔騏驥其光也如杲日如火如金鏐鐵其於人也如馮高視遠如君而朝萬衆如鼓萬勇士而戰之其得於陰與柔之美者則其文如升初日如清風如雲如霞如煙如幽林曲澗如淪如漾如珠玉之輝如鴻鵠之鳴而入廖廓其於人也漻乎其如歎邈乎其如有思暖乎其如喜愀乎其如悲觀其文諷其音則爲文者之性情形狀舉以殊焉且夫陰陽剛柔其本二端造物者糅而氣有多寡進絀則品次億萬以至於不可窮萬物生焉故曰一陰一陽之爲道夫文之多變亦若是已糅而偏勝可也偏勝之極一有一絕無與夫剛不足爲剛柔不足爲柔者皆

不可以言文今夫野人孺子聞樂以爲聲歌絃管之會爾苟善樂者聞之則五音十二律必有一當接於耳而分矣夫論文者豈異於是乎宋朝歐陽曾公之文其才皆偏於柔之美者也歐公能取異己者之長而時濟之曾公能避所短而不犯觀先生之文殆近於二公焉抑人之學文其功力所能至者陳理義必明當布置取舍繁簡廉肉不失法吐辭雅馴不蕪而已古今至此者蓋不數數得然尚非文之至文之至者通乎神明人力不及施也先生以爲然乎惠寄之文刻本固當見與鈔本謹封還然鈔本不能勝刻者諸體中書疏贈序爲上記事之文次之論辨又次之鼐亦竊識數語於其閒未必當也梅崖集果有逾人處恨不識其人郎君令甥皆美才未易量聽所好恣爲之勿拘其途可也於所寄文輒妄評說勿罪勿罪

秋暑惟體中安否千萬自愛七月朔日文之至者通乎神明人力不及施此姚氏因文見道之言古人所未道也

姚姬傳復蔣松如書

久處閭里不獲與海內賢士相見耳目爲之瞶霿冬閒舍姪涗江寄至先生大作數篇展而讀之若麒麟鳳凰之驟接於目欣忭不能自已聊識其意於行閒顧猶恐頌歎盛美之有弗盡而其頗有所引繩者將懼得罪於高明而被庸妄專輒之罪也乃旋獲惠賜手書引義甚謙而反以愚見所論爲喜於是鼐益俯而自慚而又以知君子之衷虛懷善誘樂取人善之至於斯也鼐與先生雖未及相見而蒙知愛之誼如此得不附於左右而自謂艸木臭味之不遠者乎心乎愛矣何不謂矣尚有所欲陳說於前者願卒盡其愚焉自秦漢以來諸儒說經者多矣其合與離固非

一途逮宋程朱出實於古人精深之旨所得爲多而其審求文辭往復之情亦更爲曲當非如古儒者之拙滯而不協於情也而其生平修己立德又實足以踐行其所言而爲後世之所嚮慕故元明以來皆以其學取士利祿之途一開爲其學者以爲進趨富貴而已其言有失猶奉而不敢稍違之其得亦不知其所以爲得也斯固數百年以來學者之陋習也然今世學者乃思一切矯之以專宗漢學爲至以攻駮程朱爲能倡於一二專己好名之人而相率而效者因大爲學術之害夫漢人之爲言非無有善於宋而當從者也然苟大小之不分精麤之弗別是則今之爲學者之陋且有勝於往者爲時文之士守一先生之說而失於隘者矣博聞强識以助宋君子之所遺則可也以將跨越宋君子則不可也鼐往昔在都中與

戴東原輩往復嘗論此事作送錢獻之序發明此旨非不自度其力小而孤而義不可以默焉耳先生胸中似猶有漢學之意存焉而未能豁然決去之者故復爲極論之木鐸之義蘇氏說集注固取之矣然不以爲正解者以其對何患於喪意少遠也至盆成見殺之集注義甚精當先生曷爲駁之哉朱子說誠亦有誤者而此條恐未誤也望更思之鼐於蓉菴先生爲後輩相去甚遠於頴州乃同年耳先生謂頴州曰兄固於鼐同一輩行而過於謙非所宜也客中惟保重時賜教言爲冀愚陋率達臆見幸終宥之

姚姬傳復魯賓之書

某頓首賓之世兄足下遠承賜書及雜文數首義卓而詞美今世文士何易得見若此者某之謭陋無以上益高明求馬唐肆而責施於懸磬之室豈不媿甚

哉。顧荷垂問。宜略報以所聞。易曰。吉人之辭寡。夫內充而後發者。其言理得而情當。理得而情當。千萬言不可厭。猶之其寡矣。氣充而靜者。其聲閎而不蕩。志章以檢者。其色耀而不浮。邃以通者。義理也。雜以辨者。典章名物。凡天地之所有也。閎閎乎聚之於錙銖。夷懌以善虛。志若嬰兒之柔。若雞伏卵。其專以一。內候其節而時發焉。夫天地之閒。莫非文也。故文之至者。通於造化之自然。然而驟以幾乎合之。則愈離。今足下爲學之要。在於涵養而已。聲華榮利之事。曾不得以奸乎其中。而寬以期乎歲月之久。其必有以異乎今而達乎古也。以海內之大。而學古文最少。獨足下里中獨盛。異日必有造其極者。然後以某言證所得或非妄也。足下勉之。不具。六月十七日。某頓首。

吳殿麟答任幼直書

丁酉之冬識先生於廣陵邂逅之交情逾故舊矜我窮屈吁歎再三昨復辱書過蒙寵念謂今歲將還朝供職願定出其文章先生攜而獻之卿大夫好士者之前必有賞歎逾常拔而出之深淵者此由先生孜孜進賢故不量定之庸駑而惠恤之執書感唏敢違嘉命雖然竊有說定以頑愞之資二十年來壘嘗骨肉憂患六經百氏攻討未遑所爲文章空疏鄙不足邀巨公盻睞明矣且夫三尺童子皆言富貴有命而天下之大無數人知命者知之而仍不避水火以求之必其中猶有徬徨莫之能信者在也昔黃允以雋才知名或謂之曰子有過人之才恐守道不篤耳後司徒袁隗爲從女求姻見允歎曰得壻如君足矣允聞遂黜遣其妻其妻大召親屬歷數允隱惡而去允以此廢於時嗚呼毀行求榮不用反廢知命者固

如是哉大抵衆人之知命也亨屯既定衆知之甚且衆悔之君子獨知命於亨屯未定之先故可貴也君子因禮以知樂因古以知今因時以知命觀國家之勢通鬼神之情黃直卿筮易遇困之兌去職隱于幽谷者三年誠知命之君子也定近亦筮得遯之卦辭命之窮灼然可信矣先生雖委曲爲鄙人謀豈能回定當遯之命哉且夫儲石成城而後能嚴出入儲貨成市而後能通往來儲禮義成君子而後能治天下之人之衆羣生以洽萬物以昌楊素使謂文中子曰盍仕乎曰汾水之南有先人之敝廬在可以避風雨有田可以具饘鬻彈琴著書不願仕也今定生逢有道非不願仕者顧自以齒踰三十學行僅比于中人中夜悲思誠有不知所以進者而易乃幸告定以一言曰遯吾聞君子紆鸞龍之翼於韋布之任養浩然

之氣於蓬蓽之中定將考道窮山順天地之心分先賢之責以自奮也夫六藝富于江河而乃欲積水潦以成其大道德崇於山嶽而乃欲積土石以成其高日月疾如馳亦未知駐足何如矣豈敢復逆命爭名志其踰分哉夫薦士盛節也定不敢援上而先生願爲之誇耀其文於定亦非有汙行也所以吝於獻者則通塞有命之說耳且淮南子不云乎劍工惑劍之似莫邪者惟歐冶能名其種玉工惑玉之似碧盧者惟猗頓不失其情定之文恥不若莫邪碧盧也苟莫邪碧盧矣百世之後豈無歐冶猗頓其人者何日暮之名爲辱先生寵眷而不獲奉教感偕愧集無任惶恐不宣

吳殿麟與程景卿論周易書

六藝經秦火焚燒殘缺之後獨易以卜筮得爲完書

今之學者以漢去周未遠象數之學宜尚守其傳故言易者每宗之竊謂理也數也乃易之源而非易辭之所繫者也辭之所繫以明吉凶者象而已漢儒求易於象似也而未必得聖人立象之旨也孔子曰聖人立象以盡意當日立象之根源必灼見夫六位之屢遷非此象不足以顯此卦此爻難顯之情者而因設此象象之非有典要典要莫加矣易之第一卦第一爻象潛龍潛龍坎象也以漢儒爻變之例繩之則巽也夫昔之繫爻者豈惟巽坎非所拘卽潛龍亦奚必泥哉有象焉能闡乾初陽在下之意焉足矣是故取象在彼不必執也而假象以宣其意者在此不可易也是之謂立象以盡意也漢儒不克因象以究其根源而惟拾掇其枝葉是以愈繁其法泥其方而易象愈昏然莫之能曉也豈不謬哉馬鄭荀虞漢儒箋

易之最著者也虞翻以其書奏上謂荀爽馬融鄭元宋衷之傳於易皆未得其門難以其書示世設以馬鄭諸儒議虞氏之易有不彼我易觀更相笑乎而學者猶亟稱之不亦惑乎厥後魏王弼出病漢儒鑿智之私乃闢而廓清之觀略例所陳得象忘言得意忘象善之善者也然四聖而後能與於此者誰乎是故泥象而不究象之根源者漢之失也不存言則無以得象不存象則無以得意者又魏晉以來求易者之失也夫以聖人道德性命之奧託諸卜筮之淺術以牖迪天下俾天下秀士頑民咸得與於道德之休以免咎焉道至大心至苦也乃二千餘年註易之士千數百家卒無一人深入其微而盡闡之可不惜哉雖然漢以後言易者雖各有偏然其言之善者如金玉亦時出於泥沙土石之中定不自揆閑戶陳列古今

註易諸書博稽而精采之者蓋二十餘年矣有其義求之諸儒之訓未愜者輒蒙僭越之罪而以私見釋之書成名之曰周易集註區區之心冀自漢至今鬱而不明之易教十闡一二焉斯幸矣而四方君子見其書者謂於漢儒之言采掇尚嫌疏漏眞能匡小子之紕繆哉獨足下不隨聲和之且謂勤求聖人立象之意確乎能見其根源未有越此書者殆阿所好而譽之乎何其言之與諸君子反也夫著書立言爭一時之名以耀愚俗之耳目者陋儒之見也志在明先聖之道書傳則萬世蒙其教不傳則一己之名不妨沒焉者君子之心也昨蒙惠顧樽酒之閒卒卒未盡所陳故復傾肺腑略罄其狂愚惟足下正焉

吳仲倫復吳耶溪書

吳德旋字仲倫江蘇宜興人生員有初月樓文集

耶溪吾宗足下德旋前與耶溪書以子香謂耶溪不

宜務博爲非耶溪實兼人之才異日可望追蹤蘇子瞻朱晦庵兩先生者惟耶溪一人耶溪來書務自撝謙而轉以相屬則過矣德旋非能以言榮辱人者德旋譽耶溪謂今時已足抗衡子瞻晦庵于耶溪無毫髮補況期之異日耶特以見善而不知則已知而不揚是蔽賢也是孟子所謂不祥之實也德旋之譽耶溪懼當不祥之實耳豈敢以一人之口爲足敵千百輩之呶呶者乎德旋幼未識學年踰二十始少知自好讀書爲文家無藏書所居窮僻無從借得性又善忘從他人架上案頭讀之旋卽與未嘗寓目者等所守兔園冊子妄意進退古今人高下豈有當哉嘗念性不能自賤簡阿諛苟合取容當世然遇人無賢愚少長貴賤未嘗敢少有自矜負之色而久處困約之境若墜坑谷無有垂之綆而出之而引之平夷之路

者以是默默而居踽踽而行閒入邑城中則其所相與游從往還不厭者皆窮蹇抑塞無聊之徒然且追逐雲月舒悲娛憂强作任達以自附于陶元亮王無功諸人之後一日不饑死即爲天地閒一日之幸民如是而已他何望哉他何望哉耶溪年未及壯所造已欲上追古人而從之固當以遠者大者自期而切切然惟以文章爲不朽之事業亦非德旋之所望于耶溪也德旋衰老廢學已久耶溪愼毋曰效德旋之所爲則耶溪進矣耶溪其勉圖之不宣

吳仲倫與沈閒亭書

閒亭足下德旋年三十許時與吾郡張編修皐文同學爲文編修甚見稱許且欲以此事相推避編修之言吾郡士人所取信也故其時譽德旋之文者十八九編修旣歿之後惲大令子居大肆力于文章其論

文也自歐陽永叔而下均有貶詞以德旋爲若可登
文章之籙者而亦得幸與所貶之列曰才弱大令之
言又吾郡士人所取信也故此時毀德旋之文者亦
十六七俗耳庸目移其聽視于人以爲譽毀于德旋
之文無所益損也韓退之不云乎要以俟知者知耳
而乃者足下見推以直接退之云云此又世人之所
深疑而怪駭者也漢以後爲文者莫高于退之退之
其可至耶世人之深疑而怪駭之固其所也雖然退
之誠不可至而求其法而效爲之則奚不可者抑豈
惟退之而已今且由退之而上溯之司馬子長又上
溯之至于屈原莊周又上溯之至于易繫辭論語左
氏檀弓亦孰得禁吾之求其法而效爲之者豈曰效
爲之而遂能至之耶孟子之書謂人皆可以爲堯舜
夫堯舜豈人之所能至哉然其言曰子服堯之服誦

堯之言。行堯之行。是堯而已矣。爲文者之宜取法乎古。亦若是焉已矣。至其所可至。而其所不可至者。相違豈遠耶。得其傳而已矣。湯武得堯舜之傳者也。歐蘇曾王。得退之之傳者也。世人自不爲之。而遂疑爲之者爲僞。得之者爲妄。是詎可以執途人而喻之者哉。足下方少年。于爲文非由師授。而塗轍甚正。持是以往。如德旋者。越之倍蓰奚難焉。偶有所見。伸紙疾書。不覺累幅。非欲爲文也。暑熱。幸自愛。不宣。德旋頓首。

吴仲倫復呂月滄書

月滄先生執事。德旋爲世所簡棄久矣。自以學殖不深。行能無足比數。二三同志。信而稱之。實爲逾分。而世之簡棄之者。適當其所宜。今執事之信而稱之。乃不啻雅故相識者之所未有。用是俯而慙。伏枕而思。

不自知何以能得此于執事也德旋與執事未嘗相見而評議執事之文略無所隱飾顧忌此其愚直爲何如哉雖然不敢以不如此也德旋嘗欲自附于古之狂者而不直則爲聖人之所深棄而敢不懼乎德旋之所期于執事者蒙莊史遷以執事之宏才卓識而從事于斯深以數年之功力震川惜抱宜可紹而兼也此亦殆有天焉盡乎人以俟之而已德旋聞桂海閒往往平地孤巖拔起削立千仞造物者之爲至是而復無以尚其氣鬱積數千年必有所屬以發之者今安知非執事耶幸自愛無失時不宣

吴南屏與楊性農書 吴敏樹字本深號南屏湖南巴陵人道光壬辰舉人官教諭有柈湖文錄

前承委點校大文負恃愛好輒竭愚慮惟無以仰稱高明之懷而妄肅訾議是懼不謂過蒙鑒許以爲麤

知文事重復贈寄巨橐手教詩諭以古人居喪不廢講學之義敏樹近以小祥在廬下未遂輟棄文史也而於性農深推謝之可乎敢復妄有商訂伏惟寬諒而覽究之幸甚竊惟古文云云者非其體之殊也所以爲之文者古人爲言之道耳抑非獨言之似於古人而已乃其見之行事宜無有不合者焉今性農之文於古人之言庶乎近矣雖然竊獨有所甚疑而以爲未至於古人之爲者則送陳吉安之序之所云云也性農豈有求託於吉安假光寵於吉安者性農非有求託於吉安者非假光寵於吉安者其親賢善友而欲偕之於道素意固然也而愚所不然者性農學於古人則當從孟氏之道立身名於時而今也師宋鈃之餘教以彊說爲高行無益之謀而滋俗人之議甚可怪也不觀孟子乎孟子陳先王仁義運天下如反掌

當世之人苟得而用之其利澤於人至無窮也然而王公卿相非先禮焉弗往見也其人苟自可就見者雖先禮焉猶弗見也孟子豈不欲以其道救當世之急哉所以然者身不重則道不尊雖日持道以彊語於人猶闇投夜光而遭按劍於世奚益而於己甚傷故弗爲也夫當世之人稍貴達者其庭下趨走之人必多彼直以一世之人皆然無有異者故其居己甚恃而視人也甚輕亦勢使然也吉安以三十之年出翰林守名郡意氣故已盛矣性農偶道長沙與之舊識一投刺焉其可也至再不遇不俟其答謁而終往造焉則何怪他人之譏議也性農固曰此吾友也能好善者也其官位又非驟高不至簡禮於我其有他故焉未可以是罪而棄之也則未知彼其亦曰此吾友也是其來也將進我以善也我之官位不足以驕

此者也其然乎其未必然也然則性農待彼誠過而所以自予乃非君子之道矣夫君子之行豈一端而已其於世人豈能無受其非詆要於嫌疑之際尤有可以自處者焉嘗怪韓子之言道必稱孟子孟子不見諸侯而韓子促數呼號於當世大官之門求衣食焉何哉唐之世士率家於官宦無鄉里之業以資其生爲韓子計者不如是則家口數十將窮餓以死韓子以爲餓而死者小道也不足以明吾之志節故遂往求焉然猶大聲疾呼之高自期許不屑屑卑乞豈不以其所爲若是者且貶吾志而乏吾氣哉然則韓子之心可謂甚苦而其事猶可以無譏焉若夫君子將用其所學以博濟一世之人則必曰請之而後告也求之而後與也道未有不出於是者矣故嘗試論之今之世朝廷設科舉以待士士或伏處巖穴養高

名以待徵請雖近似於古究之於義則未然也何則科舉之設上之人固請而求之矣雖公車十上君臣之義猶無害也至於諸公貴人之交遊竊以爲不見之義當在於此其或窮困待館穀以活身家則韓子之事可擇而取焉其他則非吾之所敢知也性農往在京師以親賢取善爲名高名士爲達官者交之殆偏議者遂有名士經紀之目其言偏於人人辱相與商治古文當以古之道相切劘者故因送吉安序極論之伏惟鑒其狂愚少留意焉梅郎中所撰先墓表謹錄奉覽所論卜地無惑風水之說敢不敬承漸寒惟珍重不宣

吳南屏上曾侍郎書

甲寅三月微郡湖上倉卒分張恨事不可復思當時敏樹逃死急走入山深箐叢最薄中日躑躅咄咄忽探

頭見人而湘潭之捷有見告者此天之終授先生以事也其秋先生驅賊瞰郡遂復武漢軍勢甚盛大功垂就而潯陽少北梗塞至今聞諸道路先生之忠勇悲憤幾不顧一世壓覆之憂矣伏惟兵事反復多端國之無人民之無恃非先生孰匡此大難者竊以從來盜賊之禍皆有非常饑饉爲之驅合天之所助非人與謀而數年以來賊雖未除而風雨時調年穀更豐賤民之樂禍者有悔於其心而脅從者多自出其從義之鄉民爭願奮於行閒見死而不畏沮此豈非天之所爲耶然則雖軍餉絀竭萬計艱難而時之必平賊之必滅其可知也先生道義文章高絕今世而前日立朝之風天下人所仰望而欣喜者固足以樹立於千秋矣又遂驅氛掃逆赫然成此中興之功釋甲解鞍還歸廟堂究時俗之患源振海內之昏瞰其

爲鴻名巨烈豈三代下人常常覩見者哉敏樹材薄質衰不敢圖附青雲猶冀以寬閒無虞之日月盡意文字閒紀述歌謠稍盡見聞悲喜之實蓋時之方昌雖一二小儒文墨之氣必不汙雜淫厲而益有振興隆上之風漢唐中興之時是也願以此自效且以仰慰於先生先生軍書之暇亦希有以教之自記云此文似柳子厚蓋無知之者

曾滌生復劉霞仙中丞書

十二月初接八月二十六日惠書及繹禮堂記敬悉興居康勝勤學不倦所居疑在蓬島之閒置身若在周秦以前非泊然寡營觀物深窈翫希聲而友前哲殆未足語於此孳究三禮洞澈先王經世宰物之本達於義理之原遂欲有所撰述以覺後世之昬昬甚盛甚盛欽企何窮國藩於禮經亦嘗粗涉其藩官事

繁冗莫竟其業所以沮滯而不達者約有數端蓋禮莫重於祭祭莫大於郊廟而郊祀祼獻之節宗廟時享之儀久失其傳雖經後儒殷勤修補而疏漏不完較之特牲少牢饋食兩篇詳略迥殊無由闚見天子諸侯大祭致嚴之典軍禮既居五禮之一吾意必有專篇細目如戚元敬氏所紀各號令者使伍兩卒旅有等而不干坐作進退率循而不越今十七篇獨無軍禮而江氏永秦氏蕙田所輯乃僅以兵制田獵車戰舟師馬政等類當之使先王行軍之禮無緒可尋國之大事在祀與戎而古禮殘闕若此則其他雖可詳考又奚足以經綸萬物前哲化民成俗之道禮樂並重而國子之教樂乃專精樂之至者能使鳳儀獸舞後聖千載聞之忘味欲闚聖神制作豈能置聲樂於不講國藩於律呂樂舞茫無所解而厤算之學有

關於製器審音者亦終身未及問津老鈍無聞用為深恥夫不明古樂終不能孳究古禮國藩之私憾也郊廟祭儀及軍禮等殘闕無徵千古之公憾也是皆用以自沮而不違者也所貴乎賢豪者非直博稽成憲而已亦將因其所值之時所居之俗而刱立規制化裁通變使不失乎三代制禮之意來書所謂苟協於中何必古人是也然時俗亦有未易變者古者祭祀必有主婦聘饗亦及夫人誠以在宮雍雍在廟肅肅妃匹有篤恭之德乃足以奉神靈而理萬化所謂有關雎麟趾之精意而後可行周官之法度也自陽侯殺繆侯而大饗廢夫人之禮後世若以主婦承祭則驚世駭俗譏為異域然全行變革則又與采蘩采蘋諸詩之精義相悖古之宮室與後世異議禮之家必欲彊後代之儀節就古人之室制如明史載品

官冠禮幾與儀禮悉合不知曰東房西牖曰房內戶東曰坫明世已無此宮室也然稍師儀禮之法則堂庭淺陋必有齟齬而難行者誠得好學深思之士不泥古制亦不輕徇俗好索之幽深而成之易簡將必犂然有當於人心國藩於昏喪祭三禮亦頗思損益涑水書儀紫陽家禮簒訂一編以爲宗族鄉黨行習之本守官少暇不克斟酌禮俗之中卒未能從容爲之斯亦自沮而不達之一端也閣下山居靜篤將爲禮經發微及或問等書何不先取此三禮撰著鴻篇使品官士庶可以通行用今日冠服拜跪之常而悉符古昔仁義等殺之精儻亦淑世者所有事乎

來書又以文章欲追歐陽公輩而與之並而志願有大於此者將決然而棄去抑兩利而俱存就鄙人而卜取舍國藩竊維道與文之輕重紛紜無有定說久矣朱

子讀唐志謂歐陽公但知政事與禮樂不可不合而爲一而不知道德與文章尤不可分而爲二其譏韓歐裂道與文以爲兩物措辭甚峻而歐陽公送徐無黨序亦以修之於身施之於事見之於言分爲三途夫其云修之身者即叔孫豹所謂立德也施之事見之言者即豹所謂立功立言也歐公之意蓋深慕立德之徒而鄙功與言爲不足貴且謂勤一世以盡心於文字者皆爲可悲與朱子譏韓公先文後道譏永嘉之學偏重事功蓋未嘗不先後相符朱子作讀唐志時豈忘歐公送徐無黨之說奚病之若是哉國藩之愚以爲事功之成否人力居其三天命居其七苟爲無命雖大聖畢生皇皇而無濟於世文章之成否學問居其三天質居其七秉質之清濁厚薄亦命也前世好文之士不可億計成者百一傳者千一彼各

有命焉。孔子以斯文之將喪未喪歸之天命。又因公伯寮而謂道之將廢由命。孟子亦以聖人之於天道。歸之於命。然則文之興衰道之能行能明。皆有命焉。存乎其閒。命也者。彼蒼尸之。吾之所無如何者也。學也者。人心主之。吾之所能自勉者也。自周公以下。惟孔孟道與文俱至。吾輩欲法孔孟。固將取其道與文而竝學之。其或體道而文不昌。或能文而道不凝。則各視乎性之所近。苟秉質誠不足與言文則已。閣下既自度可躋古人。又何爲舍此而他求哉。若謂專務道德。文將不期而自工。斯或上哲有然。恐亦未必果爲篤論也。僕昔亦有意於作者之林。悠悠歲月。從不操筆爲文。去年偶作羅忠節李忠武兄弟諸碑。則心如廢井冗蔓無似。乃知暮年衰退。才益不足副其所見矣。少壯真當努力。光陰邁往。悔其可追。姻丈於上年六月改葬行述未蒙寄到若果爲銘章必不足稱盛意南屏亦已衰頽共遊衡嶽之説果踐約否筠仙修通志之議事甚浩博未易卒業近又喪其愛子憂懷何以自遣寒門已嫁四女三家未得生子郭氏女生子而早寡感愴無涯内人失明之後諸病叢集醫藥相尋冢婦亦多病次兒於元日得舉一子差爲忻慰賤軀猶適惟目光日蒙於花鏡之上又加一花看字尚如隔煙霧直隸終年亢旱去秋未種宿麥今歲夏收失望疆吏對此如坐鍼氈公私孑孑都無好懷南望故鄉恨不得屏棄百事從閣下一豁襟抱也

劉霞仙與曾滌生侍郎書

（劉蓉字霞仙湖南湘鄉人生員官至陝西巡撫有養晦堂集）

士之進説於門下者多矣亦曾有建宏圖規遠略陳天下之大計者乎翁嫗之智不出豆簞之閒吾固知

其無有也亦嘗有獻忠言陳讜論攻執事之短而摘其瑕者乎投策而干進獻諛言以取容悅吾尤知其無有也然則執事所飽聞而饜聽者淺夫小儒道聽塗說之流街談巷議之倫耳惟善人能受盡言而君子樂成人之美執事今世所謂賢者有忠言至計而不以告非所以待大賢而抑非有道君子之所以自處故輒貢其瞽言大且深者不欲遽及而淺薄者有不足陳則請麤發其端執事試平心察焉擴其量以受之以爲可采將繼此而有進若罪其冒昧斥而不錄則執事之過咎非吾黨之責矣

稱執事之能者曰文祖韓愈也詩法黃庭堅也奏疏所陳歐陽修蘇軾之倫志量所蓄陸贄范仲淹之亞也數者誠足以暴於天下矣道喪而文敝得一二賢者起而振之豈曰小補然此特士君子不得志於時而有待於後者之

所爲耳既已達而在上矣則當行道於天下以宏濟艱難爲心而尚思以區區之詞翰自見不亦左歟託文采以庇身而政綱不問藉詩酒以娛日而吏事不修陋習相承已非一日君子推原禍殃所自始將唾棄之不暇忍復蹈覆軌而躬爲之駕哉大疏所陳動關至計是固有言人所不能言不敢言者然言之而未見其效遂足以塞大臣之責乎國是未見其益而聞望因以日隆度賢者之心不能不以是歉然於懷也若夫陸范之志量則遠矣二子者遇已隆而志則未伸學已正而道或未盡然匡主濟時之略先憂後樂之懷實足以信當時名後世執事雅量及此庶能任天下之重者亦望陳古訓以自鑒而不矜於氣規大道以自廣而務宏其度集思廣益庶幾近之若規永叔子瞻之節概以自多采退之魯直之詞華以自

豪此承平無事之世所爲優游以養大臣之望者而非今時之所急需以無救於治亂之數也

頌執事之賢者曰其廉可師明執事之志者曰以身殉國雖執事之自許也亦然曰不愛錢不惜死壯哉言乎雖然以此二者明執事自待之志爲戡亂濟時之本焉可矣若以慰天下賢豪之望盡大臣報國之忠則豈但已矣貪夫之殉利也如蟻蚋之競逐於糞壤埋首隕身而自以爲得於此有人焉志節皎然大利當前而不動可不謂賢乎然自君子觀之特亦士行之一節耳貞女之自號於衆曰吾能不淫不淫遂足以該淑媛之賢德乎不規其大而遽以自旌則何其見之陋也今天下禍亂方興士氣彌懦欲驅天下智勇材辨之士棄墳墓捐親戚出沒鋒鏑之餘與死寇相角逐非賞不勸漢高捐四千戶封趙壯士而陳豨授首項

羽印刓不忍予而韓信陳平閒行以急去故濫賞則志士恥與庸豎爲儕而吝賞則抑無以繫豪傑之心以廉自獎則抑將以廉繩人而功名之士乃掉臂而思去之矣故曰廉介之操以語執事自待之志可也大臣之道蓋不止此而抑非可以泛責之人人者也

張廉卿與黎蒓齋書

前在金陵相從譚蓺譏評古今人私心甚快別後倏忽月餘日矣寒牕短檠時時隱几思足下不可弭忘裕釗自惟生平於人世都無所耆好獨自幼酷喜文事顧嘗竊怪學問之道若義理攷據辭章之屬其涂經至博其號稱爲耑家亦往往而有獨至於古文而能者蓋寡自曾文正公沒足下及摯甫又不得常聚晤塊坐獨處四顧犖然無可與語近者李佛生乃頗有意於此時相從問爲文法所入雖未深然佛生故

天亮出於人人乃時有解悟處此差足語耳夫文章之事非資才敻絕而程功致力之深且久者則必不能以至才優而力深矣其能至以幾於成與不能成則亦有天焉既至而幾於成矣其傳不傳與傳之顯若晦若近與遠則又有天焉且誠令其至而幾於成成焉而傳傳焉而顯且遠而吾文信不敝於百世吾身則既泯然死矣其取吾文而歎慕貴惜之者吾皆不得而見之矣捐棄一世華靡榮樂之娛窮畢生之力苦形瘁神以徼幸於或成或不成或傳或不傳之數而慕想乎千百歲後冥漠杳渺邈不及見之虛譽而不以自止豈非所謂至迂而大惑者哉宜彼世之所謂賢儁能一切以取富貴顯榮者訕笑而背馳之也雖然莊周有言民食芻豢麋鹿食薦蝍蛆甘帶鴟鴉耆鼠四者孰知正味生人之者好各賦受於其生

初其不齊至不可以巧拯亟則夫孳孳焉勤一世於文字之業者無亦所耆出於其性而不能以自解者歟且吾觀古之能文者若司馬遷韓愈歐陽修之徒其始設心措意亦無過存乎以文自見卒其所至世不得徒文人目之是故深於文者其能事既足以自娛嬉及其所詣益邃以博乃與知乎聖人之道而達乎天地萬物之原獨居謳吟一室之中而傲然俾倪乎塵壒之外雖天下又孰有能易之者哉又遑暇校量於我生以前與身後之贏失而為之進退哉思足下不得見索居無聊輒一吐其匈臆之所積自怡取快意而已非足下僕亦不發此也天氣驟寒惟萬萬保練自愛不宣

李次青與劉毅齋書

李元度字次青湖南平江人道光癸卯舉人官至貴州布政使

有天岳山館文鈔

中春。肅復寸箋。縣張春宇大令郵呈。討邀英。鑑尋將
忠壯公祠碑墓誌銘別傳譔就。適聞執事大功告蕆。
天山南北路。縱橫二萬餘里。一律蕩平。兩宮慈聖
嘉豫。 皇帝告 廟冊勳晉湘陰伯相爵通侯執事
躋九列。封五等。諸將士遷擢有差。此我 國家萬億
年無疆之庥。抑從古武功所不數覯也。 史宬方略
執事當爲功宗。尤偉者。在克成忠壯公未竟之志事。
使英魂毅魄得含笑於九京。嗚呼。盛矣蓋嘗論唐平
淮西。內地一隅之叛將耳。其幅員曾不足當南汝光
之一道。吳元濟抗朝命阻兵四年。竭天下全力。斸乃
克之。當是時。昌黎柳州之徒。譔爲碑若雅。震鑠千古。
柳州獻平淮夷雅表。至謂周宣王中興。徵於詩之大
小雅。若六月采芑車攻吉日。暨崧高韓奕烝民江漢
常武諸篇。鏗鍧炳爚。盪人耳目。望之若神人。其揚厲

之也至矣顧以逸周書考之宣王中興諸詩多夸而
失實無論韓碑柳雅之過侈也蓋自穆王遷犬戎於
太原歷懿孝之世戎車屢征至夷王七年虢公伐太
原之戎至於俞泉昔之內徙者今爲寇矣宣王三十
三年伐太原之戎不克三十八年伐條戎奔戎王師
敗逋三十九年伐姜戎戰于千畝王師敗逋四十年
遂料民於太原蓋與後漢西羌之叛略相似然則宣
王之功不過如唐之宣宗而尹吉甫之頌周宣亦猶
奚斯之頌魯僖事劣而文侈此六月采芑諸詩所繇
僅列諸變雅歟洪惟我 大清盧牟六合胡越一家
在昔 聖祖親征準噶爾時則有若費揚古馬思哈
孫思克 世宗兩征厄魯特時則有若年羹堯岳鍾
琪有若策棱查郎阿 高宗蕩平準部回部時則有
若傅恆兆惠成袞札布有若舒赫德阿桂阿里袞富

德爰逮　宣宗重定回疆亦惟有若長齡有若楊遇春有若武隆阿有若楊芳罔不桓桓仡仡焜燿旂常用能肅將　天威修和我有夏顧其時峙粻輓粟士飽馬騰諸將帥得一意辦賊其底績尚易從未有提孤軍絕大漠借餉異邦采入其阻不踰歲即奏蕩平如今日者也抑忠壯公所部老湘軍肇自王壯武張忠毅二公迨忠壯帥之以平粵逆平捻寇平關隴逆回直與賊相終始忠壯死事後逋寇入關俶擾我西陲執事復領公舊部會諸帥躡勦草薙而禽獮之偉績奇勳實遠出　國初先正上即周之方叔召虎申伯韓侯仲山甫尹吉甫輩方斯蔑如若唐裴度李愬烏重允顏嗣武之徒抑更不足並論矣使昌黎柳州生今日能無變色卻步自哂其言之過侈也哉是宜鍥石昆侖之椒洗甲蒲菖之海倚劍崆峒之巔包嬴

越劉比隆軒昊以彰　聖清神武不殺之殊猷惜下走才非韓柳不足導揚徽懿也謹上所作忠壯公祠碑及墓誌銘別傳碑用左相銜名誌續曾文正遺稿并援歐陽公尹師魯合誌張司錄例而補綴以銘別傳眡　國史較詳未知有當萬一否

徐椒岑與方子白書（徐宗亮號椒岑桐城人廩生有善思齋文鈔）

亮行能淺薄不足辱當世之知而皇皇道塗焉以求遂其一飽之欲此在今人爲不材而在昔爲鄙士足下乃謬聽其一日文字之譽屢存問於逆旅之中所以慰勉之者良厚嗟乎足下亮何以得此於足下哉夫亮與足下素非相善也足下自知而得之然亮至此數月矣先足下而知亮者有之後足下而知亮者有之抑嘗有知而問之如足下者乎然則亮得此於足下蓋古人之所謂知己也甚荷甚荷亮嘗慨交道

之衰。不特市井泉貨之有無相軋。卽吾輩文字往復。亦各存上下窮達之分。其在上而援下者。不必遽有見德之意。而辭氣泰然。有令有識。當之隱抱不安者。道義之交。似不如是也。前足下在幕府。數過亮。亮未一報。悠悠之口。不以爲足下之急相援引。則以爲亮之陰相附麗矣。然足下所與言者。講學修德之事耳。於人事未嘗有所關白。雖甚愛亮所爲文。亦未嘗輕持以去。亮於此益見足下知亮之深。非淺俗之所識也。昨足下之官和州。有過亮者曰。甚哉方子之愚也。薦子於幕府。不得請。爭至面赤者屢矣。嗟乎足下亮何以得此於足下哉。昔王沂公進退人士。士人不知。史以爲宰相之器。而恩怨二語。范文正終身佩之。足下誠取鑒於此。願矢之以俟大用。而於亮非所宜也。夫所謂知己者。知其長。亦知其短。面黧也。而粉傅之。

足下以爲可乎願足下之戒之也亮今者行歸故山薄田數頃苟足供家人生計暫且閉戶闇修以希蹤古人萬一庶不負足下之知交乎相見無由託此以佈腹心幸爲民自愛不宣

王益吾復閻季蓉書

奉二月朔手教知前函已達左右足下恕其愚直而復有以誘進之盛心勤勤佩仰無量足下謂明代士習之壞始自中葉其論允矣至謂 國朝康雍以前士習端謹至今遍天下皆遊手浮宕之民由於漢學之以名相高以利相誘士始奔走於津要而蕩焉無復廉恥則僕不敢附和 國初承宋明講學之餘風氣窮則思變天下稍稍惡虛趨實抑陸王而尊程朱此以爲理學中之善機乾隆以後學者務於經籍傳注考訂發揮卽有宋諸君子之書亦復多所辨正其

實事求是使古籍闇而復明微言絕而復續有裨學術甚鉅如江河之不廢也聖賢之書義蘊閎深雖經宋儒闡明容有疏漏亦非必一無舛誤此固待後人補正而爲其學者高談義理以實事求是爲不足爲於是各尊師說互相詆諆窾啓寡聞之徒沿波逐流遂有漢宋家學之目矣所謂漢學者考據是也所謂宋學者義理是也今足下之惡漢學者惡其名也若謂讀書不當從事考據知非足下所肯出也去漢學之名而實之曰考據之學則足下無所容其惡矣去宋學之名而實之曰義理之學則訾詆理學者無所容其毀矣此名之爲學術累也然謂二家之學無流弊則非也理學之弊宋明末流著於載記者大略可覩考據之弊小生曲儒失之穿鑿破碎者有之至謂其爲世道人心之憂以理推之決無是事今之士習

日非矣然所謂奔走津要蕩無廉耻者豈考據之學導之邪彼身居津要能通考據之學者誰邪又孰肯持一卷漢學書以奔走達官貴人之門也果有之僕與足下當心識其人今茫乎未有聞也謂考據家以名相高似矣謂其以利相誘則何利之有謂今天下皆遊手浮宕之民彼爲考據學者終日鑽研目眵髮禿以求沒世可稱之名豈游手浮宕所能爲功此不得辨也僕在江南續刊經解有謂不當如阮文達不收李文貞方望溪輩著述以爲排斥宋學者僕曉之曰子誤矣經學之分義理考據猶文之有駢散體也文以明道何異乎駢散然自兩體既分各有其獨勝之處若選文而必合爲一未可謂知文派也爲義理考據學者亦各有其獨至之處若刊經學書而必合爲一未可謂知學派也僕儻續通志堂經苑二書則

必取言義理諸書而考據家皆在所弗錄矣其人大悟此可見彼之爲說者於學術之深未嘗兼通而博究也本朝糾正漢學者姚姬傳氏最爲平允其時掊擊宋儒之風過盛故姚氏非之以捄時也非爲名也至其論學以義理考據並重無偏而不舉之病道咸以降兩家議論漸平界域漸泯爲學者各隨其材質好尚定趨向以蘄於成而已本無所用其辯爭孫芝房先生以粵寇之亂歸獄漢學大爲士林姍笑良由於考據一道未加講求致茲鉅失故曾文正起而亟正之今足下痛士習之頹靡發憤著書思拯其敝深心大力敬佩何已惟言漢學似不若姚曾兩君子之持平謹貢其愚惟亮察焉僕於學問惟務躬行不欲以口舌相爭私念忝附心知義無緘默足下方以其道倡於沅澧之間一言之出承學者奉爲依歸關繫

至重儻不棄芻蕘而俛納之學術之幸也吳崖村詩文一卷戛戛獨造優入古作者之域真詞必己出者乞代致傾慕之誠為幸

江叔海與廖季平書（江瀚字叔海福建長汀人有□□文稿）

月日瀚白季平大兄足下瀚不佞闊別三年學弗加益每接高譚輒增慙悚足下以去聖遐遠大義久乖慨欲繼絕扶微存真剗偽甚盛甚盛瀚經術荒淺無足比數顧於尊說竊有未安敢略陳其愚以求教益周道既衰孔子以詩書六藝設教受業之徒各以性之所近轉相流衍其於夫子之道固已不能無稍歧互如檀弓所記曾子子游之事是也二子者皆門人高弟尚猶相戾況後之不及聖人之門而徒守遺經者其亦安能盡合哉夫五嶽分形並極於高四瀆殊源咸就於深三代異制共臻於盛故君子之為學也

唯求其是•譬之貨殖•或以鹽•或以鐵冶•或以畜牧•或以丹穴•其操術有不齊•致富則一也•彼夫老墨名法諸子雜家•言之踳駁者多矣•而通方之士•猶有取焉柰何皆爲誦法洙泗•乃妄分畛域•橫相訾謷•非莊生所謂大惑不解者與•今足下爲今古學•攷有孔子晚年論定之說•嘻其異矣•今文家於西漢皆列學官•然大小夏侯同受尚書•勝既非建章句小儒破碎大道•建亦非勝爲學疏略•難以應敵•嚴彭祖與莽歆僞書瀚亦未敢附和•史記述十二諸侯事•多本左傳•唯往往捃摭異聞•故不免抵牾•況年表序中明分左氏春秋國語爲二•安得謂左氏春秋即國語邪•孔子世家言狩大野獲麟•亦今文所無•尤可證韓非子載楚靈弑郟敖•以爲春秋記之•其文廑見左傳•而楚策則作孫卿謝楚相書云云•是其授受之故•洵未可誣•不出

天漢以後明矣。周禮一書。從來疑信參半。然必曰莽歆所爲。終無定讞。莽引尚書春秋。爲居攝卽眞之據。誦六藝以文姦言。莫此爲甚。豈特緣飾周禮乎。是書雖晚出。其制度典章。非盡無攷見。凡汪容甫周官徵文已詳者。不復贅。六官之設。雖不見他經。然大戴禮記有之。又管子稱黃帝六相。唯以司馬屬秋。義少別。然正足審其沿革之由。不得反援以排之也。學者離全經久。遺文放失。茫昧難徵。與其過廢。毋甯過存。故雖東晉古文尚書。僞迹昭著。或者猶不欲黜。蓋其慎也。若夫尚論而心知其意。是在信古闕疑之君子矣。至於力攻鄭君。論亦非是。康成之學。博大精深。爲兩漢冠。自王肅虞翻趙匡輩。未嘗深究本原。妄加駁難。其氣力不翅什伯今人。究於鄭君何損豪末乎。然經義深廣。靡得悉窮。雖在大賢。詎能無失。且所注旣多。

或有先後不同彼此互異補苴罅漏緊來者是賴近世尊奉高密每義有未衷不惜援引附會屈經以從其說殆有如王邵所譏甯道孔聖誤諱言鄭服非者是誠過矣苟必刻意矯之若姚際恆魏源之大言非毀其庸有當乎況混合今古固未足爲病漢氏諸儒顓門傳受抱殘守缺是其所長膠固尟通道乃鬱滯鄭君崛起實綜其全注古文尚書則采今文說箋毛詩則參稽齊魯韓囊括網羅一洗前師之陋舍夫陳左海曰守一先生之言而不敢雜此經生之分也總羣師之言稽合同異而不偏廢此通儒之識也焉可詬厲之哉且夫六經之書并包三才大小畢具仁者見仁知者見知貴能致其用也何必盡同不蘄爲此而務勝人斷斷焉以張微志爭門戶於聖人垂世立教之意不已偭乎遠哉至決別羣經悉還其舊誠一

大快事。雖然。吾生也晚。冥冥二千餘載。以迄于茲。何所承受。取信。雖欲私行金貨。定蘭臺黍書經字。以合其私文。且不可得。徒支離變亂。而卒無益於聖經。奚取紛紛爲也。瀚承足下知愛。有顏安樂。俱事眭孟。質問疑義。各持所見。其紛然不一也。如此。孰爲有師法邪。孰爲無師法邪。足下崇今擯古。果將何以適從哉。且其所謂家法者。卽當時之功令焉耳。彼欲邀求博士。自不能不篤守師說。誠祿利之路然也。是以馬融指博士爲俗儒。何休亦詆古文爲俗。俗學是猶世之工辭章者。與夫科舉之士。更相笑耳。方今功令。十三經注疏。與宋元注四經。並重。足下欲遠遵西漢功令。胡不遵 本朝功令乎。此其舛矣。昔王伯安講良知。作朱子晚年定論。已爲舞文之書。茲更尤而相效。加諸孔子。可乎哉。可乎哉。抑瀚所最不解者。足下謂王制爲今學之祖兩漢經師均不識此夫表章王制乃足下獨挪之見前人何由知之盧植據史記以王制爲孝文博士作近孫季仇力辨其誣姑勿論而瀚疑王制者二事簡不帥教黜歸田里可也放流之刑舜所以罪四凶若庠序造士何至屏之遠方終身不齒又四誅不以聽與附從輕赦從重之義不合非仁人言也矧曰孔子法乎或因易緯乾元序制記有文王稱王制一語遂定爲文王作則更非瀚所知已又足下謂史公不見左傳周禮乃所疑不敢畜言多未當勿吝指摘或遂置之以示不屑之教誨亦無慍焉交好之情要不以此易也惟足下亮之瀚再拜

續古文辭類纂卷二十一

贈序類

魏冰叔送孫無言歸黃山序

魏禧字冰叔一字叔子江西寧都人諸生康熙己未舉博學鴻辭不赴有叔子文集

休甯孫無言將自廣陵歸隱乎黃山十年而未行四方之士各爲文以送之詩歌之屬凡千文若序凡百數十壬寅余客廣陵吾鄉涂子山數爲余言其人余因得交之癸卯再來廣陵則無言已新易居其言歸黃山如舊時作詩文送者日益多子山曰無言悅子文子盍爲文以趣其歸余謂子山曰廣陵爲南北大都會四方商賈輻輳仕宦游俠買田宅長子孫者十餘萬家舟車過其地僦廛而食者先後踵相接不絕廣陵故利藪豪俊非常之人失志無聊恆就利以自養而天下之欲因是以願見其人者又往往寄迹於

此故廣陵非獨商賈仕宦之都會亦天下豪俊非常之人之都會也無言居廣陵以能詩聞布衣之士有工一詩擅一技者莫不折節下之其少舊通籍自方伯郡守以下或招之亦不往吾鄉王于一客死武林無言爲之奔告故人經營其喪紀其妻子而歸葬於南昌然則無言之居廣陵與歸黃山其輕重蓋可知余以爲無言倘能以其交游之力從屠沽賈衒中物色天下非常之人雖使無言居三十六峯深絶處余猶將作招隱之詩勸無言出居通都大市不得與衣草食木者同其寂滅若無言謝爲不能則絶交游束筆硯揮手而疾歸乎黃山可也北宋時汴人有知其將亂而竊歎者鄰之人聞之徙家他適及金師破汴鄰人適在軍事護其家出之曰吾竊聞公言此所以報也其人拊膺太息曰吾言之君且行之吾所以爲

君鹵乎以無言之才與智當審擇二者欲歸則速歸毋持兩端然吾終願無言之爲廣陵有而不爲黃山有也若夫無言果能行吾言與否則又非余之所敢知也子山曰然遂書以送其行

胡稚威送周司馬序

胡天游字稚威浙江山陰人舉乾隆丙辰博學鴻辭辛未再舉經學有石笥山房集

今世之制文吏不治兵至中書舍人官視古尤異其選以舉人必試之書書爲衆人悅乃得署日入閣門下札錄編敕惟宰相左右指于天下事不許列詔下可否不敢持制詞無所掌職事無所發揮容容循循祿入不供然以便遷轉得舉進士入翰林故居其閒者咸願守待不樂外徙今年南澳司馬缺宜舍人歲滿者授于是西淸周侯適當是行羣惜侯者謂某某與侯同官皆已取上第或歷臺省侯才右出宰相誠

深知勢得請留柰何聽其出隨郡守後或且謂侯南澳去京師萬里孤懸大海中俗獠風狤面猩舌鳥魚濤颶怪菑疾駭作藪盜陸梁島嘯船突倭人紅夷暹羅荷蘭東西南萍國百千稱使貢市獸情腥服互雜紛呀猝失威理莫可帖壓侯官中朝習從容文雅恐往非意所懌侯既受任無勉彊辭色趣裝具約日以行聞司馬所治地六百里防閩粵閒一得自爲政且獨有兵則大喜今夫儒者勢藉華處衣冠襜襜予之以變而不能定有衆而不能使利乎安而怯乎討不可爲通侯挾其有以殊于時無所于試惟棘壤阻隅亦庶自表窜娖娖終日闕所施爲然則海遐崎嶇知方談笑以往而忘其慷慨也侯喜究兵法臨事不惑況以有謀其至也登城而望重溟空虛天地解散蜃鱷青紅倏忽明晦必有益自壯以聳其奇者予將遂

而觀焉姑辭焉以俟

姚姬傳劉海峯先生八十壽序

曩者鼐在京師歙程吏部歷城周編修語曰為文章者有所法而後能有所變而後大維　盛清治邁逾前古千百獨士能為古文者未廣昔有方侍郎今有劉先生天下文章其出於桐城乎鼐曰夫黃舒之閒天下奇山水也鬱千餘年一方無數十人名於史傳者獨浮屠之儁雄自梁陳以來不出二三百里肩背交而聲相應和也其徒徧天下奉之為宗豈山川奇傑之氣有蘊而屬之邪夫釋氏衰歇則儒士興今殆其時矣既應二君其後嘗為鄉人道焉鼐又聞諸長者曰康熙閒方侍郎名聞海外劉先生一日以布衣走京師上其文侍郎侍郎告人曰如方某何足算耶邑子劉生乃國士爾聞者始駭不信久乃漸知先生

今侍郎沒而先生之文果益貴然先生窮居江上無侍郎之名位交遊不足掖起世之英少獨閉戶伏首几案年八十矣聰明猶彊著述不輟有衞武懿詩之志斯世之異人也已鼐之幼也嘗侍先生奇其狀貌言笑退輒仿效以為戲及長受經學於伯父編修君學文於先生先生遊宦三十年而歸伯父前卒不得復見往日父執往來者皆盡而猶得數見先生於樅陽先生亦喜其來足疾未平扶曳出與論文每窮半夜今五月望邑人以先生生日為之壽鼐適在揚州思念先生書是以寄先生又使鄉之後進者聞而勸也

姚姬傳贈孔撝約假歸序

自周衰至今垂二千年古帝王之後覆墜泯絕者不可勝數獨孔子後嗣歷代有封爵進而益崇若聖人常在世者然士大夫過曲阜孔氏無論新故必加敬

愛如恐弗及豈孔子子孫人人賢哉尊慕者深則推
及其遺體也遠吾因是知古封建世及之法當乎人
心由之足以維繫後世畔散乖異之羣而使之不忍
去其道亦猶是也　國家重德而尊師加禮聖裔典
逾前代遠甚惟禮部會試黏名拔之孔氏試者雜於
儔人之中欲加意而莫由於是有閱數十年無孔氏
舉進士則天下歉然前年春　恩科會試前衍聖公
之孫孔君撝約與其從叔名繼涵皆得舉撝約又選
入翰林天下不以爲孔氏榮而以爲　朝廷慶雖余
固亦樂之也人情好惡殊異選舉雖至公未必人皆
謂善若天下樂之因爲國獲得人之譽其於選舉之
道不尤盡乎然吾聞士之自待與人之所以待己者
不同撝約年僅二十而有高才廣學而遠志蘄爲古
人而不溺於富貴然則其必不以人之所以樂之者

自樂也傳曰莫知其苗之碩何也誠愛之深也余誠無狀然愛攜約之深殆未有若余者夫器莫大於不矜學莫善於自下害莫深乎侮物福莫盛乎與天下爲親言忠信行篤敬本也博聞明辨末也今夫豫章松柏託乎平地枝柯上干青雲依於危碕岸崩根拔而絕土附之不足也以天下愛敬孔氏而加以攜約之賢未嘗不益重也慎其所以自附者而已今年春攜約以親疾假歸省焉其行也官於朝者皆眷然不欲離余乃別爲之說以贈乾隆三十八年二月桐城姚鼐序

姚姬傳贈錢獻之序

孔子沒而大道微漢儒承秦滅學之後始立專門各抱一經師弟傳受儕偶怨怒嫉妒不相通曉其於聖人之道猶築牆垣而塞門巷也久之通儒漸出貫穿

羣經左右證明擇其長說及其倣也雜之以讖緯亂之以恠僻猥碎世又譏之蓋魏晉之閒空虛之談興以清言爲高以章句爲塵垢放誕頽壞迄亡天下然世猶或愛其說辭不忍廢也自是南北乖分學術異尚五百餘年唐一天下兼採南北之長定爲義疏明示統貫而所取或是或非未有折衷宋之時真儒乃得聖人之旨羣經略有定說元明守之著爲功令當明佚君亂政屢作士大夫維持綱紀明守節義使明久而後亡其宋儒論學之效哉且夫天地之運久則必變是故夏尚忠商尚質周尚文學者之變也有大儒操其本而齊其弊則所尚也賢於其故否則不及其故自漢以來皆然已明末至今日學者頗厭功令所載爲習聞又惡陋儒不考古而蔽於近於是專求古人名物制度訓詁書數以博爲量以闚隙攻難爲

功其甚者欲盡舍程朱而宗漢之士枝之獵而去其根細之蒐而遺其鉅夫甯非蔽與嘉定錢君獻之彊識而精思爲今士之魁傑余嘗以余意告之而不吾斥也雖然是猶居京師靡滑之閒也錢君將歸江南而適嶺表行數千里旁無朋友獨見高山大川喬木聞鳥獸之異鳴四顧天地之內寥乎芒乎於以俯思古聖人垂訓教世先其大者之意其於余論將益有合也哉

梅伯言贈林侍郎序

國家歲漕東南粟以給京師而江蘇供其半水運道四千里夫役平價關津轉般費運官及丁皆取給州縣吏吏不能給則取贏於民田之兩稅取贏不可以正告也則視民之彊弱爲取之薄厚而單戶益重困又不幸風雨收穫之不時官民望空而責漕者益急

乃假貸息錢及所主守乾沒以集事故州縣吏失足一蹉跌沒齒不振卽不若是歲暮漕事起皆懷氷臥薪惴惴不自保民事一切修廢利害孰可緩急輕重漫不敢訾問春氣動糧舟畢行始僚友相賀勞得保符印幸今歲無事故漕事之病於吏治者往往有是惟明哲公溥體國之重臣深權密幾調陰劑陽使官不病民漕不病官皆優游寬舒應務有餘然後能勤民急公豐財和衆禮俗達而政教成中丞林公之巡撫江蘇也時則九十月交寶穡將薦報災過期而下鴻自天漂我中田渾渾泡泡穀沈穗漂田更悼心官吏灰氣公乃破成例告災請減漕數其書深婉震動蓋陸忠宣蘇文忠之論事再見於唐宋之後是豈務盡下爲名高哉下不可病民上不可病官甯權濟於一時而不敢耗國家豐豫之氣大臣之用心固宜如此

也。故能上動　天鑒。下蘇民生。官清吏安。家老甘寢。連年以來。嘉生順成。風魚不災。貨商流贍。瘋厲寢伏。人知公撫吳之勤。休聲美實。洋溢羨衍。而豈知勞身焦思。獨運於衆人所不見者哉。道光十七年春。公朝於京。禮成將歸。三吳之士大夫莫不進謁於門。某以部民後進。得望見顏色。輒宣盛德以爲覲歸之獻。上元梅曾亮謹序。

梅伯言贈孫秋士序

爲名公子。貴介弟。而無官於朝。無迹於場屋。斗室中課六七童子。十餘年主者不易姓。往來不過一二士。詩一卷。紙墨暗昧。讀者卷舌滯口。而不可捨去。敝衣冠。獨行市中。斷爛古書外。不市他物。居近正陽門。不二三里。目不見朝報一字。不知何者爲今日時事。達官要人。蓋古之山林枯槁之士。無過於孫先生者。而今於京師中遇之亦異矣韓昌黎言居京師八九年不知當時何能自處夫士至京師不可居困矣然困有至非京師無可居如先生者爲愈奇耳吾觀東方曼倩及揚子雲皆非嗜祿利者其居長安中甚落拓矣亦卒不捨去豈古今人之遇或同與二子在當時雖其遭遇若此後之好事者或傳其書寫放其貌忻慕笑抃而欲從之遊則以吾所言如先生其人者後人好事者見之有不欲傳其書寫放其貌而欲從之遊者乎有不忻慕笑抃而忘其爲落拓於當世者乎太史公班固書屢言長安諸公貴人皆不出其名氏以其人日異月新不勝識也然則有名氏如二子者落拓亦何負於人哉曾亮交先生十餘年今先生年六十矣乃述其行之似古人者以爲贈以見壽莫壽於使後世知我爲古人也

邵位西龍樹寺壽讌詩序

邵懿辰字位西浙江仁和人道光丁酉舉人官刑部員外郎有遺文一卷

夫人之久生於世世年自六十以至七八九十從未至乎是者比觀之而彊名之爲壽從巳至乎是及又進乎是者比觀之是皆其數自致爾亦未始見爲別異而可貴也惟夫能文章之士其所爲文固巳足垂數十百年之久甚至逾遠而彌存而其文章之工又必待其年至而積以多而工者且益工若近世號工於文者取集中所爲作而覆其年月四十以前者蓋無幾其尤工而爲人所愛誦者多五六十以後之爲蓋閱天下之理與事益詳而人之與人流連往復之情亦愈久而深且至則所謂垂數十百年之久以至逾遠而存者果亦視其生世之久遠以爲差而其他不幸中道而止者往往猶留未至之境爲後人所慨歎

故夫能文章者之久生於世世非如世人之但久於世而已也而與並生於世者或以其祿位容貌而視之與凡爲壽者等則未達於天之意也道光乙巳之春三月二十有五日伯言梅先生壽六十吾黨之士相與讌於龍樹之寺以致其庶幾久生於世之意各爲詩而懿辰爲之序惟明以來之爲壽序者不詩而序溯元人所爲序皆諸詩序也亦猶唐之爲贈序者始莫不有詩後乃無詩而徒贈以序是皆詭而失文章之體不可無辨而吾伯言先生之爲壽意天將繼今而遞與之年以大昌其文其義非詩所可盡故反復於天所以開先生與先生所宜益自重者以揭於詩卷之端奧實盤折

吳南屏屠禹甸夫妻八十壽序

巴陵洞庭天下壯區也而吳中太湖之山亦名洞庭

古志稱巴陵地道謂君山有穴潛通吳之包山者其語荒渺蓋難知也余家巴陵濱湖之鄉人工作布而以布賈者多吳之洞庭人家自先大父時頗以居布致生息故多與吳客熟識而鹿角市臨湖有屋一區賃而賈者爲吳洞庭人屠氏屠氏業此蓋數世矣近乃輟不自賈而更助他人余自幼少時見與余家往還者屠翁禹甸此數十年翁歸老其鄉其子介錫猶在鹿角今歲辛丑之春來請曰吾父母年皆八十念家貧無能廣賓客稱觴爲壽乞吾子一言將持以歸爲老人光榮余以屠子之言人子之至情也然以余之鄙薄名不出州里其言奚足重而吳又士大夫文章之林藪也顧以數世交游卽不敢辭而翁之行事余又無以悉之憶自少時見翁爲人恂恂長者行步從容不類賈肆人舉止遇人無少長莫不敬禮言惟

恐傷之其若是固宜壽余又見洞庭人之賈吾鄉者其生平夫妻別離之日至久也然老則歸休猶不忘其本而其人久慣吾鄉或歸而數數仍出今翁自歸吳後即不更來與其配氏偕老於家又健甚俱享高年其可嘉也已吾聞洞庭之山爲峯七十有二登而瞰太湖三萬六千頃其光景氣象視吾岳陽之上宜有勝焉者山中多奇花異果供采擷四時而有也晴和佳日翁與媼扶杖偕行鄉之父老兒童相迎問語笑山水閒亦可以樂而彌永其年矣曾文正公云此文置之歸集中幾不能辨

曾滌生送劉椒雲南歸序

聖人之異於衆人者安在乎耳目口鼻心知百體皆得其職而已矣天之生夫人也耳職聽而目職視口體職言動心職思非所聽而濫焉非所視而淫焉於

官爲不法可以視窮者而吾弗能盡焉可以聽達者
而吾弗能盡焉於官爲不稱其於口體心思也亦然
不稱者才絀不法者知而姦之罪又甚焉聖人者不
軌不耳不度不目其自一室之米鹽推而極於天下
之大鬼神之幽離於人倫殽於萬事凡視聽所宜晰
無不晰凡言動所宜審無不審凡心思所宜條理無
不條而理之使夫一身得職而天地萬物各安其分
以位以育以效吾之官司所謂踐形者也周公之所
以爲周公孔子之所以爲孔子其不以此也哉今之
君子之爲學者吾惑焉耳無真受衆耳之所傾亦傾
之目無真悅衆目之所注亦注之姦視而回聽言不
道而動不端無過而非焉者曹好所在而不之趨焉
則不相賓異矣爲考據之說者曰古之人古之人如
此則幾彼則否爲詞章之說者曰古之人古之人如

此則幾彼則否起一彊有力者之手口羣數十百人蟻而附之朝記而暮誦課迹而責音竭己之耳目心思以承奉人之意氣曾不數紀風會一變蕩然澌滅又將有他說者出爲羣意氣之所會則又焦神悴力而趨之鈞是五官百骸也不踐聖人之形而逐衆人之好疲一世以奔命於庸夫之毀譽竟死而不悔可謂大愚不靈者也漢陽劉君椒雲湛深而敦厚非其視不視非其聽不聽內志外體一準於法矣而所以擴充官骸之用又將推極知識博綜百氏以求竟乎其量余猶懼其敝身心以役於衆好也於其歸也書是以貞之然余固亦頗涉前二說者之流而奔命於衆好之場者又因以自砭焉

曾滌生送周荇農南歸序

天地之數以奇而生以偶而成一則生兩兩則還歸

於一。一奇一偶互爲其用。是以無息焉。物無獨必有對。太極生兩儀。倍之爲四象。重之爲八卦。此一生兩之說也。兩之所該。分而爲三。散而爲萬。萬則幾於息矣。物不可以終息。故還歸於一。天地絪緼。萬物化醇。男女搆精。萬物化生。此兩而致於一之說也。一者陽之變。兩者陰之化。故曰一奇一偶者。天地之用也。文字之道。何獨不然。六籍尚已。自漢以來爲文者莫善於司馬遷。遷之文。其積句也。皆奇而義必相輔。氣不孤伸。彼有偶焉者存焉。其他善者。班固則毗於用偶。韓愈則毗於用奇。蔡邕范蔚宗以下。如潘陸沈任等比者。皆師班氏者也。茅坤所稱八家。皆師韓氏者也。傳相祖述。源遠而流益分。判然若黑白之不類。於是刺譏互與。尊丹者非素。而六朝隋唐以來駢偶之文。亦已久王而將厭。宋代諸子。乃承其敝而倡爲韓氏之文而蘇軾遂稱曰文起八代之衰非直其才之足以相勝物窮則變理固然也豪傑之士所見類不甚遠韓氏有言孔子必用墨子墨子必用孔子不相用不足爲孔墨由是言之彼其於班氏相師而不相非明矣耳食者不察遂附此而抹摋一切又其言多根六經頗爲知道者所取故古文之名獨尊而駢偶之文乃屏而不得與於其列數百千年無敢易其說者所從來遠矣　國家承平奕禩　列聖修禮右文碩學鴻儒往往多有康熙雍正之閒魏禧汪琬姜宸英方苞之屬號爲古文專家而方氏最爲無類　純皇帝武功文德壹邁古初徵鴻博以考藝開四庫館以招延賢儁天下翕然爲浩博稽覈之學薄先輩之空言爲文務閎麗胡天游邵齊燾孔廣森洪亮吉之徒蔚然四起是時郎中姚鼐息影金陵私淑方氏如碩

果之不食可謂自得者也沿及今日方姚之流風稍
稍興起求如天游齊壽輩閎麗之文闃然無復有存
者矣聞者吾鄉人淩君玉垣孫君鼎臣周君壽昌乃
頗從事於此而周君爲之尤可喜其才雅贍有餘地
而奇趣迭生蓋幾於能者夫適王都者或道晉或道
齊要於達而已司馬遷文家之王都也如周君之所
道進而不已則且達於班氏而不爲韓氏所非又不
已則王都矣周君以道光乙巳成進士選翰林院庶
吉士值　皇太后萬壽　天子大孝錫類臣下得榮
其親將奉　誥命以歸覲出所爲文示余余乃略述
文家原委明奇偶互用之道假贈言之義以爲同志
者勖嗟乎區區而以文字相討論是則余之陋而不
賢者識小之類也
鄭子尹送黎蒓齋表弟之武昌序

人之制於天，權於人者，不可必；惟在己者爲可恃。格致誠正以終其身，是不聽命於天人者也。功名事會之倘至，起而行之，吾樂焉；否則胼胝於畎畝，歌嘯於山林，亦樂焉。此所謂豪傑之士，不待文王而興者也。非是，則必待上之有以勸之，而後士有所恃，得專志於學，而後成其爲身；士各成其爲身，而後天下治亂乃有所賴。國家養士二百餘年矣。讀書者自束髮受五經四子書，學八股文，應選舉，由府州縣學生試省闈禮部，以成舉人進士，遂授官而食祿。次則由廩生副貢優行選拔貢於京，就別頭試，亦得停年循資而授官焉。是爲入仕正途。外此則以貲進，顧或不足之。甯長年眇目伏腦以從事於學，以應三載歲科鄉會之選，誠恃有勸之之道也。自盜賊起粵西，蹂躪吳越秦楚，邊省亦寇擾，騷然在上，脩文不暇給，爲士者乃始失所恃。吾貴州已丙科廢省試府州縣科歲考。至有停十年者。生童望考途無去處。力不能提刀殺賊建軍功致尊顯。復不能鑽營長官借奏書屬名保舉。又不能因緣句當公事。稽團務庇釐局中。閒乾沒以苟且養妻兒。城鄉富家子弟。倘佯恍歲月。莫就師貧者捨策而易業。則欲倚舌耕求束修之奉又賤且難也。吾意此時當有權宜之法。以收士心而振士氣。如宋因軍興。詔川陝類試。未嘗必至京師也。宋元明鄉試。皆卽臺秩選聘屬官及家居士大夫。或儒士主考。亦未嘗必遣京朝官也。或可倣其意行之。而無一二府爲足藏事地。然則士生此邦值此時。如之何其不怨。吾又意士誠志聖人之道。聽命於天人者。誠無如何矣。自修其可恃。而亦無如何哉。是固難爲一概道也。表弟黎蒓齋。行謹而能文。自弱冠補廩膳生。久屈於不試將適武昌省其從兄擬足資遂北附順天鄉試過我言別此其計良苦然計此行至綦市登舟出涪陵魚復下三峽秭歸夷陵順流趨荊州經洞庭之口及大別而拜汝兄若復前去更過雪堂觀廬岳北歷徐兗瞻光日下水陸不止萬里飄檣輪轍之閒睪然想望孔孟之所爲教程朱之所爲學以及屈宋李杜歐蘇之所以發爲文章必有相遇於心目閒者則斯行也誠快彼聽命於天人者雖不可知而在己者所得多矣況以子之才又在必售之數乎行矣吾雖衰猶能待他日歸而觀子之所得也

張廉卿湘鄉相國曾公五十八壽序

往者湘鄉相國曾公閱壽五十爲咸豐十年裕釗郵觴詞稱引南山有臺之詩以爲祝且必公當平賊致太平越五年大軍克金陵粵賊平及今歲捻賊亦平

裕釗私獨騢然謂往者壽公語固終效邪及是　天
子詔公自兩江移督直隸於是公年五十有八矣南
中人士之在金陵者惜公之去而不可留也謀以公
誕日衆執爵爲壽乃復以壽言屬之裕釗裕釗惟公
提一旅起湘中義聲感動天下豪傑魁桀才節偉人
雲興而從之淵謀羣策雷動神應萬衆一詞順風而
邁遂南清江表北至於河朔匈妖蕩息天地清曙手
援赤子出之水火之中燾冒煦育瀕萎而蘇十五年
之間而海內大定澤流於千里文武威德忠誠惻怛
徧孚於中外鴻卿鉅人學士大夫隴畝山澤之甿外
薄四海髽首魋結之遠人愛悅而歌頌之於千萬年
永世無極顧公則澹乎不以自有若春風之被物翛
然飄浮雲而過乎寥廓之表而百菓草木皆甲坼也
則裕釗烏足以知公之所爲哉抑又聞之成萬物而

不有其功者天之道也是故歷古今而不毀君子法之常虛其中以與物相衙雖震動憂勤苦身勞形而內不撓利澤被於人功高乎百世而不以己與是故其神全其神全故物莫之能傷而祉福屢壽應焉莊周有言汝游心於澹合氣於漠順物自然而不爲私焉則天下治矣又曰緣督以爲經可以保身可以長生周之言與夫聖賢之旨固若有閒而自通人者觀之則其理未嘗不可以相發然則天祚　聖清其將益佑我公黃髮壽耇輔成萬世無疆之庥乎夫裕釗往者之言既驗矣今之言此其必有合也落落數百言於文正公意量勳德包舉無遺淵雅超逸壽序之傑作也

張廉卿王覲臣副戎五十壽序

人之盛衰果以其壯與老乎哉人生十年曰幼二十曰弱三十四十而曰壯曰彊五十始衰至於八十九

十而爲老與耄者世之大常也然商周之際師尚父老起海濱而鷹揚於牧之野漢趙充國遭諸羌畔獨自請馳至金城年亦且七十餘矣其規恢宏遠而計慮周盡雖盛壯之人不能過也由是觀之人之所以爲盛衰無亦以其志若氣耳志氣頽而苶然其不能振雖若年二十三十四十不啻其老焉耳志定而氣充神王而守固雖若八十九十不啻其壯焉耳而得謂之衰且老乎而況其未及是者乎天下之務莫不以志氣爲盛衰若夫受任軍旅之事國之虎臣則尤以其壯勇膂力爲用者也故其盛衰彊弱而天下乃與爲輕重平居無事總三軍之衆營陳之制鑣轡之數擊刺角力教練之法將士之材鄙勇怯車甲兵械之良楛皆以一心嘗嚌稱量而識其利病一日有變提數千萬人之命爭勝負存亡之機而俯仰縣於嘘

吸芏乎艱哉非夫志足以帥氣歷百變而不撓者烏足以任此哉往者海內兵起軍帥武臣遘遇事會攘兇盪寇人自奮於功名大難既夷國家甄勞賚功所以　褒寵優渥之已甚其上者錫爵傳胙榮施於孫子原其初類皆起於庸沽屠販市井田野之夫一旦高門豐屋名園膏壤琦服玉饌帷帳狗馬婦女象犀珠玉瓌物充積爛漫於前貴極富溢心蕩志盈濡首酣豢而驕侈至於無等肆焉自以爲天壤之內莫我尊且賢者彼其人固尚犖然壯佼也身則未老而其質固已儆矣天地之道老者祧而穉者嗣遞相嬗而日新以不窮故私嘗獨論今日之事欲贊桀俊厲武節爲疆本折衝之計莫若差擇戎臣之中視其名位之稍後者任之以事而察其材徐焉而乃以希其成功其他則皆所謂物之既老者也副戎王君艱

臣樂善而不矜與人交必爲之盡吾黨故時樂從之
游而悉其爲人蓋其志與氣有足多者先是君亦以
從軍隸諸將麾下其後特爲曾文正公所器累官至
副將任江甯左營游擊兼治新兵營其申儆軍政率
厲戎卒勤而篤公而明嚴威而不殘警敏而無欺所
治軍嫖姚精整爲一時冠衆莫不稱之又洞明諸務
於人之情僞事之利鈍無所不究悉据常義勇激發
時時思一得當以報　君上未有因也始君雖在軍
中故未嘗特將其所蘊蓄鬱而未施今方內雖鄉甯
然伏莽之戎諸行省往往而在東南瀕海萬里之地
疆事尤絕重鉅自　朝廷及中外大吏孳孳以求將
帥之材爲亟以君之所挾如是所謂稺者嗣而日新
以不窮者其將在茲乎君年甫五十其氣蓋方盛而
未衰然雖由是而進以至於八十九十吾知其猶今

日也。師尚父之烈。非後世所敢望。已且使君得如趙充國者。益老其材。而寄之以疆場之任。豈非國家之所重賴哉。今茲九月。爲君五十覽揆之辰。裕釗與同志諸君。謀爲君壽。不敢爲世俗虛美之辭。獨爲論當今之勢。與其勖君於無期者。而書以祝之。

續古文辭類纂卷二十二

西元二〇二二年一月一日重製一版

續古文辭類纂 冊三（清黎庶昌輯）

平裝四冊基本定價參仟元正
（郵運匯費另加）

發行人 張 敏 君
發行處 中 華 書 局
臺北市內湖區舊宗路二段一八一巷八號五樓（5FL., No. 8, Lane 181, JIOU-TZUNG Rd., Sec 2, NEI HU, TAIPEI, 11494, TAIWAN)
客服電話：886-8797-8396
公司傳真：886-8797-8909
匯款帳戶：華南商業銀行西湖分行
179100026931
印 刷：維中科技有限公司
海瑞印刷品有限公司

No. N3062-3

國家圖書館出版品預行編目(CIP)資料

續古文辭類纂/(清)黎庶昌輯. -- 重製一版. -- 臺北市 :
中華書局, 2022.01
冊 ; 公分
ISBN 978-986-5512-79-8(全套 : 平裝)

830 110021473